散文系列
王编

僭越的眼

熊育群 著

时代出版传媒股份有限公司
安徽文艺出版社

图书在版编目（ＣＩＰ）数据

僭越的眼/徐可主编；熊育群著.—合肥：安徽文艺出版社，2023.11
（名家文化散文系列）
ISBN 978-7-5396-7748-4

Ⅰ.①僭… Ⅱ.①徐…②熊… Ⅲ.①散文集－中国－当代 Ⅳ.①I267

中国国家版本馆CIP数据核字(2023)第070929号

出 版 人：姚 巍　　　　　　总 统 筹：汪爱武
责任编辑：张 磊　　　　　　装帧设计：观止堂_未氓

出版发行：安徽文艺出版社　　www.awpub.com
地　　址：合肥市翡翠路1118号　邮政编码：230071
营 销 部：(0551)63533889
印　　制：安徽新华印刷股份有限公司　(0551)65859551

开本：880×1230　1/32　印张：9.75　字数：200千字
版次：2023年11月第1版
印次：2023年11月第1次印刷
定价：49.00元

（如发现印装质量问题，影响阅读，请与出版社联系调换）

版权所有，侵权必究

赓续中国文章之审美传统

——"名家文化散文系列"总序

"盖文章,经国之大业,不朽之盛事。"

一千八百多年前,曹丕在《典论·论文》中,首次对文章的价值给予了前所未有的评价,其实也是对文章的传统、文章的功能作出了高度凝练的概括。文章非小事,它关乎国家治乱,关乎国运兴衰,不可等闲视之,正所谓"文章千古事,得失寸心知"。

中国散文,萌芽于甲骨卜辞,滥觞于商周铭文,成熟于先秦诸子,鼎盛于汉代《史记》,丰沛于唐宋八家,革新于五四先贤。一路浩浩汤汤,奔涌向前,从记事到记言,从文言到白话,从短篇到巨制,从简约到繁复,不断丰富发展,不断摸索创新,至今已蔚为大观,成为中国文学之重要一脉。在长达数千年的发展史上,中国文章形成了自己独特的审美传统,那是东方文化特有的美学风格。中国文章讲求天人合一,美善统一;讲求蕴藉含蓄,意在言外;讲求托物比兴,寄情于物;讲求情与物融,思与境谐;讲求言简意赅,凝练节制;讲求形神兼备,意境深远……强调知、情、意、行相统一,追求真善美融会贯通的人生情致和审美旨趣,注重提升人的精神境界、道德情操、人格修养。这样的审美追求,为我们造就了灿若星河的散文大家,他们是中国传统文化的主力军;为我们留下了浩如烟海的散文名篇,它们是中国传统文化宝库中的精华。前人的散文作品,或者汪洋恣肆,雄辩谨严;或者犀利峭刻,慷慨多气;或者文采华赡,情深意重;或者清新明丽,温柔婉约……真可谓百花齐放,异彩纷呈。不同派别,不同风格,不同时尚,不同格调,在不同时代各领风骚。比如,庄子的奇思妙想,自在无度,如有鬼神之助;孟子的雄辩滔滔,气势无碍,正气浩然;苏轼的空灵高远,行云流水,挥洒自如;还有王勃的优美灵秀,韩愈的厚重庄严,张岱的清新通脱……都高悬在中华民族的文化星空,成为中华散文的经典之作。

　　五四新文化运动中,以鲁迅、周作人、林语堂、朱自清等为代表的一批作家,吸收西方散文随笔的优长,对中国传统散文进行了大胆的改造,形成了现代散文,在中国散文史上形成了又一座高峰。当下散文,承接深厚传统,大胆探索创新,花木葳蕤,枝繁叶茂,花红柳绿,姹紫嫣红,生气勃勃,空前繁荣,名家辈出,佳作纷呈。特别是一批颇有实力的中年作家,已经成为散文创作的主力军,他们既有深厚的学识底蕴,又有开阔的视野格局,他们的作品很好地呈现了中国文章的神韵。然而,与前人伟大的成就相比,人们期望中的新的高峰还远远没有出现。

有鉴于此,我们立意编选一套"名家文化散文系列"丛书,既是对当下散文创作的一次小小检阅,亦是提倡一种正大明亮的文学观、散文观,更是对中国文章审美传统的一种召唤。我们期望弘扬中华美学精神,重塑中国散文的古典美。散文要有学、有识、有情,方能达到深远如哲学之天地,高华如艺术之境界。

我们呼吁重建中国文章的审美传统,绝不是要死守某种陈旧的、落后的、僵化的文学观,而是要在学习传统、继承传统的基础上守正创新。我们提倡守正创新,根本在于守正,目的在于创新。我们尊重不同风格、不同题材、不同手法,拒绝题材、风格、手法的单一化、同质化。我们仰望高山巍峨,也俯瞰小桥流水;我们赞叹大漠塞北,也沉醉杏花江南;我们欣赏黄钟大吕,也喜爱秋蝉时鸣。散文创作中的百花齐放才能满足人们多样化的审美追求。

  这是一套开放的文库,我们欢迎也期待更多优秀的散文作家的加入。

2023 年 8 月 6 日,北京芍药居

序

　　散文概念的混乱反映了文学的新变。坚持以文学性、审美性为前提的散文,现在只有文学刊物在坚守。视形象思维与作家个人主体性为散文的圭臬,把真实性当作散文的立身之本,现在,这一切正在坍塌。一方面,散文似乎在往回走,回到古代的文章,回到《古文观止》,如一些杂志、年选在发表、收录演讲稿、政论文;另一方面,真实性的原则遭到侵蚀与利用,写作伦理被公然违背。"散文"这个出现不过百年的文学体裁,开始面容模糊。

　　有人说散文的无边界正说明了它的勃勃生机,它的各种可能性。在全民写作的当下,这也许是散文自身发展必然会出现的问题,它是不是一定反映了散文发展的内在要求,还是我们无所作为?毕竟精神与艺术无限的可能不是以理论为前提的,尤其是作家创作有着"本体性的否定"冲动。

　　但是,虚构、非虚构分类被关注重视,证明了真实性原则对于文学的重要性不是降低了而是上升了。传统虚构文学体裁的小说也在尝试与非虚构的融合,何以散文却要放弃这一原则?这是否意味着散文体裁分化的可能与必要?虚构的散文能否构成一种新的文学体裁?而它的归属并非小说,但如何与小说区分,这可能也是小说体裁的命题。文学以诗歌、散文、小说分类的时代步入了一个界线模糊的时期。可见散文的动乱扰乱了整个文坛。

简单来说,我们在谈到散文时是不是还把它当作一种文学的体裁?如果不是,那没有争论的必要。如果把散文当作一个文学的体裁,那问题就简单得多,它的文学的审美性,它的形象思维的特点,它的艺术性要求,都是顺理成章的。它与小说、诗歌必须做一个概念的区分,必须指认出它的疆域所在,找出散文的概念、范畴,加以定义,否则散文名存实亡。

目前散文创作出现的混乱是方向引领上的,是概念的缺失。定义散文的概念不仅是创作者所需要的,也是目前文学评奖所需要的。从来没有一个文学体裁的评奖像散文这样莫衷一是,有的评奖者看重的是文集的意识形态,有的看重的是揭示了多少历史的真相,有的看重的是现实的重大问题,缺少的恰恰是从文学艺术成就上进行评选与鼓励。

毋庸置疑,文学和文学的观念都是在不断地发展变化过程中完成自身历史的。中国最初的文学,在相当长的时间里凡属文章几乎都是,包括了神话传说、诗歌、人物事件记载、政论、哲学等。文学性的强调直到魏晋时代的曹丕在《典论·论文》提出"诗赋欲丽"的特征,似乎意识到了文学的审美特点。但他所论及的范围仍然包括奏议、书论、铭诔、诗赋等。直到陆机的《文赋》、刘勰的《文心雕龙》、钟嵘的《诗品》等相继问世,文学的审美特征和创作思维的形象特点才越来越清晰,越来越深刻。

一直到五四新文学运动确立了以审美为特征的文学观念,才把一般文章与审美的文学区别开来,确认了诗歌、散文、小说、戏剧为文学的主要门类,而哲学、历史、政论等著作不再被视为文学。这当然也与西方美学的影响不无关系。

正是确定了文学的审美特征和创作思维的形象特点,确定了散文作为文学的主要门类之一,五四之后,现代意义上的散文创作才出现了一个繁荣的局面,大批作家投入散文创作,大量精美散文面世,形成了中国历史上散文创作的一个繁荣时期。

新中国成立后,艺术性散文突出,可以说中国当代艺术散文由此发端。也有学者说,抒情性艺术散文发端于延安时期。相对五四散文偏于"言志",带有较强的议论色彩,当代散文抒情性更强。散文的概念似乎明确了,"形散神不散"的理念深入人心。

改革开放后,散文复苏。艺术性散文再度繁荣。

20世纪90年代"大散文"风行,艺术性散文受到质疑。创作上开始出现无序状态,理论批评失范,一直发展至今,散文几乎成了文字的收容所。文体净化再回到起点。我们是否要倒退到古代的"大文学观念"?

就我个人的创作而言,也有非常明显的三个阶段。首先,刚写散文时几乎用诗的要求从事散文创作,那就是对诗情画意的语言的刻意追求,钟情于一种灵动的、湿漉漉的文字之美。其次是追求一种诗的意境,相应的题材多是与自然相关的,是个人心灵与情感的表现。这是一种纯粹的艺术散文、美文,空灵是空灵了,却也单薄,有时会显得空泛。

改变是我来广东工作之后,岭南文化的务实精神改变了我。自然的,日常生活人间烟火开始进入散文,内容占据了主导地位。那种诗性的语言已经无法描述、表现复杂的历史与现实的关系,我得探索在广阔的历史文化与现实生活得以表现的同时,如何保持散文的诗性。散文可以抵近生活,但它的境界仍然要有空灵之气。

文学改变始于语言。没有白话文,现代文学改良就是空话。哪一种风格的语言都有它潜在的逻辑性,有对于内容的选择。作家创作是经验与语言互动的结果,语言不是纯然被动的,相异的表达可能发现相异的经验。在创作中不难发现语言对人的控制力。我的第二阶段的散文写作,开启了人文、历史、自然、社会、人生等视角,相应的,我的语言也发生了变化,文字更重质感,讲究坚硬有力,讲究及物,相比初期的短文,篇幅也长了数倍。这个阶段我对真实性的追求近乎苛求,采取了田野调查的方式,讲究在场、亲历,看重感受、感觉。

目前进入新的探索阶段,我更加看重不以文害意,看重对现实的观察与反思,看重思想的品质,相应地放宽了非文学语言进来的要求,审美方式也发生了改变,追求以整体的思想的力量造成心灵的冲击。譬如发表在《十月》与《人民文学》的散文《回头是岸》《双族之城》就是这方面的作品。与早期艺术散文相比,已是另一番天地了。

回顾自己散文创作的历程,我既有对散文概念的坚守,也有一些突破。以审美性为前提是我坚持的准则,但不等同于每一行每一句都必须如此。形象思维是骨架,但不应该排斥抽象思维,甚至原始材料的引用只要得当也不排斥,这是真实性追求的结果。这里须注意的是作家个人主体性的发挥,它的视角是极其个人化的,即使经验也是个体独特的,带有个人的感知与观察,是与心灵有关的。一篇好的散文要有个人的灵魂在里面。最后强调一下真实性的问题,我坚持认为这是散文的立身之本。

目 录

赓续中国文章之审美传统

　　——"名家文化散文系列"总序（徐可）　　/ 001

序　　/ 001

僭越的眼

僭越的眼　　/ 003

西北向西　　/ 012

风过草原　　/ 026

塬上的纸幡　　/ 051

永远的田园

永远的田园　　　　　　　　　　/ 079
老汉人的地戏　　　　　　　　　/ 089
程氏山河　　　　　　　　　　　/ 099
雩山以南　　　　　　　　　　　/ 112
林中孤村　　　　　　　　　　　/ 121
山神祭　　　　　　　　　　　　/ 130
倾听洸江　　　　　　　　　　　/ 135
层叠的影像　　　　　　　　　　/ 143
人生若只如初见　　　　　　　　/ 155
回乡之路　　　　　　　　　　　/ 161

芬芳的色彩

文字的气象　　　　　　　　　　/ 171
芬芳的色彩　　　　　　　　　　/ 175
回首高原　　　　　　　　　　　/ 179
为那片土地招魂　　　　　　　　/ 185

时代的趣味	/ 192
在沉思默想中	/ 200
方寸之枕	/ 208
文学翻译的境界	/ 211
文学的力量何在	/ 216
人文湾区的诗意栖居	/ 226

游荡的江湖

游荡的江湖	/ 237
海中靠岸的城市	/ 248
岩石上的时间	/ 260
想象凤城	/ 265
玄武之地	/ 274
国色天青	/ 283

僭越的眼

僭越的眼

这是贝叶经,大地上的贝叶经。我读它的纹理,猜测着它深处的奥秘。一朵一朵的云浮上来,像青绿山水画上的云朵。

从万米的高空看,天山是这般模样:一条山脉在左侧绵延,峰峦之上,一种白色如巾似絮,终年积雪的峰巅如囚禁的白云。山坡长长地倾斜,向着北方延伸,一种没有节制的伸展,没有目的、没有构想,像高处的水流一味奔泻。如此任性的倾斜,却有着精美的纹理,任意的局部都是完美的图案。纹理如贝多罗树叶般交织,大的山脉是又长又大的叶;飞机渐次下降,细小的纹理再分出清晰的连缀的叶片。我知道,任何微小的一笔,都是一个巨幅空间的起伏山岭,是天地间的大耸立。但它不过是那么小的一片叶子中的一个纹理。无数生命的奥秘就写在这样的纹理间。

太阳落山,纹理变得厚重,渐成巨大的一道道黑影,像浮动在山体之上,如黑色的海草,一簇簇,一丛丛,飘然向着东方伸长。那种凝固了的飘动,如施加了魔法,天地间充满一种巨大的静默。那阴影深处的鸡鸣犬吠早已被巨大的静默吞噬。

置身熟悉又陌生的世界,繁忙的会务、匆匆行色、喧嚷嘈杂的北京南苑小机场……那样的现实像一本书早已合上了。像魔幻世界中的人物,我已经飘忽。

一条线条在低凹处——山脉与山脉相交处——曲折画过,渐渐拉直,山坡的尽头,平原出现了。峡谷在变开阔,平原就像山谷生出来的。

山退去,平原上火柴盒一般的房屋一列列出现,排在被道路分割的地块上。这是大地上的城市,人类巨大的巢穴。在神的眼里,它与蜂巢并无多大区别。我们在不无自恋地赞美城市建筑之美时,却忘记了许多动物所创造的居所并不比人类的逊色。

是谁给了我这样的一个视角,能够做这样的观察与描绘——我看到的是神的世界。人类飞行的梦想是对神的僭越。人的世界在那些山岭重重的大地上,在那些随山坡转折的公路上,看尽峡谷的深切与坡地的荒凉。但那样的一双眼睛,在这样的高空有如蝼蚁之眼。在蝼蚁的世界,人所俯瞰的自然,也是神一样的尺度。世界无限之大,世界也无限之小,大与小的世界并无多少区别:在一片树叶上的微生物,在形如树叶的山脉上的人类,无限细分与无限放大,世界呈现出了同样的纹理与辽阔。

我一次次僭越,人的眼光看到了神的世界,读出了人之渺小如菌；世界苍茫浩大，却可以如一片树叶小小的纹理，一个人可以终其一生栖居于斯。

在北半球高纬度地区飞行，由北京向西，从内蒙古高原，切过窄窄的甘肃，飞往新疆的乌鲁木齐，山西、陕西、宁夏，这些北方的省份都到了南面。这个纬度串起了中国最荒凉的地理，沙漠、戈壁触目皆是。黄河从内蒙古高原上流过，扭曲的弯道一重又一重。如此浩大的一条河流，它的腹地竟是一片荒漠与半荒漠。

这样的地区孕成人类的剽悍、坚毅、顽强。游牧的生存方式，迁徙成了生命的常态，更使得生命飘荡无依。这种生命的力量在冷兵器时代可以征服世界，尤其是温柔之乡里的世界。闪光的刀刃在马背上划过寒风，割下羊头、牛头的时候，嗜血的刀锋直指人类自己。中原总是在这样的刀锋下卷入一场场战火，边塞鼓角相闻，烽火遍地。古人吟出"可怜无定河边骨，犹是春闺梦里人"时，其悲惨并非人人可以体悟，但这样的悲惨却贯穿了中国的古代史。

甘肃的河西走廊是更加荒凉之地，飞机越过其上空，几乎没什么感觉。它窄窄的一条，形似一根肱骨，夹在内蒙古高原与青藏高原之间。它的确是一条深沟，一条烽火不断的深沟，一条商旅的、僧侣的和迁徙的深沟。

从乌鲁木齐飞西宁,可以近距离、长时间地观察河西走廊是多么伟大!

那是一个寸草不生的世界,如荒漠一般的外星球,似乎没有任何生命的痕迹。但是奇迹却出现了,足以证明人类生存的勇敢,也证明生存的脆弱,恰如一个词:命悬一线。荒凉、绝望、茫茫一片的祁连山,一面形如沙滩的巨大斜坡,有水流过的一条条痕迹,一道一道如划痕,如果你将它们不与峰峦上的雪联系起来,你只能想象那是神画出的图案。这些由连绵的雪峰融化的雪水冲刷而成的季节河,流到沟底就消失了。在它消失的地方竟然出现一小块绿洲,那里有著名的河西走廊城市:敦煌、嘉峪关、酒泉、张掖、武威。它们彼此被浩大的沙漠、戈壁隔绝,相距遥远。这些在中国历史两千多年的岁月中不断出现的名字,与战争联系最紧密的城市,匈奴、回鹘、汉人交替出现的城市,它们是中国文学边塞诗中的一个个意象,在这样荒僻、没有人间气息的地方,像另一个世界的事物存在着。这是高原雪水与荒漠城市一种哺育关系最直裸的呈现!水竭城亡,荒漠一片,只需神灵把这伟大的地理做一点小小的变动,人类的踪迹就会从这一地区被抹去。

那一次飞行是在午后,阳光,德彪西的音乐,餐车飘过来的咖啡香,一排排坐满的时尚男女……飞机以小小空间做宏大的跨越,一个我熟稔世界的切分体,在以高速越过这一地区,在吞噬、忽略地面辽阔的存在。我感到了一种蒙蔽与误导,一种科技对世界的扭曲。人类背负青天,乘云气,御飞龙,以游无穷,却无法改变生命"朝如青丝暮成雪",一如"朝菌不知晦朔,蟪蛄不知春秋"。

千里的荒漠。绿洲,一个个生命之岛,孤独、寂静,遗落于喧嚣世界之外。"一片孤城万仞山",仿佛只是为生存下去而进行着顽强的抗争与隐忍。想着越来越拥挤与污染越来越严重的地球,这也是人类生存景象的一种象征吧。

西部城市西宁,在高原海拔下降的一条山沟里,腾起烟雾,一片迷蒙。氤氲之气升腾到了神所见的高度,像一场大火刚被水扑灭,烟与气直冲天空。在这样荒凉、清澈的高原,工业的污染如此令人惊心。我不再有对河西走廊城市的怜惜之情。

那个初秋的黄昏,飞机向着山谷落去,是天地间一个发光的点。万物从辉煌一片的夕晖里走向浓郁黑暗的时分,宇宙苍茫,生命苍茫,内心广大的静谧与荒凉让我无言。

祁连山一座一座连绵如土堆一样光滑的峰峦,正被黑暗隐去。它们没有锋芒,雪像被子一样覆盖在高处的山头,让这些黄褐色的叶变成了银白色,让阳光下的暗影发出幽蓝的光。雪峰,苍茫岁月一样的覆盖,却像昨夜一场风雪,是那样新,洁白无瑕,清新刺目。那么纯粹的白,没有一点人世间的烟火与岁月的沧桑,但它却沉淀了多少浩茫的时间,亿万年过去只如一夜风雪交加……

这是五年前的一次飞临,我对这条走廊还只是揣测——凭借这弧形大跨度的山脉。

五年后,我在漫长的公路沿着河西走廊由张掖到敦煌,汽车在尘土与颠簸中一路西行,穿过小麦、玉米、棉花、瓜果各种农作物组成的绿洲,一栋栋红色砖瓦的农舍躲在高高的玉米地后。路边的房屋有的墙壁被刷上了广告、标语。若不是穿越一个又一个空旷无边的荒漠,绿洲所见的景物几乎与北方惯见的农村无异。想不到,有的地方还种水稻——梦幻一样地生长,似乎是对荒漠的嘲讽。事物巨大的差异常是从宏观从远处感受的,进入细部进入过程,却是惯常的逻辑、习见的庸凡。人处生存险境的感觉反在绿色的掩隐中水渗泥土般消失。这是多么深的假象,人如鱼一样,有了一瓢清水就能摇头摆尾起来了。

玉门关西望哈密、吐鲁番,那是深入想象中的有如大海一样的旷古之荒。太阳高悬,天地如毯,僭越之眼看得到时间深处的奇迹——千年不变的大地理!时间改变的只是细微的景象,宏大的地理之变却不是微小如人一样的动物所能感受与体察的。

再一次升空,从敦煌的三危山莫高窟之上直接飞临绵长巨大的祁连山脉,隔着一条条低凹的谷地,一列列的山脉交错隆起。眼前的景象毫无疑问印证了五年前所看到的山与雪。深秋季节,地上看时只是隐约可见的雪峰,飞机下已连绵一片。它从东北方向抬起了一个世上最奇伟罕见的地貌——青藏高原。这样的地貌高空俯瞰才清晰可见。它是从茫茫荒漠中出现的。一片苍黄中出现的雪山,那纯粹的白,它呈现的不是颜色,而是一种状态。天地间的一种存在,那么简单、直接的地理。我仍然那样痴望着它,有如初见,眼睛竟然变得湿润。

一路的跋涉,都在这一瞬间中断,成为记忆。下视苍冥,"野马也,尘埃也,生物之以息相吹也"。积雪覆盖的茫茫山河正是我几天前翻越的——

那个阴雨天,我从门源翻越祁连山。从祁连之西的青海湖出发,先到大通,这是青海高原上一个回族、土族人居住的地方,丘陵起伏,森林茂密,既有农耕的庄稼也有放牧的牛羊。到了油菜收割的季节,小雨中高大的油菜与大通河水的哗哗奔流交替出现,那冷的灰而翠的水意念般在我脑海里明灭着。进入门源,难泥达坂山海拔升起,祁连山主脉海拔3685米的俄博岭垭口,大雾弥漫。

冷龙岭一条峡谷,峰回路转,峥嵘的岩石,奔流的河水,寒冷的山风,山坡上的草地与牛羊……峡谷越走越深,阳光却在天空出现,两边的山在海拔的下降中越来越高、越来越险峻。甘肃逼近,两省在峡谷里开始交界。

很快,祁连之东的民乐县到了,南丰乡的坡地上,小片小片的黄褐是待收的小麦。平原上的村庄,一个一个呈现在田野上。祁连山转眼成为一道背景。蒙古高原与青藏高原所夹的一条深沟,在我的眼里竟然清晰地呈现!

地理的大转折,草原游牧的山区与小麦金黄一片的农业区在山麓转换、对接。

俯瞰这样的穿越,人力涉足的地理大变迁与大跨越,都无迹可寻了。现在它是一个渺小如菌的微观世界。那些闪现又消失的身影,那些淳朴亲切的微笑,那些珍珠似的羊群,在贝多罗树叶般的肌理深处,深得不可见了。只有青海湖以另一种天空的蓝呈现于眼底。她的轮廓一如地图上所绘,不再是浩渺无垠。

我在寻找绿色——那成群的牛羊放牧的草原,它不该呈现一片褐黄。

直到青海湖退到了后面,脚下的山越来越陡峭,绿色才染上了山坡。云朵越来越多、越来越大,它们缓缓地向着北方移动,像赶一场盛大动物的聚会,投在大地上的阴影,改变着山河的面貌。这些显然不是我所穿越的山川,我走过的地方早已飞越,但我无从辨认。

山势陡峭,阳光下的绿色深翠一片。茫茫群山中的一条道路,随山坡弯曲,公路边偶尔的两栋房屋那么清晰可见,这样的居住是全然不同的人生,是真正与世隔绝的世外之隐。看着它,心境阔大、邈远,有一种岑静与静穆的诗境,仿佛那高山深谷里的清风已吹到了脸庞。

回想自己由陇南往青海的路途,似乎也没有这样的高山深谷。这是一处什么地方?

黄土高原出现时,纹理细密了,另一种地理的开始,表明已到陇南回民生活的地界了。

西部远去。回到南方的生息地,从神的天空降落在人的土地,贝叶经顷刻间收缩、隐匿。再睁眼,眼里尽是岭南肥硕的树叶,可以一叶障目。

无涯无际天地尺度的诱惑,巨大磁力的无边想象,让人飘忽……微观与宏观的人生,僭越的眼睛,内心造就的冲突与和谐,像另一幅风景打开。眼里,再也不只是寻常所见的景物。灵魂开始变得轻盈缥缈,冷然、豁然。

西北向西

西行复西行

西北向西,荒凉如梗。

河西走廊的敦煌,荒凉有一种质感,绵密、坚锐。阳光亦如荒凉本身,正午炽烈地散发出荒凉的力量。天空的蓝现出一种虚幻。

西行,北出玉门关,九百里的莫贺延碛道后,到了吐鲁番。吐鲁番的西面是库车,古代的龟兹国,一个跳旋转舞蹈的地方。南出阳关,则到和田。古代僧人西方求法,最初去的是和田,不是印度。"和尚"一词、于阗乐舞都出自那里。

河西走廊却在敦煌终止,塔克拉玛干大沙漠横亘而出。南北两条古丝绸之路绕着它西行,去往更加雄奇的两大山脉——昆仑山和天山。

莫高窟断崖之北,一片戈壁中的大坟地。这是敦煌多少代人的归宿地。茫茫戈壁,坟地总是那样醒目。死亡常常让人想起大地上的行走与迁徙。

莫高窟,我想着乐僔,他就埋在这片土地上。他有一次长长的旅行:那一年,走在阔大的荒漠上,大地一步一步在脚下展开,日月星辉一天一天在头顶升降,人的渺小感愈来愈强烈。他产生了幻想,幻想最多的便是这巨大地理上的俯视——神的存在。

一天,走过祁连山的余脉三危山后,鸣沙山东麓的断崖出现了,一股水流直泻而来,两岸生长着高且直的树木。绿洲就是心生的幻景。乐僔冲到河边把水泼到脸上,捧进嘴里,他的精神有如枯木逢春,抬头东望,看到三危山异样的面目:夕阳中的山,金光万道,辉煌如灼,嶙峋的山头变成了一尊尊佛像。乐僔不由得惊呼起来。他以为这是佛祖的灵光,以为这个遥远之地就是西方极乐世界!

这极乐来自党河清澈的雪水、晃眼的白杨与这无边无际寸草不生的荒漠残酷的对比!这样的水与绿近乎神迹!

乐僔决定在此修行。他在断崖上开凿石窟,几年时间里不停息地凿着,终于凿成了一个窟龛。他在龛内塑佛像,绘壁画。这是敦煌莫高窟开凿的第一个石窟。时光在这些佛像与壁画上掠过了一千六百多年。

僧侣在荒漠中的跋涉,被写进了敦煌史话。与乐僔一样跋涉到敦煌的还有鸠摩罗什、法显……他们都是怀着一颗佛法之心的人,或是这片土地上的过客,或长年在这条走廊布道,成为一代高僧。

公元628年,玄奘西去取经,那匹神化了的马也一路走到了敦煌。他在此停留一个多月,从玉门关偷渡,走向了通往吐鲁番的莫贺延碛道。

世界各地怀着各种不同宗教信仰的信徒,竟然在环塔克拉玛干大沙漠地区走到了一起。他们比在任何地方都能和平共处、相互兼容,但排斥也时有发生。

是什么使得这片荒漠成了世界的宗教中心?那么多的宗教信徒冒死前来,并创造出灿烂的宗教艺术——雕塑与壁画。是千里的荒漠吗?是荒漠中的苦行?只有荒漠人稀地广才容得下不同的宗教;或者是一种物品——丝绸,它的神奇与稀有,使东西方通过一条世上最艰险最遥远的路彼此相连,商旅的滋养,让它盛开于荒漠,如沙漠玫瑰。

这条古道,走过了僧侣,也走过了来自陕甘的迁徙者,他们从这里走到西域的沙漠深处。而从这里走过最多的却是商人。漫漫长途中,他们脑海里想起了什么?是向神的祷告使他们忍住饥渴,还是战胜恶劣的自然,闯过一道道鬼门关?面对着荒凉,也就是面对着心灵、面对着生命。商旅与僧侣之间一定有着一种隐秘却又直接的关联。我想,世界各地不同宗教信仰的商人,他们在这险恶之地跋涉,渴望各自信奉的神灵抚慰、保佑,于是,丝路之上宗教开始繁盛。除了供养,僧商之间还有一份旅途共有的苦难,一种生命力的极限挑战。

元朝至元八年(1271年),一位来自十分遥远国度的商人走到了敦煌。他是意大利人,叫马可·波罗。同行的有他的父亲、叔父、两个教士。后来,他写了一本书《马可·波罗游记》,书中写到这一天:"走完这三十日路程的荒原后,便到达一个叫作沙洲的城市……居民多是偶像崇拜者。也稍有聂斯托利教派之基督徒和回教徒。"

这本书风行欧洲,使得西方惊讶地打量起陌生而神秘的东方,导致了世界航海地理大发现。马可·波罗这一次远行,改变了世界。

欧亚商旅驼队的铃铛声响彻了古道漫长而寂寞的时光。他们翻越高山,走过高原,穿行沙漠,一路上看着远处山脉的起伏与聚散,一颗深怀渴望与恐慌的心在这日日夜夜单调的行走中,变得坚毅。

土耳其历史学家阿里多次来到敦煌。在伊斯坦布尔博斯普鲁斯海峡边,他告诉我,他们的祖先一路西迁,从河西走廊迁徙到了地中海与黑海中的土耳其。他一生研究匈奴历史。那时,我耳边响起了一句匈奴人的悲鸣:"失我焉支山,令我妇女无颜色。亡我祁连山,使我六畜不蕃息。"焉支山在河西走廊的民乐县。

这是一次多么漫长的大迁徙!横跨了中亚、西亚。那个雨天的下午、那条分割欧亚大陆蓝得发黑的博斯普鲁斯海峡、阿里京味的汉语,因这令人惊讶的事实,都深深揳入了我的记忆。想不到土耳其人祖先主体竟是匈奴人。张骞的出使西域,霍去病的西征,班超的出任都护,都与这句话连接上了。

两千年后的相遇,汉人与匈奴人的后裔感觉到了一种亲切,那样的悲怆早已是历史了。这条走廊因为这场战争而被打通。

于是,我看到了这条古道上军队、使者、流亡者、迁徙者走过的身影,看到了血、泪还有悲鸣。

土耳其布尔萨是丝绸之路亚洲的终点站,丝绸可能比匈奴人更早到达这里。在一个古老而封闭的丝绸市场,我拿着从土耳其商人手中买来的丝质披巾,脑海里想起的是敦煌飞天挥舞的飘带。绿色清真寺里,伊斯兰信徒面壁跪地,虔诚祈祷,沉浸于一个人与神的喃喃自语中。窗外,高山积雪灰蒙蒙一片。街巷,古老的弹拨乐奏响,与新疆维吾尔族人的音乐一样急切、嘈杂、起伏,这是大盆地的丝路风情!

向西,我一次比一次走得远,直到丝路西方的终点罗马——

另一个繁华世界。与它的起点西安相比,罗马石头的艺术登峰造极。而东方木构的艺术在随时间不断朽去。两极的繁荣,让沙漠与戈壁中的路冰与火一样难耐。然而,它却在最深的寂寞里呈现了世间的繁丽,在繁丽的凋谢中生出梦幻;在最荒凉中孕育了绚烂的文明,在文明的寂寞里呈现天地宿命……天底下极致的事物在向着它的反面转换。

在莫高窟乐僔雕琢过的洞窟前,敛息驻足,阳光中的风卷动轻沙,有微响如诵,沙土上细小的阴影如光一样闪动。我轻轻放下一支玫瑰,默念着一句经语,远行的灵魂,安谧中仿佛获得了神启。

吐峪沟的黑洞

新疆吐鲁番鄯善县吐峪沟有一个麻扎村,居住着两百多户维吾尔族人。房屋是黄黏土制坯砌的窑房,大都一两层。泥坯砌的花格墙、圆拱门,阳光中投下阴影,自有一种简朴、切近生存本相的美。有的房屋几百年了,在黄土一色中难寻岁月沧桑。村中心的清真寺是最醒目、最奢华的建筑,四个绿塔并排立于门墙中,后面的圆形穹顶反倒不太显眼。它那荷叶瓣一样的拱门、拱窗,影响到了村里泥砌的民房。只是一眼望去,便知麻扎村是一个信仰伊斯兰教的村落。

当你的目光上移,掠过一片杏黄的泥砖房,看到村后那片泥黄的山,一个个黑洞出现了。

去黑洞要穿过村子,沿一条峡谷上行。

这天上午,从一户维吾尔族人家的后门出来,一条哗哗作响的溪流吸引了我。这条绕村的溪流源自村后山谷里的小河。在这一片皆为黄色的土地上,绿色如村中的钻天杨已是黄色世界最刺目的奇迹了,水更如天外来物。一条河谷让这个村庄不同凡响,我想,这就是它历史如此漫长的秘密所在吧。麻扎村存世已有一千七百多年了。

逆流而上,水边出现了芦苇、杨柳,还有木板搭的栈道。这条木制栈道直通山上的黑洞。

黑洞竟然是佛窟!比乐傅在莫高窟开凿得还要早。它们同在这条古老的丝绸之路上,吐鲁番比敦煌更西域,其间隔着九百公里最荒芜的莫贺延碛道,佛教传播自然比敦煌早。离麻扎不远的火焰山有一个庞大的柏孜克里克千佛洞,开凿在木头沟西面的悬崖上。它始凿于南北朝后期,历唐、五代、宋、元七个世纪而成。麻扎村的黑洞叫吐峪沟千佛洞,以前叫丁谷寺。在逝去的岁月中,这条峡谷里有随山势而建的重重寺院,四周古木掩映,佛乐飘荡,游僧云集。20世纪初,人们还从洞窟中发现了一个中世纪图书馆。

一位维吾尔族壮汉正下山来,他手里拿着一串钥匙。村里升起了一股股炊烟,快到吃午饭的时辰了。我央他回去,他犹豫了一下就随我转身。粗笨的木门已破旧不堪,吱吱呀呀打开来,一个个古老的洞窟出现了。

我看到的是令人惊悚的一幕:佛像已经被打碎,壁画被挖得千疮百孔,残留的佛像多有残缺。就是这样的画像也不多了,洞壁已被挖得只余星星点点的残墨。无数的洞窟塌的塌、垮的垮,余下的几十个洞窟只有八个留有残存的壁画,可以辨别出回鹘文的题记。这里发生过一场令人愤怒的残暴的浩劫!

麻扎村的另一头,峡谷南面的出口处,有一片墓地,人称"圣人墓",有一千三百年的历史。墓地入口是泥砌的清真寺,从寺东的台阶上去,有守门人守着。上面的围墙为黄泥砌筑,饰有伊斯兰建筑风格的券拱。墓地中央,有几座大小不一的清真寺,两座高台上有两口泥塑的棺材。另一边是一座圆锥形的大墓。周围散布着各种大小不一的坟墓。黄泥上的阴影在正午的阳光下分外扎眼。死亡如同阴影一样一直呈现在大地上,像裸露的山峰,村庄每个人都可以看得到它。

坟墓里埋葬的是来自也门的传教士叶木乃哈和他的五位弟子。公元7世纪初,穆罕默德创立伊斯兰教,叶木乃哈作为他的弟子,沿着这条丝绸之路前来东方传教,一路走到了吐峪沟。他找到当地的一位牧羊人,成功地让他信奉了伊斯兰教。于是,他们在这个村庄住了下来,在佛教昌盛之地开始传播伊斯兰教。

维吾尔族人是回鹘人的后裔,他们在一千一百多年前从天山以北至蒙古草原的色楞格河、鄂尔浑河流域迁徙到这里。从摩尼教皈依佛教后,他们建造了吐峪沟千佛洞、柏孜克里克千佛洞。麻扎村人与伊斯兰教的相遇,吐峪沟千佛洞被毁灭的命运就开始了……

伊斯兰教突然兴盛起来,佛教衰落。在那些消逝的时空,发生了什么事情?有着怎样惨烈的经历?墓地与那些毁坏的洞窟有着一种怎样的关系?我想象着曾经疯狂的一幕,锋利铁器的寒光挥之不去。在墓地前停下了脚步,我只是远远地看着。如同天山上的积雪,这种暑天高处的寒意,就像人身上蛰伏的人性。

生活在眼前这个村庄的,都是伊斯兰信徒。他们安详地生活,纯朴、宁静、自足。来自土耳其、印度的穆斯林开始来这里祭拜。它成了新疆境内的伊斯兰教圣地,称为"中国的麦加",当地穆斯林去麦加朝圣,先得去麻扎村。

这个可与耶路撒冷相比拟的地方,西亚火祆教、印度佛教、叙利亚景教、波斯摩尼教、中东伊斯兰教都曾在这一带传播。

最早到达麻扎村的人又去了哪里呢？吐峪沟黄土一样沉默着，只有流水声、风声在倾诉着自然的别样变迁。

从吐鲁番到敦煌

未去莫高窟前，我先到了柏孜克里克千佛洞、吐峪沟千佛洞。我揣摸着墙上的壁画，为那些流畅、简朴的线条着迷。敦煌的莫高窟早已声名远扬，而吐鲁番这片沙漠中的洞窟，其塑像、壁画与莫高窟可否相提并论？直到我去了莫高窟，我才敢肯定柏孜克里克千佛洞、吐峪沟千佛洞的造型艺术比莫高窟精细处更流畅、绚丽，如《智通、进惠、法惠三都统供养像》，衣服的质感都表现了出来。《本行经变》图色彩与造型之精细和华美已有西画风格，有土耳其细密画的用笔与用色，而其稚拙处更率性、世俗。图中飞天的造型，飘带没有那么长，动作也笨重一些，但她接近人间的烟火气。

我更惊讶的是，在高昌故城遗址不远处，有一片古坟地——阿斯塔那古墓，这是高昌的一处公共墓地。死亡是如此浩大，一千七百多年前开始有人埋葬在这里，从西晋初年到唐代中期，埋葬了五百年后，把一个十平方公里的地方都埋满了。埋在这里的有贵族、官员，也有平民百姓。

我走进一个夫妻合葬的墓室，昏暗的灯光下，尸体的毛发、指甲还保存完好，吐鲁番干燥的沙土使他们变成了木乃伊，甚至连随葬的点心和饺子都完好如初。尸体后面墙壁上有六幅壁画，模仿现实生活中的六曲屏风，画的是简单的欹器、金人、石人等内容。这是先秦两汉以来先后产生、流传的"列圣鉴诫"故事，表现的是儒家的中庸思想。

欹器取"中则正，满则覆"意。金人"三缄其口"，寓意行为谨慎。张口石人，主张的是有所作为。最右边一幅画，画的是生刍、素丝、扑满。它表现的是《西京杂记》里的一个典故。《诗经》中也有"生刍一束，其人如玉"的诗句。扑满是储蓄罐，有入口没出口，蓄满钱后就会被打破，意在告诫为官清廉，不能聚敛无度。

一座唐时的墓，儒家思想已经如此深地进入了吐鲁番的生活，并进入了坟墓！河西走廊早就是一条迁徙之路，来自中原的汉人经历生死，长途跋涉至此，他们之中不乏文人。墓中的壁画也许出自东土画家之手：简古的笔墨，不无禅意，让人迷恋。许多现代画家都没有那样的笔力与境界，疏疏的笔墨，有生命最简朴的心智与淡泊，既民俗味充盈，又满溢文人画的意趣，让人想到当代画家黄永玉的画境。盛唐的新画风已经进入了高昌，画面线条简洁流畅，刚劲有力，寥寥数笔，形神兼备。

这一条在荒漠中走通的路,成了一条世界级的艺术之廊!前人的创作埋进地下,藏到了洞窟,他们无意于个人名声,无意于传世,却在无心之中抵达了不朽。

莫高窟第四十五窟迦叶菩萨天王雕像中的胁侍菩萨,头向右略偏,腰肢微曲,双目轻闭,似笑非笑,神秘莫名,充满性感;她体态丰腴,那样富有女性婀娜、妩媚气质;其鲜明个性,让人产生世俗之爱,甚至是思念,堪称东方维纳斯;其神秘表情比达·芬奇的蒙娜丽莎的微笑更具魅力。这样的雕塑不可能出现在中原儒家文化地区。第十七窟北壁吴洪辩雕像,逼真似可开口诵经,是一个真实人物的再造。我敢说这些都是中国雕塑史上的精品!

在莫高窟的藏经洞发现了五万件文物,遗书内容有佛教、摩尼教、景教、道教和儒家典籍,还有天文、历法、历史、地理、民俗、宗族、函状、书信、诗文、辞曲、方言、音韵、游记、文范、杂写等。文字则有汉、吐蕃、回鹘、西夏、蒙古、粟特、突厥、于阗、梵、吐火罗、希伯来、佉卢。这些大量文献形成了当今一门显学——敦煌学。

阿斯塔那古墓出土了文书、墓志、绘画、泥俑、陶、木、金、石等器物以及古钱币、丝、棉毛织物等文物上万件,珍贵的有共命鸟纹刺绣、伏羲女娲图、壁画等。让我感到惊讶的是,这里出土了大量的伏羲女娲图,伏羲与女娲人首蛇身,双臂相拥、双尾相绕。交合图大都画在绢丝或麻布上,也许是祈望逝者追随华夏子孙的始祖神,融入宇宙苍穹,经历阴阳交合,走向希望的新生。它证明了这样偏远的地区曾有过中原人的迁徙,文化上与中原的息息相通。

玄奘西天取经到达高昌。高昌王盛情挽留,与他结拜为兄弟。玄奘在此讲经一月,最后不得不绝食才脱身离去。高昌对佛教的痴迷由此可见一斑。

在莫高窟,人们向这条丝绸之路的咽喉重镇汇集,敦煌遗书中有康国、安国、石国、曹国、波斯、印度、朝鲜居民的记载。由于语言混杂,出现了许多从事翻译的人,政府专门设立了"译语舍人""衙前通引"的职务,掌管使节的接待与语言、文件的翻译等交往事务。蕃汉、梵汉、回鹘汉、蒙古汉等双语词典也出现了。西晋时期,敦煌就成了佛经翻译之地,敦煌人竺护法在此翻译了佛经二百一十部、三百九十四卷,是佛教传入中国早期译经最多的翻译家。敦煌的寺庙也越建越多,店铺更是鳞次栉比。在离莫高窟不远的地方,也出现了西千佛洞和瓜州榆林窟。

这一切完全不是边地的想象能够达到的境地,而是真正的文化交汇中心!在绝境一般的荒漠,有如此绚丽的文化景象!在人迹罕至之地,却有世界各地的人前往。分隔于世界各地的四大文明破天荒汇聚到了这条路上,让这片荒原成为文明的一种奇迹。

丝绸之路,就是一个产生极端事物的地方。

西北向西,不只是荒凉,更是一种奢华,人类精神的奢华。

风过草原

一

"加格达奇",发音奇特,从火车票上读着它,意义不明。K7042次火车经过一夜摇晃,抵达了这座城市。这时已是夜晚三点。加格达奇的黑夜已经没有了,天空曙日东升,阳光如风,天蓝地白。

我却困乏。脑子里晃荡的是昨天黄昏的映像——黑龙江高纬度地区,夏季的天空迟迟黑不下来,站在小小的漠河站广场环望四周的山,远远的山影像天空压倒的巨木。大兴安岭的平缓就像谁在天际任性写下的斜斜一撇,墨迹浓重,不肯收笔。

上了火车,一条长得令人疲倦的峡谷,低矮的山脉——一道移动的无法穿越的幽深囚禁了目光。山腰浮现的一片暮霭,也是洁白的,薄雾一般,水平地散开。它面前的峡谷形成了开阔的平原,偶尔的一个村庄、一个木材厂,像是谁遗弃在这绿得无边的世界,独立得像外星球的孤儿。

火车就在峡谷一侧的山腰上走,落叶松、白桦树、樟子松并不高大,在这样寒冷的地区它们生长缓慢,新栽的树木几十年里长得只有碗口粗。天上的云在夜色里仍然是明亮的。呼玛河、小波勒山、伊勒呼里山……一路寂寥地隐向更深的黑暗。

车上,有人打牌,有人酣睡,也有人推销毛主席纪念像章。我扭痛了脖子,只是痴望黑暗中不停闪过的树木,朦胧里它们有更暗的影子。陌生而湿漉的山河,只在今夜我能匆匆经过。

加格达奇三点就在白昼中了,街上不见一个人影。太阳光下的城市,睡梦并没有随着太阳一起醒来。我在它明亮的梦里,不明白这个城市的夜晚是否真的过去了。我护着脑子里残留的睡眠,不被阳光驱散,于是,眼里的一切皆为梦境,它们成了睡眠的容器。

为着残梦,随车走向这座城市的一张床,我不说一句话。说话的只有当地一个女孩,樱桃小嘴,眼睛大而无神,从海拉尔赶来,只知道说从小册子上背下来的东西,有人问她加格达奇的意思,她瞪眼不语。我的思维触动了一下:她没有背加格达奇的含义。

想不到的是,我以为走了很远,却没出大兴安岭。即便是到了加格达奇,也只是刚到这条山脉的中部。

睡过一觉之后,我到了城外,鲜嫩无比的绿色生命展现出森林的活力,树上的野果与地上的浆果,正加紧酿造着糖分。两三个月后,这片山地将成为一个白色的世界——在漫无边际的冰雪统治下,绿色只是一个梦想。北方绿色的丰盈、短暂,让人心疼,忍不住从味觉上体味它的清鲜、切近它:小小山丁子的酸涩与蓝莓的酸甜,品出的是大兴安岭夏天的味道。面对无边的绿,我伸出了手,抚摸一棵小树橄榄形的叶片,抚摸这2010年的绿,继而攥紧、抓住。一眼望去,不只是千树万树的绿在晃动,也有雪意从深处逼近。一个严寒的冬季隔得那么近——这年,呼伦贝尔草原将降下一个极端气温达零下四十六摄氏度的冬天。

路上零星的撮罗子——树干与兽皮、桦树皮搭的圆锥形房子——已经不再住人了。鄂伦春人的离去,砖房的出现,证明了一个年代的逝去。他们去了加格达奇,与大量移民来的汉人,还有鄂温克人、达斡尔人建起了一座城市。

鄂伦春人对现代城市生活适应得很艰难,那些水泥的街道不能安放旷野上的灵魂,他们的直率、忠勇、剽悍、团结、不妥协的秉性,还有巨大的文化差异,都成了不适应的缘由。然而,他们无法回到简陋的撮罗子了。

我被北方辽阔无依的山川旷野撼动,被一种辽阔的穿越所激荡,想着前年冬天黑龙江冰天雪地上的行走,这个绿色嚣张的时节来一次从北到南的大穿越,一种大空间的概念鼓舞着我——站在中国鸡形版图的鸡冠之顶,中俄界河黑龙江就在脚下,我不能再向北了。对岸隆起的山坡抵挡着,山在新绿中裸露出白色峭岩——那已是俄罗斯的土地。黑龙江迅速地弯向地势平坦的一方,向着我的右手边转向身后。漠河北极村,中国最北的一个村庄,黑色肥沃的土地,大豆、土豆、玉米顶着一片一片明媚的阳光,齐整整地铺出小平原。平原深处,村庄已经隐得很深了。

我就从这里转身南下,沿大兴安岭,进入内蒙古,再横穿呼伦贝尔大草原,越过燕山山脉,直抵北京。

拓跋鲜卑神秘地出现,让我这样的穿越不再是山川风物那样单纯。当年,他们从大兴安岭的加格达奇出发,一路南迁,进入中原腹地。两三百年里,一个不起眼的原始部落三次向南迁徙,生存方式从游猎转入游牧,再到农耕,人类与土地的三种基本形态,他们一一经历,然后,入主中原,建立起一个强大的北魏!

这是一段令人震惊的历史!一个原始部落突然有了这样奇迹般的经历。这一路,他们经历了怎样的脱胎换骨、怎样的文明的历程?巨大的变迁在这茫茫草原上进行着,他们甚至没有文字,靠刻木纪契,汉人五千年所经历所积累起来的文明,他们仿佛一夜间就进入了。人类的文明也许无关乎进化,只是多样的生存状态?人类的智慧也无关乎知识?

一个山洞——嘎仙洞——就是这天中午突然出现的。这是拓跋鲜卑人出发的地方。1980年,有人在山洞石壁上发现了一块石刻祝文。这是一千五百年前的一队人马刻下的。刻字的那一年是太平真君四年(443年)。北魏皇帝派中书侍郎李敞来山洞祭祀祖先,他们北上四千五百余里,走了四个多月,用马、牛、羊三牲供品,学习汉人的做法祭祖。这一情景被《魏书》记录。但是,漫漶的岁月让这个洞穴不知所终了,人们甚至怀疑它的真实性。

从一条峡谷拾级而上,爬几十米的山坡,坡上荒草萋萋,野花怒放,金莲花、马下芹、百日红、百日紫,艳丽得如染如灼。尖尖的山洞面对着峡谷,洞并不深,洞口有二十多米高,洞内能看到天空,阴天玉白色云层下,远近的山脉低低地连绵成一条曲线,横过山洞。以一个居住者的眼光来体会,饮食起居就在这样一个天然的山洞里,该是多么原始荒凉的生活!虽然洞内光线明亮,洞壁却吸去了光,以致一片漆黑。一切都是裸露的,是石头与天的原始组合,人在其间,几乎与动物无异。上千人在洞中生活,那会是一个什么样的情景?

这就是拓跋鲜卑先祖生活的地方。传说中的"毛",拓跋鲜卑史书记载的第一个大酋长:"聪明武略,远近所推,统国三十六,大姓九十九,威振北方,莫不率服。"——这是眼前山林中曾发生过的史事。传递历史的语言,哪怕只是口头语言,在如此洪荒之地孕育、产生,都是令我震惊的。

毛部族的人手握长矛,锐利的武器为石镞——一种灰白色砂岩长条石加工的石器,有柳叶形、桃形、三角形,也有兽骨做的骨镞。这些器物就埋在洞中的泥土里。男人们带着这些武器去狩猎,去打仗。一只只狍、獐丧命于矛与石器之下,还有鹿、犴、野猪。它们的皮被妇女缝制成了衣服、腰带,肉在陶罐中被烧煮成美味佳肴。这些陶罐是女人们烧制的,野果、野菜也是她们上山采集的,她们还负责驯化野鹿。部落里的人一起劳作,一起分享劳动的成果。

毛靠什么"威振北方",让其他部落的人归服?传说是他的精明、强悍又无私,远近部落的酋长都敬佩他。

嘎仙洞四周荒无人烟,视野里,只有一栋坡屋顶的房,里面没有墙,几个女孩在这个巨大空间的一角围着炉子吃饭。她们生着圆脸,肤色偏黑,暑天里仍穿着秋装。风从草地窜入房内,带着几分寒意。她们是开电瓶车送我去山洞的导游,上车前曾提醒我要多加一件外套,森林中气温低。一路上她们有说有笑,一花一草的问答中,姑娘们洋溢着自豪,在这一座偌大的森林,她们就是主人。

因为一个山洞,拓跋鲜卑莫名地与她们的人生发生了关系。她们从加格达奇来到冷清无比的森林中,只闻鸟语林涛。没人的时候,她们在宽敞如厂房的房屋一角发呆,偶尔走出门,望一望四面森林、平地上怒放的野花与疯长的野草。这里居然看不到一个男人。

嘎仙洞让拓跋鲜卑这个成为历史的民族,再一次出现在世人的视野。在这个东胡部落联盟的部族,鲜卑可能就是部族对大兴安岭的称呼。在蒙古语中,鲜卑是森林的意思。

大兴安岭和呼伦贝尔草原几十万平方公里的土地,是中国历史的盲区。"威振北方"的拓跋鲜卑为何离开山地丛林,走向草原?是人口增多,山林狩猎不能养活他们,他们需要更广阔的天地,还是短暂的白昼、漫长而寒冷的冬季令他们无法忍受?嘎仙洞所在的深山老林里,只能容纳最原始的生活,走向平原似乎是人类成长发展的必然之路。

那条南迁的路线就这样豁然展现在我的面前——让我这个久困都市的人,目光无限地伸展,像马背上的风。从加格达奇开始,从这一刻起,我对北方大地醉心的穿越不再是地理山川了。半月的行程,我走了当年拓跋鲜卑人南迁的路线,出发地同样在嘎仙洞——大兴安岭北段东麓甘河上游,北纬五十度以北。

拓跋鲜卑从嘎仙洞出发,一路到达过拉布达林、扎赉诺尔、孟根楚鲁、南杨家营子、苏泗汰、三道湾、皮条沟、和林格尔,时间就在公元前1世纪末至公元3世纪中。拓跋鲜卑人向着西南偏西而行,他们的行囊或许是世界上最简单的,几乎全是动物的皮毛与肉,肩扛手提之外,也许驯养的鹿能驮点石木的器物;桦树皮的篮与袋,则装满衣服。一路走,一路安营扎寨、打猎,熊熊火光在茫茫山林里一次又一次点燃。

越过大兴安岭,沿着根河的水流走出森林。根河下游的拉布达林出现了,新的家到了。

我走的路线与他们是重合的。7月19日,沿省道行车四百公里,向西南偏西越过大兴安岭,沿着根河,到达额尔古纳。

这一次远行,我内心里有着一种逃避的念头。尽管空间的距离对我毫无意义,但是长时间的奔走,陌生的环境,让我感觉进入了另一片时空,是两千年前的那次迁徙让山水变得古老,眼前的人事反倒成了背景。

二

大兴安岭并不险峻,它在天地间延伸,显得舒缓平坦。茂密的森林,遮天蔽日,这些高大的松树、白桦树和杨树,彰显了山的气魄。我竟然从北到南,沿着它的千里山脉走到了尽头。

这天上午,在茫茫森林中穿行,山岭仿佛是森林在起伏、攒动,四面八方充满生命激情的奔涌与呐喊,它是北方涌动的夏季。这里仍然靠近俄罗斯边境。在布苏里的一个秘密军营,许多山头竟然被掏空了,几十米高的巨大油罐一串串藏到了洞中。一支浩荡的部队可以在一瞬间消失于无形。这是20世纪末邻国间军队作战的一种方式,隐蔽像是潜伏。

从西面出山,土地低低地起伏,树林奔涌到草原边,如浪止于岸,戛然而止。

一片片平地出现了,长满了绿得鲜艳肥大的低矮植物,这是农民种植的土豆、大豆。偶尔出现的泥与砖砌的平房,整齐排列,却破烂陈旧。后院里的蔬菜疯长,仿佛短暂的夏季把它们压迫得从土地里一跃而起。村落里没有见到人影。是城市化抽空乡村的运动波及了这片土地?他们迁移,新的背井离乡发生在每一个村庄,没有人不为好的前景而奔赴。家园的荒芜却成了令人揪心的场景。

根河是美的,这里的山是长长的坡地,几里长的草坡如瀑布一样流泻。翠绿与鹅黄的草地在太阳光下变化万千,深厚的绿沉积到了坡下,那是进入梦幻的森林。它们都奔向了根河,一片广阔的湿地出现了。根河之水就像宝玉的蓝,藏在森林的绿中,闪着海洋一样的光泽。

草原裸露,起伏的大地上一道道交织的曲线,像天地的旋律,云朵投影其上,变幻、迁移。

"厥土昏冥沮洳。谋更南徙""此土荒遐,未足以建都邑",这些说法似乎与我所见的山川不符,不足以成为继续南迁的理由。比起嘎仙洞,这里天地广阔,景色壮美。我仿佛看得到两千年前拓跋鲜卑人眼里闪耀的惊喜,他们不用再去穿越茫茫森林,不用翻山越岭,不用害怕迷路、遭遇猛兽……

晚上,走进额尔古纳一户俄罗斯人家,男的是额尔古纳一位退休老师。一处工地,连排的住宅楼都已封顶。工地旁,一片低矮的房屋,有一栋平房,前面为花园,后院种着瓜果,屋内,地道的俄罗斯餐已经摆好。进门时,天就完全黑了。

席间,男主人拉起手风琴,女主人边跳边唱,《喀秋莎》《莫斯科郊外的晚上》《红莓花儿开》……熟悉的旋律于星空下飘荡,让我想起了额尔古纳河对岸的俄罗斯人。19世纪时,他们从遥远的俄罗斯北方来到了额尔古纳河左岸。主人的亲戚就在河的对岸。他们如今来往得少,每次去左岸,都要花大笔的钱,左岸的生活比右岸贫困了。

拓跋鲜卑到了这个大兴安岭与呼伦贝尔草原过渡地带,起伏的丘陵,可继续狩猎;宽阔的草场可以放牧;那些驯养的动物,有了好的牧场。森林、草原地貌,与狩猎、游牧交织的生存十分契合。这是他们生存方式从游猎向游牧转变的过渡阶段。

从这里再往前走,将不能再依赖野生动物为食了,他们必须繁殖大量的牛、马、羊等食草动物。撮罗子也将消失,必须学会用动物的皮和毛搭起蒙古包,学会逐水草而居。

问题是,拓跋鲜卑为什么要舍弃这么美丽的地方?虽然匈奴已在西汉时从草原上被赶走了,但草原毕竟是荒寒之地,土地贫瘠,有白毛风那样恶劣的气候,湖泊远离牧场,放牧要靠勒勒车拉着水箱走,特别是氏族部落间,为争夺牧场、牲畜和水源,战争与抢劫被认为是天经地义的,到处是血亲复仇的杀戮,很少有安宁的时刻。他们不知道草原的凶险?

大规模的迁徙常常是被动的,要么是战火,要么是瘟疫,要么是自然灾害。拓跋鲜卑这个"威振北方"的民族,难道遇到了强敌的侵扰?

拓跋鲜卑高祖皇帝要迁都洛阳,怕众人怀念旧土,便宣称有大的军事行动,要南伐。这是一种集体记忆吗?说明拓跋鲜卑过去总是在战争中迁移?

一个民族改变自己的生存方式不亚于一场革命,对拓跋鲜卑人而言,仅仅丢弃桦树皮文化,心理上就有着不可割舍之痛!

《魏书·序纪》道出了大迁徙悲壮的一幕:"山谷高深,九难八阻,于是欲止。有神兽,其形似马,其声类牛,先行导引,历年乃出。始居匈奴之故地。"这一幕已表明了他们迫不得已的情状。举族迁徙是关乎生死存亡的大事。在这片产生过萨满教的土地上,不乏神灵的传说。大迁徙没有神灵的指引,在这么无穷无尽的天地间,恐慌将俘获每个弱小的心灵。

草原,空荡荡的草原,它是一片海,一片干涸的海,它的起伏被魔法凝固了,只有牧人的马蹄奔跑起来时,它才开始动荡不宁。草原上生活过的扎赉诺尔、东胡、匈奴、秽貊、丁灵、夫余、乌丸……这么多的民族、部落,像风一样消失。空荡之上的空荡,海洋似的收走一切,不留踪迹。匈奴、突厥,离开草原走向了中亚,走出了中国人的视线,多少个世纪后,他们走到了小亚细亚的土耳其高原,成了地中海那片土地的主人。更多的民族没有了踪影。

拓跋鲜卑人走进去了,被淹没了,他们也留不下痕迹。

迁徙路线是由他们留下的坟墓显露的。他们面对土地唯一能做的就是埋葬。他们把墓坑一个一个挖成竖穴,木做的棺材,前宽后窄,大多数无底。草原上的生活是从坟墓里找到踪迹的,墓葬中有铜器、铁器、石器、珠饰、金耳饰,更多的是骨镞、骨匕、骨锥、骨扣、骨饰、钻孔骨板、骨鸣镝、骨弓弭、骨刀把……几乎是骨头的天下。这是狩猎民族的习惯。而用桦树皮制作的弓袋、箭囊、壶形器、罐形器和"圆牌",又是森林民族的,他们走得离大森林还不太远。

渐渐地,墓葬中出土的骨质弓弭越来越少。作为对森林的留恋,桦树皮制器他们仍然不肯舍弃。

这时,他们到达了呼伦湖北岸。拓跋鲜卑在这里生活,直到第七代开始第二次南迁。

这一次南迁到达了匈奴人生活过的地方,那里已进入草原深处。他们与匈奴人、丁灵人错居杂处,原始的血缘氏族部落开始解体,地缘的多个民族结合的新的部落出现了。广阔的草原把他们分散开来,草原上众多的民族——乌桓、匈奴、丁灵开始与拓跋鲜卑通婚。血缘的交混也是文化的交融。远在中原的汉人,他们的青铜、铁制武器和工具,通过交易运到了他们手上。这是新的文明历程的开始,是文明的启示、交融与养育。

孟根楚鲁、赤峰市的南杨家营子古墓群出土了铜带扣、环状双耳陶壶,已经没有石器,木棺、桦皮器、骨器也极少了,大兴安岭到了南方的尽头。

我到达这里,从海拉尔坐了一天一夜的火车。夜晚依然黑得那么深邃,星星挂在天上,遥远又神秘。

三

一踏上呼伦贝尔,大巴车一路播放《成吉思汗》。在茫茫草原上奔走,大玻璃窗,视野开阔。司机头上悬挂着电视机,朝前看,是成吉思汗成长与征战的故事,左右看,是这个蒙古人的神当年驰骋的草原。当年他从额尔古纳沿着同样的路线走向南、走向西,一场场草原上的战争在我走过的土地上展开。到处是刀光剑影,呐喊,恐怖的嘶叫,冷兵器撞击的声音,冲天的火焰,还有那些发抖的手臂,那些犹豫的脚步,那些疯狂的冲锋,被仇恨遮蔽的眼睛……千年的寂静被打破,又归于寂静。

剧情发生的地方,在车轮下扑来又退走,这样的重合就像天意。这是一种怎样的机缘,在同一个空间,消失了的历史在如烟一般回退、重生,扭曲着幻化着现实里如茵如毯的大地,只觉蓝天深处的太阳就是那一次的照耀,光芒旧得簇新。

拓跋鲜卑人走后,额尔古纳成了蒙古族的发源地。蒙古人在草原上又创造了一个传奇。

草原就像一面紧绷的战鼓,一个个民族一个个朝代,不断地把它擂响。草原是一张坚实的羊皮,生命如泼洒其上的水,总是留不住,滑落到它的周围。

黄昏，风吹在草原上，是如此浩荡。它是呼伦贝尔发出的呼唤，呼唤天上的云团，呼唤大地上的马蹄，呼唤土地上的草与花，也向地下的魂灵发出呼唤……它的呼唤是静静的，像一朵朵风中摇曳的花。

蒙古人相约不在草原上留下痕迹。成吉思汗打马走过如此广阔的世界，跨越亚欧大陆，一代叱咤风云的枭雄，大限来临，把自己交给草原，躺进土地，头顶的草原就像划开的海水合拢了，后人永远也找不到他的墓地。土地就是生命的源头与归宿。只有他的马鞍、头盔、桶，留下来供人祭奠。这是蒙古人的秘葬。他们消失的灵魂可以从任意一处草地下走来。

拓跋鲜卑人在草原上躺下，他们把头朝向自己出发的地方——嘎仙洞。一口一口前高后低顶盖如脊的棺材，一路在草原上埋下。一路走，一路躺下，以这样头朝祖先故地的方式。他们是有故乡的人，他们思念自己的祖居地，这如游猎民族的胎记。当他们在中原建立政权时，哪怕路途遥遥，也要寻着来路回去，去祭奠先人。强烈的故土情感驱动着大草原上孤独的脚步。也许，迁徙的路上，他们都在幻想着死后灵魂能够回到祖先的地方。他们走得不甘心、不情愿，但脚步却走到越来越远的南方了。

在呼伦湖沿圈河台地，两公里长的数不清的墓葬排列有序，头朝向祖先的故地。

拉布大林西山,一个氏族墓葬群的二十七座墓排列有序,也是头朝东北方向。

拓跋鲜卑人的棺材一直埋到了中原。汉人矩形的棺材也变成了前高后低顶盖如脊。这一形状成了中国人死亡的象征。

谁也不知道,这一走,拓跋鲜卑再也回不去了。即便祖先的嘎仙洞再次被发现,祭祀的祝文就刻写在洞壁上,但没有一个拓跋鲜卑的子嗣前来祭奠,哪怕来此上一炷香、叩一个头。这个民族,早已消失在岁月中,融进了汉民族的血脉。

拓跋鲜卑走进了草原,这些剽悍的原始猎人想不到自己就是天生的战士。他们平日里狩猎就像行军打仗,一旦遇到马,就像插上了翅膀,来如飞鸟,去如绝弦。从此,长途行军甚至粮草也可以不要了,马疲可以换,人饥可以吃马。他们成了游牧民族,牛羊在作战时,就是一个可以随军移动的后方补给。

来自中原的青铜与铁,变成了锋利的箭,从奔驰的马背上呼呼射出……

无边的草原上,拓跋鲜卑迅速膨胀,他们突然之间变得异常强大!就像一个巨人从草原上站起来了,草原上到处是他们的身影。草原之外,拓跋鲜卑左冲右突,到处是他们厮杀与劫掠的马群。男人娶妻,也是先抢后嫁。这一切像是一种狩猎。中原儒家的道德与草原是绝缘的。

这是冷兵器时代的奇迹,蒙古族因此建立了横跨欧亚版图的大帝国,女真人因此建立金国,拓跋鲜卑因此建立了北魏。中原的汉人在诗中哀叹:"誓扫匈奴不顾身,五千貂锦丧胡尘。可怜无定河边骨,犹是春闺梦里人。"(陈陶《陇西行》)"葡萄美酒夜光杯,欲饮琵琶马上催。醉卧沙场君莫笑,古来征战几人回?"(王翰《凉州词》)

四

拓跋鲜卑继续南迁,开始接近农耕文明。中原开始对他们产生巨大的影响,像一股强劲的磁力,他们景仰,甚至把自己部落的王子送到中原去接受汉文化的教育。

从蒙古高原下来,第一眼看到草原边上的城市平城(大同),能够想象来自一千多年前的那一瞥,是多么令人震惊,拓跋鲜卑看到的是一幅多么不同的图像!炊烟袅袅是成千上万汉人的烟囱,它们给了拓跋鲜卑人温暖和食物的欲望。锯齿形的双层城墙灰暗高大,城墙上耸立着瞭望塔。城墙内,密密的平房铺出的街道,铺面、院落与人流,多么兴盛的人间烟火啊!中原的汉族女子,风吹杨柳的腰肢,凝脂的肌肤,顾盼生情的双眸,莺莺袅袅的歌声,扑面的脂粉香……这一切对荒寒之地的人产生了巨大的吸引力。尤其是在蒙古高原的冬季,寒风砭骨,雪暴横扫大草原,人和牲畜都缩进了小小的蒙古包,等待着春天的来临。这时走出草原,站在关口上,遥望平城,那是另一个文明、另一种生存的图景啊!

平城是一个农耕文明的前哨,是古代高墙围出的城池的代表。

这样的温柔之乡,这样温文尔雅的礼仪之邦,还有高墙大院里金银财宝发出的幽光……拓跋鲜卑人就是草原上的狼群,呜呜地叫唤着。在他们扑过去的那一个瞬间,飞扬的尘土、嘶鸣的马叫、寒光闪亮的刀剑,让人战栗。

人的征服与占有的欲望,在草原民族尤其强烈,对于富庶的中原,他们一次又一次的冲动,都在马背上得到了最原始的表现。马蹄过处,汉人的血一次又一次横流。他们因富庶而付出了血的代价。

人类战争中,野蛮战胜文明的例子并不鲜见。西罗马帝国被野蛮的西哥特人占领就是一例,几乎与拓跋鲜卑占据中原同时发生。西哥特人的蛮力毁灭了罗马文明,拓跋鲜卑在马背上夺得天下后,对中原文明生出了向往与热爱之心。

他们很快丢掉了自己原始的宗教,信了道教、佛教,非常虔诚地奉达摩为中国佛教禅宗的始祖。

他们开始禁穿胡服,改着汉装;朝廷不准说鲜卑话,汉语成为通用语言;开始与汉人通婚,皇帝选汉女入宫,皇帝的兄弟娶汉族大姓之女为妃;甚至连鲜卑的复姓也改为单音的汉姓,皇族拓跋氏改姓元,丘穆陵氏改姓穆,步公弧改姓陆……最后连籍贯都改了,迁都洛阳的鲜卑人籍贯都变成了河南郡洛阳,死后只能葬于洛阳,不得葬回旧土。

凿石为庙、刻石祭祖,这是拓跋鲜卑在嘎仙洞时就有的传统。他们到大同,然后是洛阳,凿石窟、雕佛像。云冈、龙门两大石窟开始大规模凿造,这是中原大地上没有出现过的佛教石窟艺术。在此之前,石窟艺术大约在一百年前出现在西域龟兹敦煌。在平城之西武州山,一个叫昙曜的沙门也许受此启发,开窟五所,镌建佛像各一,高者七十尺。

云冈石窟以平直的刀法,大体大面,衣纹处理简洁质朴,概括洗练,粗犷豪放,雕琢出了一个充满幻想与神秘色彩的佛的世界,把一股刚健之风带到了中原。尤其是北派衣褶,外廓张如弓弦,角尖似翅羽,它是中国雕塑史上最重要的创作。中国雕塑艺术的第一道光环从云冈石窟开始闪耀。

从大同迁都洛阳,拓跋鲜卑在西晋故都之上建起了洛阳城。在洛阳开凿的龙门石窟,粗犷奔放之气受中原文化的影响,刀法变为圆刀,造像变得精细入微、一丝不苟,出现了褒衣博带的汉服,现实的人间气息占据了上风。开窟者为太武帝的玄孙慧成。龙门石窟刻匠技术、石料、雕饰布置都比云冈石窟进步了。

与中原文化的进一步融合导致后来的塑像变得越来越小,刚强的刀法也随着时光流逝失却了锋芒。但浓郁的中国雕塑作风与气派从此横空出世。

拓跋鲜卑把汉字刻进墓碑,中国著名的书法体"魏碑"出现了。

还有著名的少林寺、中岳庙、嵩山书院……

短时间里,一个野蛮部落统治下的国家,竟然留下了如此多的历史遗存,它们成了中华文明珍贵的文化遗产,这是文明史上的奇迹!

北魏灿烂的文化就像一道光芒,隔着漫漫时光,照射到了今天。

拓跋鲜卑实行"务农息农""计口授田",皇帝亲耕"籍田",提倡儒学……这些人本主义的举措是他们质朴与本真的表现,充满人性的光辉。一股北方森林淳朴、豪放、粗犷、武勇的清新之气,涤荡在中原靡弱奢华的风气之上,健康向上、质朴纯真终于成了北魏的新风向。

拓跋鲜卑的蛮力竟然滋补了中原文明,使之获得了重生。

这是一种文化融合的新的历史模式。

五

走过拓跋鲜卑当年的迁徙之路,城市在草原出现:甘河、根河、陈巴尔虎旗、额尔古纳、满洲里……

天苍苍,野茫茫,草原上的新城,像从空中飞来,海市蜃楼的景象一幕又一幕。

城市是人类文明的重要标志。逐水草而居的游牧民族以前无法创造出城市文明。但现代社会变了。草原上的城市没有城墙,也没有现代城市的郊区;没有菜地、工厂、车辆、森林,有的连河流也没有。城市之外就是茫茫草原,荒无人烟。

这不是人们所惯见的城市,有无数的道路连接着乡村,那些稠密而破旧的房子,拥挤在城市的周围,到处是车和人……它们是一座城市扎向大地的根。

满洲里是拓跋鲜卑南迁到达呼伦湖的北岸时建的。草原上建了一片水泥的蒙古包。在大蒙古包里吃蒙古餐,看蒙古人的歌舞。偌大的草原上看不见一座毡房,羊群也难寻觅。蓝天之下,炽热的阳光直射,大地上热气蒸腾。高高的敖包在一处坡地上。

我朝着敖包走去,走进赤裸的阳光里。长坡起伏的草原空无人影,风把敖包之上的旗吹动。神灵在虚无中给灵魂以恐慌。这片拓跋鲜卑人生活过的土地,他们眷念故土的灵魂也许就在下面安息吧,也许飘浮着的云影就是他们在草原上的游弋。我望着大地上一处正在飞跑的云影,盼望它飞过我的头顶。这是天与地寂寞的游戏。空荡的草原,从前飘移着蘑菇似的蒙古包的大地,只有马蹄踏响、勒勒车吱呀的大地。如今游牧民族不再游牧了,他们开始定居,开始建造房屋。

我看到了远处草原上隐约的高速公路。草原上的城市,补给就来自这些路上的车辆。

午后进城。满洲里的繁华不比其他任何一座都市逊色。街道两边的建筑有着欧式风格,罗马柱、拱券、尖塔、穹顶、坡屋顶、大理石,巴洛克风的装饰让你感觉置身于一座欧洲城市,却分不清年代与国籍。而楼宇简洁的造型,大玻璃、射灯,充满着现代的气息。它几乎是一夜之间建起来的,其崭新与繁华程度令人如同置身深圳。它的大街直接对着草原,移步走去就是旷野,让整座城市陡生海市蜃楼之感。

街头电声喇叭的叫卖,铁铸的马车,人物雕塑,路灯下的长椅,街头的交谊舞,流行歌手的演唱,俄罗斯人的商店,满街行走的中国人与俄罗斯人,俄文的灯箱广告,还有穿过城市边缘地带的铁路,十几条轨道交错而过,停满了装载货物的高大车皮……一座因铁路而兴建的边境城市,一百年里冷清荒凉,突然间,灯海一片,吹着草原送过来的凉爽的风,草原上的云低低地飘过头顶,即使夜幕降临,仍然发出绵白的光,恍惚并错落着时空……

六

与草原告别,是在赤峰克什克腾,这里群山起伏。

这天黄昏,我沿着北面一座山坡慢走,各种颜色的花草长到齐膝的高度,小小花朵七月就在萎缩,一根根被风吹弯了腰,在一阵一阵剧烈的摇摆中,充满了生命的韧劲。我不禁弯腰抚摸起它们。每一股风,都被晃荡的花草昭示于山坡,它们短暂、飘忽、左冲右突。花草的细瘦、稀疏,夸大了风的强度。

上到山脊,发现南山坡的草不同于北坡,它茵茵一色,柔软、密集,这是羊群吃的草。

在小山上远眺,天阴沉着,四野只有风声。牵马的牧民已经走远。一只鹰飞过。山离住地有几里路远,我突然想自己走回去,在草原这个最后的夜晚,想一个人独自面对草原,听一听草原黄昏的声音,看着天色一点点昏暗。一个臆想中的远走高飞也终于结束了。高海拔的寒冷在风中变得愈来愈强大。

明天车往南行就进入河北地界了,大片的农田将出现,而眼前的牛羊将随草原一起走进记忆。巨大的现实在这一刻显得有些虚无。

远处车的灯光在阔大的夜色里是机器睁开的眼。有一种像鸟类又像虫鸣的叫声在路边沟壑里叫着,声音在前行,我无法看清是什么东西。叫声停息,路的另一边又起。世界陷入黑暗之中,变得愈加空荡,空荡得让人觉得草原从来就没有发生过什么,只有沧溟如故。乌兰布统战场倒像是一个传说,这片土地的安宁是如此深,像从没有过岁月没有过历史。

哀痛袭来。不是这似真似幻的战争,是我自己困顿的情感,生命的锐痛。现代科技像层出不穷的病毒,恶毒的人心也随之突然强大。战场上刺向胸膛的长矛早已锈蚀,而杀戮之心仍在暗处跳动,跟随着空中无影无形的信号,嫁祸、诬陷……也许,我从来就没活明白过,不理解人性最幽暗之处。

天地黑得无法分开,脚也有些趔趄,但住地已经近了。千里之外也许有一只耳朵正在窃听我的脚步声。

第二天一早,从赤峰乌兰布统南下,经塞罕坝森林公园,过内蒙古与河北的界河,翻越七老图山,进入围场满族蒙古族自治县,到达一个个清朝皇帝征战、围猎的地方。草原与森林在此交织,松树、杨树、杏树、槐树、桃树占据了高地、山冈、河谷,它们绿得沉郁,绿得茵茵叠翠。

庄稼地在七老图山下出现,玉米、土豆、大豆、西瓜,甚至水稻,各类植物宽大的叶子,都在交来一个绿色世界的答卷。

车到隆化县,路边的水果摊二三十斤重的大西瓜切开来,红得似血。苹果、梨、杏、桃,还有各种甜瓜、香瓜,圆圆的,堆起红、黄、绿各种色彩,与山坡上、峡谷间的绿色树木和农作物呼应着。一栋栋红砖的平房,一村一村聚集在田野上,一垄垄绿色的菜地围绕着它们,一条蜿蜒的伊逊河溪水奔腾,散淡的炊烟,鸡鸣狗吠,孩子的打闹,生活的场景就这样全然转变了。

就是这条伊逊河,让拓跋鲜卑又一次从大地上浮现——他们中的一支到达了伊逊河两岸,在这里生活。他们编起了长辫,开始把这比嘎仙洞更雄伟宽阔的山谷当作新的家园。那时北魏尚未建立。"暖暖远人村,依依墟里烟。狗吠深巷中,鸡鸣桑树颠",陶渊明写下这首田园诗时,正是拓跋鲜卑进入伊逊河的时候。一个农耕文明之地,自古如斯,依然是一样的炊烟人家。

塬上的纸幡

周　陵

一种莫名的情绪,夏日黄昏,一座巨大的坟墓上,幽远如旷古的气息,笼罩、弥漫,像田野上的烟蓝,模糊了远近的树木与房屋。

我站在坟顶,有点猝不及防,仅仅一个时辰前,我还在飞行中,奇特的地貌"塬"在机翼下出现,渭河平原的村落、玉米地、苹果园、道路,随着飞机高度的降低变得清晰……一对隆起的土堆那么突兀,像大地上的双乳,相连的小径露出赭黄的泥土。我注目着它,想象着、判断着……

一种想法,驱使我终止转机了,突然又轻率地决定——去那两个土堆。在咸阳机场联系酒店,很快,一辆面包车把我接出了航站楼。

车往北开,高空鸟瞰的玉米地、杨树,带着渭河平原的气息把人裹挟进去。一堵猩红的围墙里面露出两座墨绿色的山头。想不到酒店就在围墙后面。两座山头就是那两个土堆？是不是太巧合了？我冲动着，放下行李便出了门。

围墙铁门早早落了锁。沿着墙根姗姗而行，我从一个破落的院子冒冒失失闯了进去，里面是坍废的墙垣，一条青石板的老路伸向田野。落日下，几棵老槐树的橙与绿交融成一片光亮，濯亮了青石条的路。路边又是一道围墙，围着一座古庙，古庙后面一座小山出现了。

寂寂无人。山下一股荒凉之气，让人想到侠客隐身之地。青砖青瓦砌筑的亭塔立于山脚。叫它亭塔，是样子像亭，其实是塔。近了，看到中间凹墙里嵌了一块黑色石碑，上书黄色隶书大字"周文王陵"。

周文王？三千多年前的坟墓？细看题款，乃乾隆年间咸阳知县孙景燧所立。

都说周朝墓而不坟，有茔无冢。春秋孔子父亲死时还没有坟，他长大后寻找埋葬父亲的地方还颇费了一番周折，于是破古制，为父母立起了坟堆。这块土地上最早立坟的是秦国王公墓葬。由坟称陵，则从秦惠文王始。这是不是秦王的陵墓？周文王何以筑陵？难道周朝已有坟了？

阶梯升向天空，陵的顶端平如直线，这是一座覆斗形方陵。

走在平坦的陵顶,稀疏的柏树立如人形。北面的一座陵墓,泥土的小径隐没在荒草丛中,恰似颈脖上围了一串项链。夕阳正从它的一侧坠落。那是周武王的安寝之地。

想起小镇的名字周陵,周朝的开创者就在这里安息?这是不是后人假托?丰京、镐京,两个词突然生出了一种气场,哪怕隔着三千年,它好像就藏在我的身旁。今夜就睡在陵墓兆域之内,我陷入了一种深沉的梦幻:灰色、模糊而虚幻,却如此真实!

橘红的夕阳,天鹅绒蓝的穹庐,如水的晚飔,北方与南方阳光如此不同,哪怕正值盛夏,夕阳亦有深秋金箔般的色泽,光芒笼盖四野,一如垄上烟火,洪荒世界并未远去,苍茫岁月浸满了虚妄的况味。

一架一架飞机低低越过,白银闪耀,轰鸣声风一样四散。想起上午的那扇舷窗,我从嘉峪关飞西安,久久地眺望——起飞时满窗钢蓝色,祁连山如伏地的冷兵器。钢蓝色曾困住我,爬七一冰川时,山上下雪,山下落雨,雨水引发了落石,落石阻断了铁路。六月雪把我留在了镜铁山的黄昏里。矿区桦树沟食堂,与刚出矿井的年轻矿工一起排队打饭,他们看我的眼神充满了疑惑,但内心的热情却毫不掩饰——我这位不速之客打破了他们寂寞单调的生活。

入夜,月出峭岩,山高月小,等待出山的矿区火车犹如荒古遗物,被峡谷阒静深埋。我吟哦起匈奴的悲歌,"失我焉支山,令我妇女无颜色。亡我祁连山,使我六畜不蕃息",感觉一条山谷古近而今远,匈奴的幢幢幻影正在靠近……卫青、霍去病的军队打到了山下。山下的酒泉正在庆贺胜利……两千年的岁月在巉峻岩壁上像神思一恍惚,它这么一晃荡就没了。

仅仅一夜之隔,我就站在了渭河平原。

周陵恰如一次奇袭。我遭遇了历史时空的重叠。

三千年的睡眠是如此安详,像田畴上的庄稼潮汐似的交复,王朝更替,演绎着天地间的宿命。脚下堆砌的巨大工程让死亡恒在,这是一次至今还在进行的死亡。兆民的膜拜把它比喻成了高山,巍峨、壮阔。王的威严在大地上亘古不易。

这一刻,触及的历史如此真切,时空穿梭的感受是如此强烈,风一样行走的影子,便是暮霭似的王的殿宇楼阁,氤氲气象……

远处的村落,传来了鸡鸣犬吠。

周陵周围是否有周文王的后裔?或者人群里留下某种传承的行为、习俗、语言,基因一样遗传?哪怕一鳞片爪都是令人兴奋的。这样的想法过于天真、偏执,时间久远漫漶,我明白两位王者早已失去了与世间的关联,他们不过是来历不明的移民,但内心里却不愿两座陵墓孤悬于世。

一种冲动,为着印证,为着世间零落的奇迹。

一座大牌坊,红底黄字写着"崔家村",逆光中的村庄像浮在光里。走村串户,我的眼里早把三千年与现在连成一体了。

新农村建设,水泥的村道,瓷砖的墙,屋子围在院落里面,由老人们守着。一个个老人询问下去,他们不是姓崔便是姓李,并无姬姓。经打听,清明节周陵隆重的祭祀,村里人都是去陵墓祭拜的。

三个老年妇女在宽敞的水泥路上收拾麦子,我跟她们一样蹲下来,淡淡的阳光浮在周围,仿佛自己也参与这千百年重复的劳作。老人慈爱的笑给了我回家一样的感受。

一位老人指给我费家村的方向,说那个村里有姬姓人家。

崔家村与费家村之间隔着大片田地,地里枯黄一片,都是收割后的麦茬。青青的玉米苗从麦茬里蹿出半尺高了。费家村村口废弃的小学叫崔费李小学,三个姓氏里独不见姬姓。

见到姬三建、姬辉的时候,欣喜的情绪难以掩饰,感觉讶异,就像他们是我的远亲似的。盲目的行为竟然有了结果!问起族谱,他们的祖先就是周文王姬昌。以前村里建有祠堂,可惜毁了。现在村庄因城镇化要搬迁,他们舍不得离开。除了故土难离,还有他们世代对周陵的守望。

血缘是这样奇妙,这一对堂兄弟长相并不相似,我却试图从他们的脸上寻找某些特征,去想象陵墓里的人。这样偏激的想法直到我离开也没有停止。交谈、留影、观察,从他们宽大而空荡的房间穿过,直到夜幕降临,依依惜别。走在黑暗中的乡土路上,突然觉得时空从来就没有流动过。有个身影仿佛正在靠近……

康　陵

站在周文王陵上,发现西南方烟蓝色的山影,疑窦顿生:平原何来孤峰? 若是陵墓,何以如此巨大?

第二天,我租了一辆电动三轮车,往西南方向而去。有一种预感,我在赴一个古老的时空之约。它的朝代古老到了哪一个年代? 一种呛人的岁月烟尘中渗满了现代汽车的尾气。

开电动三轮车的老人是从三岔路口三轮车堆里挑的,他掉了一半的牙齿让人心生怜悯。谁能想到他与我同龄呢? 称呼他"大爷",他连连说"不敢不敢"。他的方言是一株植物,看不明,认不清,在风中哗啦啦翻响着。模糊中,明白了他的疑惑,他不知道我去哪一座山。难道有很多座山?

当然是去最近的。"去大寨村?""大寨村?"我听不明白。任由他往前开吧,有山我自然看得到。

康陵就这样向我扑面而来,西汉最后一位短命国君要向我诉说他的亡国之恨了。

一块简陋的标牌立在铁栏上,记载了汉平帝刘衎的死期:公元6年2月4日。这是一个寒冷的日子,绿色褪尽,泥土冻得生硬。葬礼一定是隆重的。汉代厚葬之风炽盛,皇帝的葬礼全都极尽奢华。

铁栏内踩踏出的欹斜泥径像一条倒挂的河流,急泻的地方坡陡,漫流的地方则缓,庞大的伸向天空的山体如此巨大,与一个十四岁少年的死太不相称了。一步一步攀登,平原低低地退缩、臣伏,双层覆斗形陵墓,半山上有一圈平台,在此驻足、眺望、沉思。埋葬如此之深,就像秘密的冤屈一样深。少年是心脏病复发还是被椒酒毒死?专权的王莽已经握紧了帝王的权杖。公元211年,由刘邦开创的巍巍汉朝江山走到了尽头。这个中华民族星河璀璨、锦绣斑斓、万世景仰的王朝,一个确立了汉人、汉族、汉语、汉礼、汉服的朝代,翩翩少年再也扛不住它了,未央宫里曾经照耀五服蛮荒的光芒渐渐熄灭,阴谋家露出了得意的笑脸。

山上来了一群人,一条五彩风向标迎风飘荡,一个巨大的滑翔伞意欲挣脱绳索飞去。有人架起相机,向着烟云浩渺的渭河平原取景。咸阳城的高楼矗立于地平线上。帝王的陵墓一座座在远处浮现出来,高高的陵墓一共九座,沿渭河北岸展开,让平原生出了一种气势。

康陵脚下闪闪发光的全是墓碑,坟墓密密麻麻的,死亡是如此浩大,他们都愿意长眠在帝王周围。

一队披麻戴孝的人出现在田间小道上,向着康陵走来。走在前面的人举着白色的招魂幡。他们头戴丧冠,身穿孝服,手执竹杖。队伍静默地行走着,不知是为新亡人前来祭悼还是办理什么丧事。

与汉代一样,杖依然是竹制的,那时长与胸高,现在短如戒尺;汉时苴经用麻,现在用白布;那时最重的斩衰服不加缝缉,现在孝家穿的是白大褂;女子依然不用丧冠,汉代女人以麻布条束发成髻,现在白布裹头;汉代孝服以斩衰、齐衰、大功、小功、缌麻五服来区分与死者的亲疏远近,持斩衰之服的男子穿斩衰裳,系苴绖、绞带,执杖,冠绳缨,着菅屦,服丧三年。现在以白黄红三色的冠绳缨和杖做简单的区分……死亡没有变,对待死亡的态度却发生了变化,这是对待生命的态度,是人心人伦温度的变化。

茂　陵

　　出租车司机姓陈,他不知道茂陵怎么走。他没关心过陵墓。他在一家工厂当保安,下班后开着自己的车来马路边拉客。对我坚持要去茂陵他感到奇怪,知道我来自广州后就更加不能理解了,一个外乡人跑这么远来看一座土坷垃? 他一连说着:"坟有什么好看的? 坟有什么好看的?"

　　昨晚去路边的一家烤鱼餐馆,那是从康陵去咸阳的路上,暮色田垄里的一长排红灯笼,暖暖红光后面是一座高大的坟墓。我拐到了坟前,天已黑,周围同样坟茔遍布。向人打听,谁也不清楚坟里埋的是什么人。世代与陵墓相守的人,陵墓对他们来说不过是寻常之物,已经视而不见了。

　　司机一路打听去茂陵的路,聊起了他去广州、北京打工的经历,说自己是一个喜欢结交四方朋友的人。

　　水泥的公路铺在玉米、苹果树与西瓜秧的平原上,铺在夏天的阳光里。路边砖混的农屋,零星散布在地里。靠近茂陵时,沿路出现两排房屋,似街又不似街,粗糙的房屋,红砖外露,有的贴着劣质的瓷砖,有的水泥粉刷。想着汉代皇帝陵墓边的陵邑,"五陵年少金市东,银鞍白马度春风"。这些因供奉山园而修建的城邑,李白当年的想象与玉宇琼楼的陵邑仍不能相比,豪强大贾如挚纲、原涉、郭解都搬迁来了,虽然是被强迫的,但后来就连司马迁、董仲舒、司马相如也相继迁居于此。住在陵邑成了身份的象征。

路边这些狼犺的砖房,显出现代人的生活是多么简陋原始,对待生活的态度是如此不经心、随便,得过且过。

茂陵出现了,除了一堵围墙,四面都是玉米地和苹果树。往东,陵邑一点踪迹也寻觅不到了。绕着茂陵围墙走的时候,注目东方,遥远的烟火气息似乎在我的鼻腔里弥漫。刺目的阳光下,如毯的庄稼地,玉米与苹果树的绿四面延伸。陵邑数万人家仿佛一夜间蒸发。旷野里岑寂无人,懒洋洋的热风把土地的腥气带向空中。

茂陵邑奢华喧闹的时候,陵墓还在修建,每年天下贡赋的三分之一投入修陵。汉武帝在长安城的未央宫临朝听政,他的大将霍去病、卫青先后离他而去。作为陪葬者,他们的陵墓在东方高高垒筑起来。卫青的陵墓形如庐山,霍去病的则状如祁连山。他们当年攻打匈奴,一路打到祁连山下的酒泉,霍去病把汉武帝奖赏的一坛酒倒入泉水中,与将士们共饮,酒泉由此得名。

茂陵修了五十三年后迎来了它的主人。他口含玉蝉,身穿金缕玉衣,被安放于五棺二椁的梓宫,随黄肠题凑、便房、堂坛、墓道、羡门、甬道一起埋入地下。茂陵修成了汉代最气派的王陵,陵墓中充塞着随葬品,多得再也放不进去了,"金钱财物、鸟兽鱼鳖、牛马虎豹生禽,凡百九十物"。

随后,他五柞宫临终托孤的大臣金日䃅、霍光也埋到了茂陵之东,为汉武帝陪葬。

一座座巨大的封土堆穿越岁月的风雨,高高耸立在今天的庄稼地里。茂陵的阙门、寝殿、便殿、昭灵馆、承恩馆、陵庙……不见了踪影,荒草地上仿佛晃荡着一个巨大的谎言。一个农人经过,偶尔咳嗽一声,发出了最真实的响声。

进茂陵不锈钢的大门,门外突然响起了鼓乐声。一辆卡车上坐满了打鼓吹号的人。车在大门外停下,鼓乐也停了。三辆白色面包车和一辆大巴车开了过来,车内坐的全是穿白衣服的人,他们满脸哀戚的神情。

从空调大巴车上下来一个男人,他头戴白色绳缨,身穿白大褂,拿着一把缠满白纸的竹杖。接踵而下的人抓着矿泉水瓶,三三两两地朝前走。偶尔有人小声说话,有人热得解开了衣扣直裸着胸膛,女人有的相互搀扶,他们慢慢走成了一个队形,男人在左,女人在右。人群朝西走进了玉米地。

这是一支送葬的队伍?没有灵轿,没有长绋,更无哭泣。我看不到死者。如若火化,那个小小的骨灰盒呢?它也在空调车上?或者面包车当了灵车?

我在草丛间追到了队伍前面。走在最前面的人双手端着外金内银锡纸包的脸盆,里面盛着用金银色锡纸包的元宝,肩上扛着红白两色纸幡,头戴黄色的绳缨,身穿白大褂。他很年轻,圆脸阔大,浓眉微蹙。人在悲痛时眼睛总是低低看着路面的,仿佛有无尽的路要走。

走在他旁边的老年妇女,哀戚如沉甸甸的东西,拽着她的脸。她的头一直低着,眼皮也没有抬一下。他们都沉湎于自己内心的悲苦,也许正在冥想着死亡,困惑于生与死,也许在回忆着往事,独独忘了一个外人把镜头对着他们。

看到红绸包裹的骨灰盒,绸上印着黄色的"奠"字,我心里一沉。她就是今天要安葬的人了。捧骨灰盒的人走在小伙子后面,他头戴黄色绳缨,年岁稍长。从黄色绳缨知道他们是同辈人。他的后面是一位长者,捧着黑白遗像,这是一位八十多岁老人的像。再后面是捧灵牌的人,灵牌白纸上用毛笔写着"魂帛"二字。他们都头戴白色绳缨。

南来的风吹动着纸幡,灼热的阳光照得尘土虚白。如此寂静的葬礼,不闻哀乐、爆竹,没有哀号,只有脚步踩踏尘土的声音。那座汉武帝的巨陵慢慢后退着,青青的树木渐渐变得灰绿。它屹立在天地间,见证了两千年的死亡,见证了葬礼、葬俗的变迁与人间的哀乐。它自己也成了死亡的昭示。大地上死亡的绵绵不绝、无处不在,拓开了茫茫时空。历史在所有的死亡之上得以完成。

疯长的荒草,成片的墓碑露出石头的青白。黄土隆起,南北低陷,形如微缩的塬。这塬上全是坟墓。鼓乐又在上面响起来了。

这是一个村庄的墓地还是一个家族的墓地?他们为何埋得如此之远?水泥砖砌好的穴,骨灰盒安放后,纸扎的金童玉女放进去了。陪葬的人偶着色彩艳丽的华服,让人想起世间的繁华亦如纸薄。

不闻哭声。一个人沿来路返回的时候,只有阳光里的风声,大地亘古地宁静。

李夫人

抬头看到一座陵墓,来时只注意了送葬的队伍,我竟然没有看到它。

陵墓似乎是秀丽的,一种孤独的秀丽。陵分两层,虽然高大,但比茂陵要低。陵上青草稀疏,没有一棵树,掩不住的黄土,一条灰白的土路蛇行而上,老远就看得清晰。

从一片片苹果树与玉米交织的庄稼地走近墓碑,阳光越来越强烈。我靠近的是一个什么样的人?

"北方有佳人,绝世而独立。一顾倾人城,再顾倾人国。宁不知倾城与倾国,佳人难再得。"想不到李延年的《丽人曲》与这堆黄土有关!他所唱的倾国倾城的李夫人,就埋在这座陵墓中,这座陵墓就是英陵。

一个人如此靠拢,独自面对,有一种迫近的压力,感觉到她的灵魂、她的气息在荒冢之上氤氲,灵魂的秘语在飘荡。我听到了自己的呼吸,听到丝丝风声拂过旷野,天地间的大寂静、大寂寞凝结在冰冷的天穹,汇聚在铁幕似的蓝色里,脑海里杂念全无,身心浸满了这万古沉寂。

李夫人是李延年的妹妹。李延年为汉武帝献艺,一首《丽人曲》深深拨动君王的心。她眉如柳叶,脸似桃花,何等绝世芳华!汉武帝对李夫人一见钟情。当一对情侣生离死别时,汉武帝哀求她转过脸来,见上最后一面。她却执拗不肯,直至红颜委蜕,玉骨香销。她想要汉武帝记住的是她最美的容颜。

《牡丹亭》里的爱情在长安城里发生。汉武帝命画师在甘泉宫画上李夫人的像,又邀方士祈仙求神、作赋唱曲。思念如同烈焰把他吞噬,汉武帝求助方士法术,他要去鬼神的世界与李夫人相见。

那天夜里,方士作法,汉武帝看着自己心爱女人的衣服被抱进帷帐,生前的种种回忆一定汹涌而至。烛光摇曳,酒案飘香,方士东喷水、西念咒。汉武帝独坐帐前,痴望着帐内的灯光,数个时辰后,李夫人的身影在帐内出现了,恍兮惚兮。他忘记了阴阳两隔,站起来就往帷帐内冲,悲伤与喜悦已经让他失去了理智。方士一把拦住了他。那一刻,他内心一定如同刀剜。看着女子转瞬逝去:"是邪,非邪? 立而望之,偏何姗姗其来迟!"情到深处,文字带泪。汉武帝这首短诗被收入了乐府诗,千古流传。

入葬英陵,汉武帝又写《李夫人赋》。这首赋写得痛彻肺腑:"饰新宫以延贮兮,泯不归乎故乡。惨郁郁其芜秽兮,隐处幽而怀伤……神茕茕以遥思兮,精浮游而出疆。"

"芜秽"写英陵上的杂草,而"隐处幽"写泥土深处的幽冥。面对同样的一堆黄土,爱她的人伤心欲绝,凭吊者如我则只有唏嘘。

站在英陵之上,脚下便是"隐处幽而怀伤"之地。远处的墓地,送葬的人群开始回家。寥廓的田野,苹果树、玉米一行行排列得整整齐齐,如列队的兵士。这些来自美洲大陆的玉米对李夫人来说是陌生的,坟边张里村人对李夫人来说是陌生的。红砖坡屋顶的小楼杂乱不堪,远处荒冢中的死者不知来自何方。如果灵魂飞扬,东南方的茂陵一定是她向往的地方,那里有她的君王在思念着她,等待着她,与她形影相吊,遥相呼应。他们相守了两千年。

走下陵墓像有人把我往下拽,坡有些陡。正午的阳光闻得到焦煳味,土地被太阳烤得灼热。我轻抬脚步,担心这样厚的黄土压痛了她,疑惑着这堆泥土怎么收拾得了这样的绝代佳人和千古风流?鼠洞、蚂蚁、蚂蚱与庄稼地一样的黄泥,热风、蓝天、阒静,同样寂寞笼罩,汗水湿透了 T 恤,泥土便是脂粉,敷了皮鞋厚厚的一层粉尘……

汉长安城

秋天来了,从广阔的天空吹来了凉意,几片枫叶飞下枝头。抬头望一眼虚空中的蓝,感知着更深的节律。秋天,我又来到了渭河平原,来到了汉长安城,来到了汉武帝与李夫人一起生活的地方。

这个秋天,在天津滨海新区客居、写作,我纠结于芦花与荻花的区别,月光下细细观察芦花,希望它有银狐一样的光芒,仿佛这是一段借来的时光——我在过另一个人的生活。

汉代长安城遗址就在这个时候清理出来了。邀我去的电话来自北京,奇怪,又是汉朝,令人好不愕然——

这年,从春天开始,就跟汉代结了缘似的。四月徐州丰县之行,无意间我到了中阳里刘邦的故里。在汉皇祖陵看汉代开国皇帝的祖坟,青岩的墓碑,还有引出成语"筑巢引凤"的古木。一场突然而至的清明雨,庄稼地上哗啦啦响成一片。我在雨中鞠躬行礼,闻到了一股墓地泥土的气息。

那么,周陵的出现意味着什么?周、汉两个朝代之间是春秋战国漫长的分裂时期,秦统一后还没来得及施展拳脚就灭亡了。隔着一条宽阔的时光峡谷,汉代一定遥望过周的背影。它从诸子百家中吸收了众多的思想与智慧,但如何治理一个大国,周朝是唯一的榜样。正如我从周陵望见汉陵,历史的延伸需要传承。周陵给予我的是某种历史的象征,从中可以品味,可以思索。

汉长安城的遗址就在西安未央区龙首塬上。正是张衡《西京赋》中的"疏龙首以抗殿"的地方。那里有绵延的黄土城墙、残碎的瓦当青石、巨大的础石、宫殿宫署的地基。未央宫周围的村庄搬迁后,一个荒凉却真实的遗址裸露了出来,它的面积达三十六平方公里,城墙长五十多里。迅速扩张的西安城早已把它包围了。

一座大都市,如此广阔的土地可以任凭荒草生长,这是多么奢华的举动!谁有这样的魄力?汉代是如此强悍地存在着,两千年了,遗迹犹存,特别是长安城的城郭竟然如此完整无缺!伟大的朝代获得了后人的礼遇,这是我们向文明的致敬!它带给了子孙古老的文明气息和深刻的历史启迪。千年之后,今天的举动也将为后人赞叹。

汉长安城的古老堪比意大利庞贝古城,其神秘则可比秘鲁的马丘比丘,它的规模之大,人类其他任何古老遗址都无可比拟。西方的石头建筑保存并不难,东方的土木建筑历经岁月与战火鲜有保存下来的,长安城会有怎样的模样?

飞机降落咸阳机场已是入夜时分,望着舷窗外沉入夜色的渭河平原,心里默想着文王、武王的陵墓,它们就在我的脚下,飞机的引擎声已经惊动了封土堆上的秋虫。

未央宫出现在我的面前,在一片市声远去后,它那开阔的视域、高高升起的台阶,当年的时空就凝固在今天的秋阳下,笼罩了悠远的静谧。一条几十米宽的中央大道彰显着一个东方帝国的气势,出入未央宫的人就走在这条大道上。

大道通向西安门。

西安门是汉长安城十二座城门中的一座。城墙东南西北各有三座,西安门是南城墙最西边的大门,有东、中、西三个门道。除西门道遭破坏,东、中门道仍清晰可辨,它们宽八米,进深二十米,门道间的夯土隔墙厚达十四米。门道两侧排列着巨大的础石。地面由不规则的石头拼成,钢化玻璃下面的它们呈现出一种淡青与泥黄的色泽。

两面的城墙早已坍塌,但它的气势依然不凡,高耸的泥土墙向东西伸展,在淡蓝色秋霭里看不到尽头。与它平行的城壕,宽如小河,低低凹陷,野草如毯铺满了河床。壕中水由南向北,注入渭河。北城墙东段和东城墙的城壕至今仍在使用,那是一个湖——汉城湖。

城墙上的杂树绿得凝重,墙土斑斑驳驳起了一层灰白的皮壳,有砖砌一样笔直的线痕。这是一层层夯实时留下的印迹。裸露的一个个小洞,也许是竹筋,它们早已朽烂。城墙的夯土据说炒过,草籽和虫都被烧死了,又加糯米汤,这样既长不了杂草又坚固。十几万人修筑城墙,历时五年才完成。这是当时世界上规模最大的城墙。也许,世上历时最久的土城墙也只有它了,历经两千年的岁月仍然不倒。

从前有人在城墙下埋人掘墓,挖几下手就起泡了。住在城墙边的农民,砌房不用打地基,直接砌。李下壕村人清末战乱时还在城墙下挖过窑洞,那时这里森林茂密,时有豺狼出没。

当地人把城墙神化了,南城墙被称为公龙,北城墙被称为母龙。卢家口村人传说,北宋以前村里的城墙很完整,一天夜里,只闻车响马嘶,第二天一早,发现城墙都倒了,家家骡马大汗淋漓,一夜之间城墙的"脉气"飞去了汴梁。

四野空旷,阳光下草木的气息浓烈。我向着远处的高台走去,未央宫前殿虚幻的影子似有若无,默想着《三辅黄图》中的记载:"前殿东西五十丈,深十五丈,高三十五丈……"它让这片荒地即使荒芜也难以堕入荒野之列。《水经注·渭水》写到未央宫前殿"斩龙首山而营之""山即基阙,不假筑"。可以清楚地看到,眼前的土地自南向北分成了三级,一级高过一级,这是前殿的台基,脚下的草地便是被削平的龙首山。曾经四座庭院梁柱雕花,瓦当悬空,在此经风历雨。

长安城最密集的建筑群就在这里,班固的《西都赋》也在这里展开了。它崇方择中、左祖右社,《长安志》所列殿、台、观、阁七十余座,温室殿能驱寒保暖,清凉殿伏天可清暑生凉,未央宫面积为现今故宫的六倍。

当年萧何监造未央宫,刘邦进攻匈奴回到长安,看到一座极尽壮丽的宫殿,他为如此靡费财物而生气:"天下匈匈,劳苦数岁,成败未可知,是何治宫室过度也?"萧何却理直气壮地回答:"天下方未定,故可因以就宫室。且夫天子以四海为家,非令壮丽亡以重威,且亡令后世有以加也。"刘邦听后露出了笑容。的确,后世再没有比它更加雄伟的宫殿了。这是《汉书·高帝纪》记载的情景。

想象着汉武帝接受群臣朝拜的情景,我穿行在宽大的汉服丛中。从这里发出的诏书传到了最遥远的地方。帝国的疆域如此辽阔,北方现今俄罗斯的贝加尔湖是它的内湖,西边到了哈萨克斯坦的巴尔喀什湖,东面鞑靼海峡是它的内海。汉武帝开疆拓土,达到了中华疆域的顶点,罗马帝国也无法与之相比。霍去病曾在此发誓:"匈奴未灭,何以家为?"张骞从这里两度出使西域,打通了一条丝绸之路。他们都表现了汉代人开阔的胸襟。大汉雄风不仅在于宫殿与疆域之大,还在于人们的胸怀之大。霍去病墓前的动物石雕,视野开阔,面对苍茫壮阔的世界,人们为森然磅礴的气势所吸引而投入创造。他们想象奇丽,诡思放浪,随物赋形,不泥于实,形神妙趣,宛若天成,这正是汉人九天揽月气魄的真实写照,中华民族的奔放和世界的壮阔在此融为一体。这样的精神气象波及了黄海之滨,当年孔子乘槎登山望海的地方,现今连云港孔望山发现的东汉大象石雕,椭圆形巨石通体雕琢,与霍去病墓前的动物石雕如出一辙!

帝国的心脏就在这里跳动。汉武帝接见西域使节,受理西域纳贡、回馈礼物,以及皇帝登基、天子大婚、寿诞、皇帝入殡,都在这里举行。重大的决策在此做出——董仲舒的"独尊儒术,罢黜百家"在此出台,影响中国历史两千年,直至今天。"实事求是"的思想也在这里发源。确立"二十四节气",传统节日春节、元宵节、清明节、七夕节、重阳节也从这里开始进入百姓的生活。

司马相如的皇皇大赋在这里传诵。当年司马迁走过未央宫,前往天禄阁、石渠阁翻阅图书典籍和档案,构思他的历史巨著《史记》。天禄阁至今弦歌未断,天禄阁小学就建在它的遗址之上。

登上前殿台基,城市的高楼退得远远的,阡陌之上,村落、耕地、树林,一如茂陵所见,大荒之野,仿佛历史从没发生过。而高台下发掘出的遗址十分醒目,皇后居住的椒房殿、皇室官署少府、中央官署、天禄阁、石渠阁,露出地面的础基,巨大的础墩……都像梦境似的呈现。

注目于高台下的是槐树、大皂角树。槐树分两种:洋槐四五月开白花,可以吃;国槐七八月开黄花,结槐米,可以入药。汉长安城曾遍植槐树。

台基上站着一位王姓中年男子,他天天来这里,告诉来人这里发生过的故事。譬如他以前锄地,经常有西汉时期的钱币从地里蹦出来,地里瓦碴儿也多,从前村里有人用汉砖、瓦当垒过猪圈、厕所。他们村里的人把舅家叫尉家,因为西汉皇帝把皇后的娘家人封为太尉。他在台基上出了一个上联,求来人对下联。

男子是大刘寨人。大刘寨就在台基的东北方,村庄搬走不到两年。槐树、大皂角树就是大刘寨的树。

这片土地是属于未央宫,还是属于大刘寨呢?这是他们的故土,他们迁到北三环以外的地方去了,每户村民迁走前都拍了照片留念。他们还写下村史,编纂成《汉宫九村寨》出版。属于汉长安城的地名需要确定空间,需要考古,而属于一个个村庄的地名一目了然。

村名与汉长安城有什么关联?现实与历史的关系已经水乳交融,城如书,村如字。譬如高庙村,因为村庄所在地段的城墙上曾建有庙,故称作高庙;吴高墙村因为有姓吴的人居住,建村的地方城墙高大,故称吴高墙村;夹城堡村因为村庄的西面是汉长安城的西城墙,东面是桂宫的城墙,因此称作夹城堡村;天禄阁遗址边的小刘寨和柯家寨合成一个村,取名天禄阁村;樊疙瘩村建在高地上,因村南卵石铺的路疙里疙瘩而得名,卵石是汉代铺的,后来挖出陶水道、汉砖和写有"长乐无极"的瓦当,才知道这里是长乐宫的前殿。樊疙瘩村的老人说,当年举行岁首朝仪大典,刘邦对着瑰丽的长乐宫发出"知皇帝之贵也",这慨叹就是站在他们村南说的。

去茂陵时阳光那么灼热,眼前的太阳却失去了热度,蝉也喑哑了,黄昏时凉意开始渗骨。想起茂陵和英陵,汉武帝与李夫人在这里有过怎样甜蜜的时光?那个病重不肯转过身来的女子,对一代君王有过怎样的期望?临死也要把病魔夺去的美留在他心里。那座甘泉宫呢?那些画像呢?那些方士、画师曾经陪伴安抚过的心呢?一种痛彻心扉的感觉仿佛还在空中不去不散。

在未央宫前殿台基上北望，我希望再一次看见他们的陵墓。田野上，庄稼、树木和村落由近及远，直至虚如紫烟。茂陵一点踪迹也看不见。想起班固《西都赋》中写长安城"北眺五陵"的文字，他写的五陵指的是长陵、安陵、阳陵、茂陵和平陵，那不是他远眺能看到的情景。李白"南登杜陵上，北望五陵间"，他能看到的也只能是田垄村舍。而汉武帝当年写《李夫人赋》时一定也向英陵长久地眺望过。

茂陵与汉长安城并不遥远，当年为霍去病举殡，一路旌旗蔽日，边境五郡将士身穿黑铠甲，排列两旁，浩浩荡荡自长安城一直布列至茂陵。为李夫人举殡的情形并不知晓，四十里的路，阴阳两隔。汉武帝生前看到自己陵墓东西两端都埋下了自己最心爱的人，他的心该多么痛！怅然北望，目光里掠过的忧伤无人懂得。懂得他的人已经身在"隐处幽"了。一座未央宫已盛不下他的一腔情思，他的忧伤已随文字洞穿了苍茫岁月。

一个王朝通往另一个世界的路途已经匿迹。当最后一位皇帝刘衎的灵柩抬过渭河时，巍峨的王城就不再有西汉之魂了。虽然它作为国都又延续了一百多年，新莽、前赵、前秦、后秦、西魏、北周和隋都以它为都，东汉献帝、西晋惠帝和愍帝也在此建都，但王城再无汉代豁达宏大之风了。

平民百姓大约从元代开始住了进来，现在居住在遗址上的人大多是明朝因华县大地震而迁徙过来的。又一次迁移开始，未央宫遗址上的九个村庄已经搬走，还有更多村庄等着搬迁。甲午年夏天，重新面世的未央宫遗址作为丝绸之路的起点，被联合国教科文组织收入《世界遗产名录》。

  想起飞机上看到的塬，一种参差错落的奇异地貌，它由雨水切割而出，一块块平原因河谷而悬空，一面面的崖，陡而直，河谷直直地下落。这样的地貌，你站在谷地，高处的平原只有一堵墙，背影一样平整地伸展，不像山，更似岸。譬如一个朝代，我们落在了时间的悬崖之下，你看得到岁月的高墙，却看不到高处的平原，你只能仰望，无法攀登。这就是岁月，是历史，是王的土地的奇观。那一片看不见的塬，早已升到了我们的头顶。

永远的田园|

永远的田园

这个阳光如金的下午,挥之不去的一个人物在意念里生灭,有时清晰,清晰到他疲惫地停下脚步的某个时辰;有时模糊,不过是朗朗乾坤下无形无影的一个念头。深处的时空激起我的幻想,虚空中布下了形迹可疑的网,似可追踪,似可跟随。

乙未年(2015年)冬天,再入粤北,我迷恋于山川地理,却更迷恋于那些消逝的事物。现实生活的司空见惯,一览无余,让人麻木。

无意间,我走进了一座村庄。一棵大榕树,我在它巨大的阴影下停步。树干伸向了小河上空。河面极其狭小。这是浈水,江面到这里变窄。榕树后面是大片青砖青瓦和红砂岩的房屋,它们密密地拥挤在一起,有的墙体坍塌,残瓦散落一地,木檩戳向天空,有的墙体倾斜。蒿草在地坪里疯长。

古榕横卧,老去的时间触目惊心,裸露在它苍老的身姿与斑斑绿苔里,粗壮的枝干,坚硬却无韧劲的纤维裸露了千年。

在我意念里生灭的这个人叫李耿,他便是村庄的创建者。

我惊讶于弃世如此之久的人没被汪洋的时间湮没,他像一颗撒播在大地上的种子,儿孙们是一茬茬的庄稼,大地上的事物在消失又在轮回。环顾四野,稻田广阔,参差相依,河塘交错,古木点缀,阡陌间并无特别之处,经历如此之多的朝代更替,风风雨雨,村庄却一直在绵延——李耿的子嗣不断地传递着他的血脉他的基因。这是如此稳固之地,安全、隐蔽,超然于世,它反过来证明了李耿当年的眼光——就在他停下脚步的那一刻,他感受到了这种稳固带来的安宁气息。

新田村,位于南雄乌迳镇,夹于南北两道山脉之中,北面的南岭山脉气势磅礴,绵延千里。狭长的平原在乌迳终结,土地开始凸凹起伏。新田村的荒芜不过是这一二十年的事。这荒芜呈示的是另一种历史的开端——李耿的子孙不再聚族而居了,开始四散开来。家族的信息将在未来的时空里失落。作为一个家族的标志——祠堂,隐于纵横交错的街巷,虽然还能感受到一种旧日气派,却在迅速衰败,昔日的繁荣只能怀想。

公元 315 年,有一天,李耿走到了浈水边,蓊郁的古木,踏响的脚步,浈水上有一条船,他犹豫徘徊,没有上船;也许并没有船,他到了江边,就不想再往前走了。他想在这片荒野上隐居,要与他周旋的世界决裂。这样的决定是一时的冲动还是思考了很久?在翻越南岭山脉或是更早的时候,他就在想了?

找到县志,这样的人物也许会有记载。那时岭南远在中原视野之外,乃南蛮荒僻之地。本土的历史何曾有过记载?南雄,走来了一个人,一个中原文明的代表,一个早到者,他有足够的资格走进这片荒野之地的历史。

《南雄市志》"人物"一栏里,李耿果然赫然在目,位列第二,在他前面只有秦代的梅鋗一人。

李耿,字介卿,秣陵后街人。公元315年是西晋建兴三年,李耿官至太常卿,正三品官员。"因见朝政危乱,国事日非,乃叩陛出血,极言直谏。愍帝弗纳,而耿仍廷争不已,帝遂怒,左迁李耿为始兴郡曲江令。"直言上谏把头都叩破了,惹得皇帝不高兴,他耿直忠纯的秉性由此可见一斑。

建兴三年的秋天,李耿携家眷赴任,由虔入粤,经南雄新溪,"环睹川原幽异,宜卜筑安居",于是萌生弃官隐居之念,想过肆志图书、寄情诗酒的生活。他叹息:"晋室之乱始于朝士大夫崇尚虚浮,废弛职业,继由宗室弄权,自相鱼肉,以致渊、聪乘隙,毒流中土。吾既屏居远方,官居末职,何复能勷力王室耶!"不知这话出自何处,是否来自李氏族谱?他身居荒野心还在挂念朝廷。

隐居之事竟然也载入了市志"大事记"。翻阅厚厚的方志,我想起了另一位隐居者——程旼。李耿虽方志有载,但他的影响只在南雄,甚至只在乌迳。他隐居岭南的时间比程旼早。程旻作为迁徙的客家人最早被记载,一千五百多年前,他带领族人到达了现今的平远县坝头镇官窝里。李耿的隐居距今整整一千七百年。他是我知道的最早隐居岭南的人。与官窝里"群莽密箐,轮蹄罕涉"相比,这里算得上平原。但都是荒僻的"寻得桃源好避秦"的地方。

程旻先辞官回原籍鄱阳湖湖口隐居。在他的不惑之年,帝室内争,揭竿起义者不断,他审时度势,毅然率领全家及部分族人,从鄱阳湖走水路,逆行赣江、贡水,走尽南岭山脉,翻越武夷山脉西端的项山甑进入岭南。

李耿隐居的缘由与程旻大体相似。在他隐居后的第二年,匈奴就攻下长安,西晋灭亡。他们都是具有先见之明的人。

程旻迁徙时已是一介布衣,他的影响在于他身体力行传播中原文明,特别是儒家文化。明末他被尊为岭南古七贤之一,与韩愈、张九龄、文天祥并列。旧《广东通志》列出的古八贤,他排在第一。自宋以来,历代文人骚客来官窝里吊唁、瞻仰,写下大量诗词。地方官员也撰写了很多宅墓文、碑记、传记、簿序等。程旻渐渐作为岭南卓著的客家先祖被后人敬仰。李耿虽官至三品,留名于世,与程旻相比,却是寂寥得多了,犹如长河中的一朵浪花,他只在自己血脉的河床上波翻浪涌。

程旻迁徙岭南十三年,皇帝以其姓氏给他的居地赐名程乡县。万古江山与姓俱。他开办私塾,把敦本崇教之风带到了岭南。他将儒家"泛爱众而亲仁"的"仁"发展为和邻睦族。他乐善好施,周济贫苦人家,又建凉亭、辟山道、筑桥、修水利,至今当地还有程源桥、程公陂。一个人的名声看来与他的作为是密切相关的。

南迁者的路线是我一直迷恋的,曾经走过程旼迁徙的路,入粤之前他与李耿走同样的水路,由鄱阳湖入赣江,程旼向东逆贡水至于都、会昌,过筠门岭,走现今的澄江、吉潭,或走水路石窟河、普滩,抵达平远。那年夏天,在筠门岭的江边,我眺望大山深处的古道,程旼远去的背影仿佛还在山坡下晃动。李耿从赣江、贡水、桃江到信丰九渡圩码头,上岸后,翻南岭山脉进入岭南,他走的是乌迳古道。

乌迳古道是一条隐秘的不为人知的路,比梅关古道还要古老,它水陆联运,贯通了南北。翻南岭山脉,古道走焦坑俚、梨木坜、老背塘、石迳圩、鸭子口、鹤子坑、松木塘到田心,从新田村下浈水再走水路。民国时期,乌迳古道还在发挥着作用,"日屯万担米,夜行百只船",这样的历史离我们并不遥远。

在地图上寻觅乌迳古道的路线,眼里却跳出了西京古道的地名。我脑子里又有一个人影在晃动着,他从西京古道走来,也许正是他让我想起了那条古道。他是一位隐士。

于是,在西京古道的地理位置寻找自己熟悉的地名,不用闭眼,它们独特的景色立马就浮现出来了。西京古道与乌迳古道大体平行,它在后者的西面,同样翻越了南岭山脉。古道修筑于东汉建武二年(26年),北接湘粤古道,是一条骡马行走的陆路。秋冬交替之际,我专程寻觅它,石角、大桥、红云,这些人烟稀疏的石灰岩村落,周边山川地理怪异,常常孤峰耸立,难见树木,山间偶尔可见一段石铺的路,石板呈铁黑色。它由上腊岭过风门关,进入浮源,走龙溪、大桥、均丰、白牛坪,由乐昌出水岩、梅花、老坪石等地。

两千年的岁月眼看要将它湮没,那曾被脚印踏平的石板深陷枯槁的荒草,浸淫了遥远的信息。我的目光沿着它的方向往南北眺望,空茫一片的时光里,曾经的中原与南粤都在这同样的虚空里,闪着神秘的光芒。边地,隐藏于南方重重山脉间的边地,再不是现代的都市,而是湿溽瘴疠之地。一条道路曲折着,起伏着,慢悠悠延伸而来。什么人踏响了一块块石板?行路者是怎样苍凉的心情?

我想起了韩愈。我能想起的也只有他。当年被贬潮州,他走的就是这条古道。现在,我想的却是另一个人,一位青莲山上的隐士,他的悲壮人生留在了这条古道上。

那是一个风雨交加之夜,不知是秋雨还是冬雨。早晨醒来仍是风雨不止,天气格外地寒冷。向北驱车,我进入乳源大桥镇,从京广高速高架桥下穿过,一条新修的水泥路通向青莲山。窗外,山峰如笋如乳,不见树木,虽然连绵不绝,却全是孤峰耸立。青莲山是浮源与乐昌交界处的最高峰。上山的路窄得只容一车通行。

山上出现了一座荒寺,门边白墙黑字写着:"野寺断人行明月过来佳客至,山僧无俗伴白云飞去法堂空。"横批:"李秉中隐居。"隐者就是这位李秉中了,这是他三百多年前写的楹联。与程旼、李耿一样,他曾经在朝为官,官至明朝兵部左侍郎、南赣副都御史。不同的是,他没有家眷,更没有族人,这里找不到他的后人。他只身一人在此隐居。他没有像他们一样看到王朝将覆而匿迹荒野,他选择了做自己朝代的陪葬人,一个与王朝一起走到尽头的人。

穿过寺庙后的矮树林,我上山去墓地拜祭,一阵风把伞吹翻,冷雨砸在脸上。青莲山顶一座孤零零的坟茔,圆拱形的墓门被人嵌上了橙色、褐色的瓷砖。

清军入关,李家兄弟带着一队人马沿西京古道来这里屯兵储粮,对抗清兵。在宜章与清军决战,因寡不敌众,全军覆没。李秉中只身脱险,隐于帽峰岭石室。他白天出山,了解当地民情,顺便找点吃食,晚上燃竹苦读。他的诗表露了他那时的心迹:"龙鳞参参虎斑斑,龙困深潭虎困山。有日龙虎睁开眼,惊破五湖奔破山。"

时局稍有变化,他就隐姓埋名,来到大岭脚李家排村打工。据说,他的胃口奇大,一顿能吃三斤米,吃一顿山芋,光剥下来的山芋皮就有三斤重。主人眼看粮食不够吃了,不得不把他解雇。尽管他力气大,一人能干几个人的活,但这么大的食量,谁家也不敢雇他了。他沿着京西古道走到了天门峰,寄身于一间又破又小的荒庙,决意削发为僧。现在的寺庙便是他带头鸠工扩建的。他仰慕李白,就以诗人的号改天门峰为青莲山,取山寺名为青莲山寺。

孤灯苦挨,一守便是二十余年,复国已经无望,他想着把自己的满腹诗文传于世人,于是下山还俗,帮村人代写对联和书信。村人见他为人厚道,又吃苦耐劳、文武双全,聘请他为私塾先生。数年后,经他教育的门生,科场应试大都取得了进士、举人、贡生、廪生等不同的荣衔。

李秉中还懂得医术,梅辽四地的人都来找他看病。有一天,走在帽峰岭上,看到一位妇女抱尸痛哭,一打听,原来她无钱葬夫。李秉中当即脱下棉衣披到女人身上,又掏出了身上所有的钱。他做善事从不留名,人们只尊称他为"李大人"。

晚年,李秉中再次返回青莲山,他就死在这座野寺。人们把他葬于峰顶,至死也无人知道他的身世。

三百多年来,这个荒僻之地,前来烧香叩拜的人络绎不绝,人们来此求升学、排忧难、除病痛,青莲山公路就是信众集资修筑的。山上寺庙还雇有专人管理。有人为他写下:"斯人何人?商之孤竹君,明之都御史。此地谁地?昔有首阳下,今有青莲山。"

我在李秉中的墓地远眺,石灰岩的山如列如阵,远处的山脉横亘天际,不见一处村落,突然想到自己每到一地,拜访的全是已故的人,几乎没有拜访过活着的人。每乡每地,人们说得最多的往往也是已故的人,行走山川,沉湎于古村、山寺、古道、古木,它们唤起我对时空的联想——虚空中布下的那张网。

由黛而蓝的群山,奔涌如涛,势若呐喊,天地却是喑哑一片,静默一片。大荒之野藏匿的秘密从无声息,隐蔽的、独自生存的人,乱世里的流民、难民,蛰伏的志士与枭雄,这片土地里的生与死,洪荒岁月,白云苍狗,都归于脚下蓬勃的野草,枯荣与共。

第二天走梅关古道,大雨如注。群山涌动如雾,两侧山崖树木老绿如翠似染。梅花一株株遍布山坡。十七年前我曾翻越大庾岭,记得宋代黑卵石铺的路面,寻找记忆中的路,路面却是不规整的块石,偶有大的卵石,与我记忆中黑色的小卵石完全不符。记忆如此之深却与梅关古道全然不符,这种错位令人真假莫辨,恍惚迷离,我竟然不肯认同。

梅关古道由唐代张九龄修通,"坦坦而方五轨,阗阗而走四通"。苏东坡两过此岭,写下:"问翁大庾岭头住,曾见南迁几个回?"文天祥也写诗,同样是风雨天,他的心境最为凄凉。当年他带着八千客家子弟抗击蒙古兵,从梅关翻过南岭,回来时他已是元朝的囚徒,一路由南往北被押解去大都。他也是为自己的朝代而生为自己的朝代而死的人,从被俘之日开始,内心早已允诺了舍生取义——"烈士死如归",不为任何劝降的许诺心动,其决绝常令后人浩叹。从《过零丁洋》开始,他一路写诗,五月到了南雄,他写:"风雨羊肠道,飘零万死身";梅岭南麓:"倦来聊歇马,随分此青山";梅关:"梅花南北路,风雨湿征衣。出岭谁同出,归乡如不归",他的归乡便是前面路途上的赣州,那里是他的故乡;到了章江:"闭蓬绝粒始南州""江水为笼海做樊";赣江:"惶恐滩头说惶恐""故园水月应无恙",赣江水路上的黄金市、赣州、泰和都成了他的诗名。一条南北交通大动脉竟然被他写到了诗中。诗中的古道如此凄寂,古道上的诗却千古流传,一颗丹心照亮了生命与岁月的通途。

站在大庾岭关楼下,雨仍下个不停,听雨声四面哗哗啦啦响彻,我既无出关之心,就只是朝关外的山水凝望,恍然间,那个元代的囚徒独自走远了。雨中的山岭纷纷遁入时间深处,时空的界线倏然模糊,犹如山下赣南大余的连绵丘陵,全是雨水的迷离、湿漉、空蒙……

老汉人的地戏

　　石头的街道,石头的桥,石头的墙和瓦,还有白石垒筑的狭窄巷道,几个穿斜襟右衽绣边长衣大袖的妇女,头戴白帕或青帕,身穿艳丽的天蓝与草绿衣服,鲜艳而又内敛。阳光下,她们晒豆、倒茶、卖玉米,或挑担而过。沿着这条傍着小溪的老街转悠,惊叹天龙学堂的壮观,三合院里,清末的木楼还保存得如此完好,老旧的墙板与窗花格泛着深褐色油光,园内紫薇正开。这时,一阵锣鼓声传来,演武堂的地戏上演了。

　　青砖木构的演武堂,三面廊道和天井挤满了人。一面戏台,青石铺地,坡屋顶下木质的桁架,架起一个古意空间。穿白色战袍的演员在鼓声中上场,他们的头被黑布严严实实地罩着,黑布上面戴一副木质面具,面具上方竖起两根一米多长的羽毛,背后插的三角彩旗或红或黄,飘舞着,与细长的羽毛抖成一片。红色披肩,腰下红、黄、蓝、绿各色彩带,转起来,斑斓的色彩令人眼花缭乱。他们操红缨枪或刀、棒、剑,在空荡的舞台上转走、穿插、打斗,程式化的动作有挑枪、闭棒、踩钗、理三刀、抱月等几十种之多。这个源自军傩的地戏,天龙屯堡人称它为"跳神"。古代军队出征举行祭典,就是这样类似的傩仪,用它来提振军威、恐吓敌人。

器乐只有锣与鼓,敲出节奏。很少唱,只闻说和喊,唱起来短促、粗犷、高亢,一人唱,众人和。据说唱腔来自江西傩戏的弋阳高腔。他们正在表演的是关公战吕布。

这一幕让我想起了十年前的那个夜晚,脑海里突然出现了云南镇沅九甲的坪地。那也是一个夏天,是哀牢山、无量山的夏季。那是苦聪人祖祖辈辈的居住地,陡峭的山腰,木头与茅草、竹片搭的简陋木杈闪片房、竹笆茅草房,像一个个鸟巢,多少世纪,它们守着寂寞而狭窄的大峡谷,与山脉对望。这些当年从蒙古高原沿横断山脉向南迁徙的羌氏后裔,也唱汉人的戏,苦聪人称为"杀戏"。同样,他们表演的也不是自己的生活,而是三国里的人物。

那天我从去寨子山的路上折了回来,因为天色已晚,去山寨的路途遥远。黄昏,看到地坪上搬来的大刀、花灯、红旗和粗糙简陋的头饰。这些纸扎的头饰造型奇特,有很多的尖角,在帽顶上插了三角旗,帽子后面还有花翎。纸做的各种不规则的几何形灯箱,杵在长杆上,立于坪地四角。一群苦聪青年男女,女的穿上了红裙、戴了花帽,男的套花的长袍,有的围上了白毛巾。

他们在布置舞台穿戴戏装时,寡言少语,脸上表情僵硬。

铜的钹、铜的小锣在黑暗中敲起来,杀戏开演。乐器只有锣和钹,苦聪人爱弹的三弦琴也不见了。与地戏一样,锣和钹用来敲打节奏。节奏并不狂野,也不紧迫。拿刀枪的男人穿着碎花长袍或拖着两条长布,在锣钹声中跳跃着,锐声说上一段话,就拿着刀枪,左手高举,双脚高高起跳,表演起来像道士在做道场。只有喊叫,偶尔的唱腔也像在喊。与地戏不同,当钹和锣敲出迅猛的节奏时,牛角号响了,西藏喇嘛吹的那种拖地长号也呜呜地吹响。地戏与之相比,似乎平和了很多,优雅了很多,不只是服饰的华丽、动作的丰富,还有声音的委婉,但它们仍是如此神似!

杀戏与地戏只在一个极小的地方流传,杀戏在九甲乡,地戏在天龙屯堡,如果不是机缘巧合,它们像珍稀物种一样不为外人所知。显然,这是一个尚武的汉人群体的戏。

九甲是苦聪人的栖居地,我不明白为何出现了汉人的戏。联想起白天要去却没有走到的寨子山,那里的寨子山、领干、凹子三处山寨,居住着一百二十多户汉人,他们都姓熊。很久以前,熊姓始祖从江西迁来。他的迁徙是如此遥远,不知穿越了多少高山峡谷,涉过多少河流,仅是无量山、哀牢山山脉,翻越眼前海拔三千多米的大雪锅山就是一件非常艰苦的事情,是什么缘由让他不畏艰险,一路执意西行?

远离了故土，面对苍茫群山，汉文化也远如云烟了，这时，异族的气息是否比崇山峻岭的阻隔还要让人心灵安宁？安全感的获得与自己文化的消失相关。在苦聪人原始部落中，这个人把自己落脚的地方取名文岗。

很快他就开始怀念汉文化了。似乎只有这个汉人能把汉人的戏剧带到这片原始山林。杀戏的出现，如此神秘，地戏来自江西的弋阳腔，杀戏类似的唱法也应是同一个唱腔。他来自江西，这似乎是一种印证。他复活的是他故乡的戏。依靠回忆所做的一切，能够洞见他内心的沉湎与柔情。但是，何以称之为"杀戏"？他取这样的戏名来自我刺激吗？如果是，一个"杀"字，可是他人生灾难的复述？或是借杀戏来宣泄自己心中的块垒？但一个人投入情感去做的事会如此冲突吗？逻辑上这又是违背的，除非他已疯癫。也许，名字就是异族人所取，这更符合他们原始的生活现实。

寨子山建在大峡谷的高山之上，有一种决绝、孤悬的姿态。山上一块神秘的石碑立于一座坟边。石碑鲜为外人所知。碑文据说是深奥难懂的古文，当地人只认出了他的名字——熊梦奇。他就是熊姓始祖，当年那个迁徙者，数百年里守着自己的后人，把秘密带进了一抔黄土。

天龙屯堡与九甲的情形则截然不同。这里是古代夜郎国、牂牁古国的土地,它周围生活着回族、彝族、仡佬族、瑶族、白族、布依族、壮族、苗族、蒙古族等许多民族。众多少数民族土司势力占据了强势地位,天龙屯堡人一落脚就不得不修起军事防御功能极强的屯堡,还在山上筑起了烽火台,与平坝、普定、镇宁、紫云、广顺、长顺的屯堡村寨遥相呼应。屯堡依山傍水,用石头建起城垣和雄伟的寨门,进可攻,退可守。寨中建筑则采取点线分割布局,以寨中央空坝为点,向外辐射出纵横交错的街巷,户户相靠,每条巷既可单独防御,又互相形成整体,入巷如入迷宫,巷门一关,就如关门打狗。

在这种对峙的环境里生存,汉文化自然成了最好的精神寄托、最佳的精神凝聚力。天龙屯堡人以汉文化道统自居,地戏便是他们重要的文化守望。漫长的岁月,对汉人身份和文化的顽强坚守,形成了优越又封闭的心理——他们既不肯与当地少数民族融合,又无法与外面的世界密切联系,汉人部落由此形成。"凤阳汉服"他们一穿就是六百年,穿成了一个传奇。妇女银索绾髻,三绺头,长簪大环,这是朱元璋老家汉族女人的正统装束。由于前发高束,形似凤头,被后来的汉人称作"凤头笄""凤头鸡"和"凤头苗",不再把他们当汉人而当少数民族对待,甚至清代官吏也这样称呼他们。当地民族则称他们为"老汉人"。即使这样,天龙屯堡人仍认为自己才是汉人道统,已婚的年轻妇女包白帕,年老的包青帕,她们穿斜襟右衽蓝色长衣大袖,一副大明江南汉族女子的风韵。天龙屯堡人不与少数民族通婚,也不与新来的汉人通婚。咫尺之隔,石板房的汉人被天龙屯堡人称作"客居汉人"。"客居汉人"则称他们为"等苗夷"。

汉文化的传承,在天龙屯堡房屋的雕刻上也得到了充分体现。花窗、花板、花门、垂花柱、柱础上都是福(蝙蝠)、禄(梅花鹿)、寿(麒麟)、喜(喜鹊)……这是汉语谐音的吉语文化。读书人家则雕有诗词书画。这是周边少数民族屋里所看不到的一景。

天龙屯堡人以陈、郑、张、沈四姓为主体。四大姓氏始祖当年跟随傅友德率领的三十万大军征南入黔,部队从洞庭湖上岸,由武陵驿走古驿道入黔。万里生死途上,四姓始祖盟誓结为异姓兄弟,他们统一取名为张征定、陈征定、沈征定和郑征定。洪武十五年(1382年),西南平定,四姓始祖奉旨屯田戍边,他们聚族而居,开荒拓土,建起了屯堡。朝廷因此给过他们封赏。六百余年,天龙屯堡人繁衍二十余代,后人每当听到江南、南京应天府就十分激动,陈姓后人甚至前去南京寻根,寻找到了南京玄武区丹凤街始祖居地都司巷。

与九甲连绵起伏的无量山、哀牢山不同,天龙屯堡一马平川,拔地而起的山如青笋耸峙,一座座孤峰兀立,它们如此清秀,宛若大地抛掷的一个个音符,弹奏着天地间绝妙的乐章。长江水系与珠江水系在此分界,贵州的大坝子多半汇集于此,它是滇黔古驿道的必经之地,素有"滇之喉、黔之腹、蜀之唇齿"的称誉。远古的时候,荒无人烟,最早来到这片土地的百越族之一布依族,开基辟址。后来,从东北方向来了苗人、瑶人,从北方走来了彝人、回民……也有从南方迁来的,譬如三都水族,他们最初生活在中原睢水流域,殷商晚期被迫南迁,到过百越的邕江流域,最后落脚贵州都柳江、樟江一带。水族自称汉人,是中原王朝贵族的后裔,他们的水书来自甲骨文和金文象形文字,天文、历法、气象、民俗和宗教保留了大量远古文明的信息,水历就是阴阳合历,融天干地支与阴阳五行于一体。

南方的历史就是一部北方民族不断南迁的历史。迁徙者在一座座山峰前面出现,又在一座座山峰后面消失,有的走向了更远的地方,有的搭棚起灶,落地生根,黄昏里飘起了一缕缕炊烟……于是,林歹、代化、摆金、打易、桑郎、断杉、普定、打宾、打邦河这样的地名在安顺、长顺一带出现。这些汉字并没有意思,文字是汉民族的,意思却是另一个民族的。

令我意外的是,沈万三竟然在天龙屯堡出现了,他是江苏周庄人,明朝江南第一豪富。朱元璋定都南京,沈万三助筑都城达三成之多,他因犒劳军队得罪皇帝,差点被处死,最后被发配充军去了云南。为何天龙屯堡有他的故居？"江南曾为旧籍地,黔中乃是新故乡",这是他天龙屯堡故居的对联。当年在周庄看他的故居,并非那么阔绰。这个故居也许是临时的,房子修建得十分低矮逼仄,石板盖顶,木板做墙,乱石围蔽,与当地富户的房子相仿。出于安全考虑,他在进门修了一个侧门,经过一条走廊,里面院子才是他起居的地方。居室楹联写的是"敬业志事农商,致富胸怀信义"。门上挂的一对形似蝙蝠、刻有祥云的木雕,大得不成比例。也许千里流放路,经过作为滇之喉、黔之腹的天龙屯堡,突然遇到了乡音,自然惊喜无比,甚至有意错把他乡当故乡了。于是,谪居,也许有过长久打算,不知什么原因他在此住过三年,又不得不再往西迁。高官贬谪常见,富商发配则少,这种迁徙的伤悲又岂是外人所能体会的？

深刻的梦幻来自时间的深处,也来自当今世界。出天龙屯堡大门,时近正午,太阳正炽。一恍惚间,车就拐上了高速公路,仿佛这是一条时间的快速通道。新的城市干道不久将延伸到这里。作为第八个国家级新区贵安新区的一个镇,天龙屯堡已经被划入新的规划图。新区设立两年,已经修了六百公里的道路,铺设了九百公里的水、电、气等市政管网,产业城已有富士康、华为、微软、**IBM**等一百四十多个重点项目落地,二十多万师生入住大学城、职教城,征地拆迁安置按照"三变三化"模式,已建起了四百多万平方米的社区房屋……迎面扑来的道路宽似机场跑道,像一道闪光的银幕,我看见了时光通道里天龙屯堡的未来——难以逃脱的城中村命运。也许,旅游能让它免于被拆迁,就像地戏,已经变成了一个定时表演的节目。

这天下午,在呈环抱之势的白虎山下,一群来自狗场村的老妪正在地里松土,蓝布右衽的长褂子,黑色头巾的裹布,黑色宽大的裤子,尖尖的竹笠,她们穿黄布胶鞋或塑料凉鞋,站成一排挖土。天气有些闷热,虽然天阴着,但风从山坡上吹下来,山坡上布满了白色的石头,闪闪发亮。白石会在某个时候如星星一样移动。她们前面是一个透明的大厂房——贵澳农旅产业园。里面的黄瓜、西红柿、辣椒、茄子、南瓜正在疯长,不分季节地疯长。黄瓜结了一茬又一茬,长如绳索的藤在地上垒了一圈又一圈,黄色的小花在藤架上不断地盛开着。车间里空气的温度、湿度全都由电脑控制着,所有植物都靠电脑配置的营养液生长。仓库里的农产品二维码记录着生产、加工、销售的过程,包括产地、日期、销售点全都记录在案。电脑的市场大数据反过来又指导着工厂农产品种植的品种与数量。

仡佬族妇女还在田地里挖着土,嘻嘻哈哈。离开田地,她们脚下踩着的不再是丛生的野草,而是人工种植的如毯的草坪,高大粗壮的棕榈树显然也移自遥远的异地。她们劳动的价值突然令我生疑。也许,她们就是一种表演,几年前真实的劳动生产变成了作秀。又想到天龙屯堡,他们的生活早已不再真实,日常起居都陷入表演之中,被人观赏,被人消费。望一望眼前的青山绿水,规划蓝图之下,它们犹如田园挽歌,又如飞驰而来的生活,我们已经不知道明天会发生什么了。守望了六百年的天龙屯堡人,他们还能守望住什么吗?

程氏山河

一

　　东石、河头两条小河呜呜奔泻,混浊的河水流出泥色的长长波纹。它们一路相陪,流水声忽左忽右,不绝于耳。平远诗人吴乙一带着我左转右拐,车在平缓的丘陵与漫坡间绕行,穿过几座村落,人烟渐渐稀少。这时,天空只在一脉低低的山岭上露出白光,那漫射的天光下,新绿的草木间,一道围墙里的几栋低矮平房,青瓦木构还是新的。这房屋只为纪念一个人而建。

　　站在坡屋顶房前,眼里的山水因为这个人而照见时间的踪迹。模糊古老的意象在脑海里飞掠一些不得要领的暗影,在这个春天逼人的翠色中几欲空泛。但是,因为这个人曾经真实存在,那暗影总是凭空而至,迫使眼前的红色土壤与低矮树丛虚晃、退闪——旧时山川遮挡住了视线,似乎就要罩住这片不见古木的丘陵。山坡草木这个春天新生的颜色鲜活得不容涂改,它们浸洇了隔夜的雨水,阴天里仍然闪着油亮的光,裹带着扑面的泥土腥气——生生地把那一幅山水逼回到了意念,在脑海中顽强跳闪——瘴烟深锁,若赤黑之祲,古木樾荫,茑萝攀生……这绝非想象的溯洄,这情景犹如黄昏挥之不去的阴云低垂。

一千五百多年前的那一天,一个叫程旼的人就站在这山麓下,眺望着远近的山头。他放下行李,环顾四周,长途迁徙的旅程就此打住——这念头从他心里升起,荒山也有了几分亲近。这个"群莽密箐,轮蹄罕涉"之地,西擎南台半壁,东临夆峙尖山,北衔河岭屏障,南有水路通衢,山峦叠翠的山间平地,瘴气岚带到了山腰之上,这正是"寻得桃源好避秦"的地方啊!

不再前行了。所有人松下一口气,所有目光以一种家的感觉四处打量、搜寻——这就是新的家了?

年近半百的程旼带着他的家人和部分族人从江西鄱阳湖湖口起程,他从墓地里取出了先人的骨骸,放入瓦坛,背着它一起上路。一坛先人的骨骸被轻轻地放在这片土地上,落地生根的标志便是骨骸的安葬。两百多人,不知走了多久,这时挑担扛包、携手相牵者不过八十余人。

他们是大迁徙人群中走得最远的一群。

妻子夏氏,长子程松,次子程杉,三子程梅,都随程旼而停步。他们在这个瞬间是喜是忧,无从考证。长子程松以孝著称,一路上应为程旼分了不少忧,想必他轻轻舒了一口气吧。次子程杉应有一个好心态,南蛮荒野之地,在他可是新异的风景?他身上不无竹林七贤的影子。程杉活到了一百零一岁,八十一岁时遁居湖南攸县灵谷,终日静坐,出语如同先知,当地人以为他羽化了,尊他为真人,旱涝时常来拜祷。

这是岭南的大荒野啊!目之所及,莽莽苍苍,荒山野岭闪动着岩石般暗绿的光。人烟稀少,野兽出没。直到唐开元年间,梅县人口不过千人,汉族人仅二百人,其余皆为畲、瑶和黎族人。客家人多起来的时候则要到北宋后期,由于"靖康之乱",他们南迁至此,那时主客户达一万二千三百七十二户,一半以上是客家人。这已是继唐僖宗乾符五年(878年)黄巢起义,客家先民第二次大迁徙后的第三次迁徙了。

程旼为何跑得这么远?他先是辞官回原籍隐居。南迁的念头不知始于何时。在他的不惑之年,北方外敌入侵,战乱不已,帝室内争,揭竿起义者不断,他审时度势,毅然率领全家及部分族人,从鄱阳湖走水路,逆行赣江、贡水,冲险滩,斗风浪,在武夷山脉西端翻越项山甑,他们跃动的弱小身影又消失于大山深处……历经磨难,亲人一个个死于路途,但程旼没有退缩。

"五胡乱华"时期,中原人第一次大迁徙。这次迁徙自汉末直到隋唐。迁徙范围之广,北从山西长治,西到河南灵宝,东至安徽寿县,迁徙者直到过了长江才集中在鄱阳湖地域落脚。他们在这一带开始孕育一个独特的客家民系。而远行者沿黄河、颍水,经汝颍平原,一直走到了梅州山区。梅县大墓岌、畲江等地出土的两晋文物彰显出了极少数先行者的行迹。

我的目光越过眼前的草地、围墙,在一片暗绿的山岭间逡巡。这是平远县坝头镇振东村山旮旯里不见人烟的官窝里,下午,看不到人影,天空阴沉不开,山坡枯草的焦黄与树木的葱郁皆十分醒目。同样的旷野无人,却有远处的田园、山肩上高压电线的铁塔。以程旼当年的眼光看过去——山不曾增高,河亦不曾改向,千年岁月不过一阵风吹——一瞬间,我感应到了那个瞬间的复活……

二

程旼的名字怎么流传下来了呢?是一个偶然吗?一千五百多年的岁月对一个普通人而言,湮没得与萋萋芳草和尘泥一般,何处能觅得半点踪迹!今天的人却还在给他修建故居。这一切并非源自他艰难的迁徙之路——客家人迁徙都有一段血泪史——程旼这个名字之所以能穿越时空,是因为他在这个荒蛮之地的所作所为。

这个被称为南齐处士的人,据说髫龄即有"神童"之誉,甫入少年,即入庠序。丁年后习"五经",尤喜《春秋》。南朝刘宋时,曾赴京应试,得中礼(记)经魁,选为史学士,任职建康。也有史料说他并未任职。地方志载,他"为人悃愊无华。性嗜书,恬荣达。结庐江滨,宴如也"。

民间传说里,他到达官窝里后,将儒家"泛爱众而亲仁"的"仁"发展为和邻睦族。这族与邻是畲、瑶,还有更原始的山都、木客。这从本地九畲十八溪的地名便不难推想。这些原居民"民风剽悍,尚气轻生",喜好巫觋,崇拜狗,以狗为自己的祖先,常以鸡肝纹理预测祸福。山都、木客则"裸身被发,发长五六寸,长在高山岩石间住。暗痖作声,而不成语。能啸相呼,常隐于幽昧之间,不可恒见"。程旼与当地居民如何沟通,如何和邻睦族,已不可考。当地传说,他面对好斗成性的异族,先是办私塾,把敦本崇教之风带到这里,又以仁爱来息其斗念。当地居民有了纠纷不去官府,宁愿来找程旼,他总是热心地为乡邻辨别是非曲直,讲出一番做人的道理。"心有愧怍者,望其庐辄思改过,有陈太邱之风焉。"

程旼声名远播,可能还得益于他的乐善好施。他周济贫苦人家,建凉亭、辟山道、筑桥、修水利,至今当地还有程源桥、程公陂。那时,耕种方式还很原始,程旼改进耕作技术,制作了一种犁。民国时当地的拱背犁还被称作"程犁"。

程旼以一介布衣,于明末时成为岭南古七贤之一,竟然与韩愈、张九龄、文天祥并列。旧的《广东通志》列出的古八贤,他也排在第一。自宋以来,历代文人骚客来此吊唁、瞻仰,写下大量诗词。地方官员也撰写了很多宅墓文、碑记、传记、簿序等。程旼渐渐作为岭南卓著的客家先祖被后人敬仰。

也许后人把很多美好的品德加到了程旼身上,对他有所塑造,以集中反映中原文明如何传播至岭南这一历史进程,倡行儒家文化。但程旼所作所为也一定非同寻常,否则,他迁来十三年后,皇帝不会以其姓氏给这个地方赐名程乡县。历史上以姓赐地名者屈指可数,程旼受此殊荣,是因他以德化人,信义著于乡里。中国人的理想追求是立德、立功、立言,而立德排在首位。程旼被看重并不奇怪。于是,万古江山与姓俱,村为程源村,县为程乡县,江为程江,"君子播奕德以维谖,伊人历千秋而不朽"。

三

修建程旼故居的人是他的后裔程贤章。他一生为文,创作的大多是客家题材的长篇小说,《大迁徙》《围龙》是他退休后回到梅州故里写的。前者以程旼的迁徙为原型,后者从程旼一直写到今天,他要写出客家精神客家魂。年近八十了,想到自己入粤开基的始祖连个纪念的地方也没有,他常常深感内疚。程公祠虽从千年之前开始修建,但修了毁,毁了修,最后一次重修时用作了仓库,如今成了私人住地。

于是,他一趟又一趟往官窝里跑,还拉着广州各种各样的人来这里。有一年大暑天,他陪着广东文史馆的专家来考察,大太阳底下走得白衬衣像在水里漂过似的。

这个孤零零的房子,便是程贤章老迈之境要续祖宗遗绪、无忝祖德所做的事情,他把自己收藏的一部分文物也存放在里面了。我从散发着浓浓霉味的房间里穿过,寂静中能听到远处的蛙鸣。我突然心酸,理解了一个老人的心境,客家人寻根认祖、慎终追远的情怀,在他身上表现得何其强烈!他把自己的余生都用在对祖先的追思之上了。

踏足粤闽赣三省交界地带的重重山岭,客家大迁徙的历史就发生在这样的山中。这里的山水时常让我走神,仿佛另一个世界正在降临,那苍郁的古木、欹斜的黄土路,或青石板的官道,宁静总是这样深,阳光似乎也有了声音。炊烟起处,我总是走下车来,远望山坡上的村庄,这些张姓、廖姓、李姓、赵姓的村庄,在一个个山坳一条条山川中响起久违的鸡犬声。自汉末两晋迁梅的客家都喜欢聚族而居。他们就像自己族谱里的名字一样紧紧挨在一起,生怕失散。客家人会告诉我,他们祖先当年迁徙的历史,这在一本本发黄变脆的族谱里都有记载。他们感念先人的艰难创业,怀念中原地区自己祖先出发的地方。

许多姓氏族谱中记载先祖迁自豫东南古光州。那里是大别山的南部,山区的景色、田园房舍竟与梅州十分相似。这是不是他们落籍梅州的又一原因呢?祖祖辈辈在山中生活,山进入了他们的生活,就像客家山歌进入了他们心灵和精神的深处,深入血脉。

《赵氏宗谱》载,过年祭祖时,赵氏后人在供品上插上筷子,猪头上插一把刀子。刀子象征的是祖先南迁时经历艰险,有如刀下余生;筷子表示祖先是从江西筷子巷迁来的。而梅州很多姓氏的后人都有这样的习俗。一本本族谱的源头都能找到当年那个长途跋涉来到梅州的开基始祖。而岭南最早有记载到达这片土地的平民便是程旼,一个饱读圣贤之书的儒家信仰者!

于是,客家第一次大迁徙中,程旼的线路清晰地呈现出来了:由鄱阳湖而入赣江,向东逆贡水至于都、会昌,过筠门岭,走现今的澄江、吉潭,或走水路石窟河、普滩,抵达平远。如烟的岁月有如水落石出,轮廓次第分明,一个民系最早迁徙的历史出现了一条脉络、一张面孔。这正是我在粤东山间进行十年行走所苦苦怀想的一幕！

遥远的迁徙路，在这座荒山中打住，生命的繁衍如同草木。程旼后人同房各爨，一代一代开枝散叶，至今传到了第五十二代。在蒙古人南下时，已传至二十一世亚夒，他们开始分迁粤东各地。现在的云南、江西、香港、台湾等地，以及印尼、泰国、越南、加拿大等国，美、欧、澳等洲，都有分布。仅国内程旼一系人口，20世纪末便达到一万四千六百八十八人，可谓根系梅州，叶茂全球，世系昭昭。南方家族历史又多了一个可圈可点之处。

四

沿着梅潭河进入大埔县的崇山峻岭，这是客家由闽西的汀江一路东迁所走过的水路。梅江、汀江、梅潭河是梅州客家念念不忘的江河，这是他们祖先涉过的江河，是他们生命的来路。江水在巍峨的群山间迂回萦绕，像天空落到了山谷，把灵秀之气融入了如梦山河，融进了客家山歌。这歌声在山山岭岭间如风吹树叶般四处飘扬……

突然水阔山低，大江齐聚。梅江、汀江、梅潭河全流到了这里——三河坝，交汇的江水向下游的韩江流去。天空游荡的云与落到江心的云都因一汪碧透发出了银子一样的光。客家迁徙的先民从这里由汀江转梅江,去往远方的梅县、蕉岭、平远、丰顺、兴宁、五华,他们开始逆水行舟。只有往潮汕平原与下南洋的船顺流而下,进入韩江。喜好山的客家人并不往平原去,那里是潮汕人的天下。

一片平坦的土地,长堤围起了一个三河镇。老旧的青砖墙、青瓦,青石板的街,木棉在天空中火一样怒放。山墙上一幅地球牌香烟广告画已有百年。它对着梅江、汀江汇合的地方,那里停着船。长堤外坍废的一条古街,石墙上的水迹发黑,骑楼却是岭南最典型的商街。三河镇与一村一姓的村庄不同,这里姓氏达三十个,十大姓有个顺口溜:"陈徐饶范蔡,田罗李郭周。"还有贺、戴、唐、刘、朱、黄、曾、丘、吴、杨、洪、张、林、邓、卢、孔、柯、肖等姓。可以想见,这个商埠之地,不是一个姓氏繁衍的地方,由于商业的竞争、洪水的袭击,耕读之家还得往更深的山里走。它只是迁徙途中一个歇脚与交流信息的地方。他们都要在这里选定自己继续迁徙的方向。

清明时节,雪白的柚子花漫山遍野,清香的甜像空中的河流,漫流过山坡和空谷,如抖动的时光,春天被濡湿了、濡香了。自然的气息能浸透人一生的记忆。我呼吸着,张开贪婪的嘴,仿佛一声呼喊就能唤醒这空灵苍翠中绿色的精灵。客家山歌的回响,是遥远的生活,现实仿佛被历史包裹。

在梅县雁洋镇桥溪村,满山春花烂漫,如少女山歌一般昼喧夜闹。山坡上,一栋旧楼,门楣"继善楼"三个大字在山下就能远远地看见,门联写着"继志述事,善邻亲仁"。程旼的"和邻睦族"在这里仍找得到踪迹。

一个至今自称"客家"的民系,与当地人的融合并非那么容易。外来者被当地人拒绝是人类自我保护的天性使然。岁月里暗藏的刀光剑影,只有亲历者才看得见它的血与泪。当年属程乡县界的建桥河,如今住的是张姓人,属丰顺县建桥镇。张姓人的开基始祖张德达来自闽西上杭,为融入当地,后人与畲族通婚,取畲人的郎名,祭祀畲人蓝氏外祖、婆太。他们除了信奉佛、道,也信奉畲人的巫、鬼与地方神明,建觋坛,请觋公、巫婆来念咒诵经。明崇祯十三年(1640年),张氏后人建起建桥围,以城堡的形式建成一座族人的住房,以求得一个安身之所。至今犹存的古城,既有中原民居四合院,也有畲、瑶的圆形屋、干栏式建筑,儒家文化与当地文化在这里融成了一体。

大埔县联丰村的花萼楼、龙岗村的泰安楼,家族封闭的生活空间如一个巨大的碉堡,大门一关,与世隔绝,外族难以侵扰,强人宵小更是不得进入。这是林姓与蓝姓一族的祖屋,形状一圆一方,建材一土一石,楼内中央都是祖先的祠堂。花萼楼为林姓南迁第五世祖援宇公修建,泰安楼是蓝姓二世祖蓝少垣兴建,他们都是祠堂祭祀的先人了。四周一重重围绕的是一辈一辈人饮食起居的房间，排列有序，一如族谱中辈分的排位。四百多年里，林姓人家就生活在花萼楼里。而泰安楼蓝姓人家也在楼内繁衍生息了近三百年。

梅县南口镇桥乡村的围龙屋，是梅州客家最典型的民居，房屋连成半椭圆形，大椭圆套小椭圆，一圈一圈向外扩散，相间的圆弧形过道铺石板或卵石。过道的门通往屋前地坪和半圆形泮塘。被包在椭圆形中心的是家族宗祠。

这些独特又杰出的建筑形式，是客家人在这片山地上创造的。他们为了适应新的环境，为了不忘记中原文化，以空间体现着儒家的纲常伦理，表达着追宗认祖的心迹。一个家族的血脉在空间上得以呈现。

程旼宣扬、推行的儒家生活准则，一如天穹深处的星光，明明灭灭，慢慢在岁月中汇聚，渐渐众星拱出，群星灿烂。这星辉皆来自遥远的中原大地。

这一天，程旼一系有人去世了。我赶到梅州殡仪馆，族人与他做最后的告别。每个人瞻仰遗容后，都在瓷盆中那染得猩红的水里洗手。我从死者亲人手里接过一个红包。红包里装着米和茶。有人交代我，回去遇到岔路口，撕开红包，把米和茶撒到路上。客家送葬的路与回去的路是不同的。我不知道这葬俗是否与迁徙有关,路上的茶和米,让我想到了那些死在迁徙路上的亡魂。我把米和茶抛向空中的一瞬,仿佛看到了天地间那些看不见的东西,模糊、无形、诡异,一如茫茫逝川。

眼前的山水已有了冬天的肃杀。

雩山以南

　　雩山山脉并非一座大山,与罗霄山脉、大庾岭、九连山、武夷山脉相比,它小而且不著名。我是在八境台上听到山脉名字的。那时我想着文天祥的诗句"风雨十年梦,江湖万里思",仿佛是个谶语,赣州知州任上的他写出了他后面人生的景况。

　　八境台建在赣州宋代石头建造的城墙上,俯瞰着贡江、章江。两江于北面汇合,一道矮坝分开两水,拦阻着来势凶猛的章水,浪花翻过堤坝堆出一条长长的雪线,贡水行船因之而无虞。

　　水势浩大相汇处便是赣江,一派清凉的水似蓝还绿。左右的水流绕着古城墙和八境台而下,耳边只闻哗哗奔流声。太阳当空,山脉起伏,时空仿佛离开了现实,不分今古。舒展开的视线让石屎森林闭锁的双眼无所顾忌。大脑深处却是呆痴。

　　雩山山脉引起我的注意,只因为向南翻过这条山脉,就到了客家人的中心地区——赣州。某个时期,它划出了一个民系的分界。像是七月的江风吹醒了某个遥远的记忆,我猛然觉悟到宋代的那个时空,建这个城墙的汉人与雩山山脉以北的汉人已经开始不同了,人群有意识以地域区隔,划分出群落。雩山山脉给赣州的客家人留下深刻印象的,是它的山路难行,还是雩山是一道门槛,他们获得了进入族群的安全感?

在贡江、章江和赣江流过的宽广地域,无数迁徙自中原的人在这里落脚。他们的先人早在东晋就远离黄河,涉颍水、洛水和汴河、淮河,进入江淮地区。远徙者进入长江,从鄱阳湖溯赣江而上。江淮只是客家人短期的栖止地,唐宋时他们再次南迁,到达虔赣。中原口音混合了江淮口音,祖居地的生活记忆一代一代相传着,人们传承着一些古今不易的东西,如立宗祠、迁葬骸骨、凿石窟、建风水塔、修书院、筑墙池……家一安顿,就忙碌起来了。

南方,茂盛的植被在起伏的山脉里菁菁拔翠,绿得张狂。山谷里奔腾出的溪水流进了水田,灌溉着水稻,那稻浪在他们眼里还会恍惚间幻化成旱地的麦浪吗?麦地的记忆太遥远了,中原的祖居地太遥远了,远得只有一册族谱、一个地名、一块灵牌。但他们却要常常焚香祭拜,不忘祖德。

人们靠山吃山。餐桌上山货越来越多,青山绿水变成了染料,让服饰变得色彩斑斓,让食物五颜六色。一个叫杨筠松的人在赣南山水间行走,他研究南方风水,寻龙追脉,在兴国三僚找到了一块地形奇异的山地,便带着门徒来此定居。堪舆术盛行起来了,江西形势派的形法理论由此孕育,流行于世。朝廷皇陵选址、皇城勘测都要来三僚请人。修长城要塞、天坛祈年殿,三僚的风水大师也应召出山。

南唐,灯彩在民间盛行,到达贡江上游石城的迁徙者最为热衷,他们扎出八宝灯、桥板灯、鲤鱼灯、蚌壳灯,灯彩仿佛是生活的图腾。宋代,山歌在乡村流行,青山绿水间不时响起歌声。采茶歌在茶山响起,在灯彩中,采茶歌配上舞蹈,一变而为采茶灯。明代,采茶灯演绎成了采茶戏,风行于赣南。

他乡已是故乡。

赣州西、南、东三面,罗霄山脉、大庾岭、九连山、武夷山脉以巨大的屏障围出了一个封闭的空间。攀上这些大山,作为岭南移民,那些年我探究它如何阻隔北方的寒流、中原的儒家文化。连绵的山脉,巍峨又清秀,挺拔得峻险,白雾流岚吞吐其间。望不尽的层峦叠嶂,绿色由青到黛,以至于蓝。

在梅关古道大庾岭隘口,贡江在山下拐过一个弯,由西转向北,奔向赣州。我看到青山上轻笼的秋雾,山峦一抹如淡扫黛眉。这是当年南迁的重要通道,迁徙者从赣州的大余爬上山来,踏过脚下的关口进入岭南。关门上一副对联:"梅止行人渴,关防暴客来。"不清楚这是哪个年代写的,关北关南谁把谁当成了暴客?

九连山深深的峡谷,一线天峭岩如陷地宫,我由此进入赣州最南端的定南、龙南,去追寻秦始皇的一支军队是如何突破南岭山脉的天然屏障,进入南粤的。

不承想高山环绕的地方,丘陵起伏,江河交织,一个大盆地,雩山山脉从北方一锁,赣南便是一个天然的摇篮,一个清净安宁之地。躲避战火的人,在这里找到了安全的地理空间。

想不到赣州之行,客机飞越南岭,我只不过换了一个方向,仍然向着武夷山和九连山跑。这一次溯贡江而上,沿当年迁徙者的路线,抵达贡江源头——石城。这里,武夷山群峰高耸,一座阳元石孤峰挺拔,茵茵翠色的山坡如墙陡立,这并非我想象的武夷山低凹处。大山两面,一面是石城,一面是宁化。石城通往宁化的路有四条,分别经大畲、珠坑、沔坊和岩岭。这就是当年迁徙者走过的路吧。水路断了,要翻越大山了,故乡愈来愈远了。这条路成了南迁者怀念的路、顶礼膜拜的路。闽粤客家人祖先大都从这里翻武夷山,进入闽西、粤东。他们翻山落脚的第一站便是石壁。石壁被后人当作了客家人的朝圣地,就像翻大庾岭的人把珠玑巷当作圣地一样。

在通天寨山顶上,我看到经大畲的路穿越一片开阔荷塘,峡谷中的路平坦笔直,空荡无人,向着大山深凹处伸去,直到高高的山坡把它遮挡住了,我看不到它是怎样翻越眼前的大山的。

我痴痴凝望,仿佛能看穿茫茫岁月,看到那些气喘吁吁的登山者。山路连接起来的是客家民系发育的核心地区——石城、宁化。我心中默念着这两个名字,忘却了身后奇绝的通天寨丹霞地貌风光。

筠门岭在贡江支流的湘水上。这里是武夷山与南岭相交地带。正午时分,从会昌到达筠门岭镇羊角水堡,阳光直射,湘水荡起一片白光。从这里南行,可到福建的武平、广东的平远和蕉岭。这是又一条重要的闽粤通衢。一千五百多年前的一天,一个叫程旼的人,带着他的家人和部分族人从这里翻山,进入广东平远官窝里。他从鄱阳湖湖口起程,进入赣江后,东逆贡水,一路行至于都、会昌。到达筠门岭,面对眼前的群山,接下来,他走的是陆路澄江、吉潭,还是走的水路石窟河、普滩?眼前的山岭如篷如浪,起伏无边,武夷山脉最西端的大山项山甑耸立于三省交界处,山那边便是畲、瑶和黎栖身的荒凉之地,程旼消失在山谷中的彷徨又决绝的身影是那么渺小。十三年后,皇帝给他抵达的地方赐名程乡县。程旼是有记录的最早迁徙到岭南的中原人,他成了岭南卓著的客家人先祖。儒家"泛爱众而亲仁"的"仁"被他带到岭南,发展为和邻睦族。他乐善好施,以德化人,最讲信义,后人把他列入岭南古七贤,与韩愈、张九龄、文天祥并列。

什么时候赣南人不再感到安全了？是因为雩山低,还是因为赣江？

唐朝大庾岭的梅关道修通后,赣江疏浚,雩山山脉处的十八滩被疏通,船筏可直抵赣州,进入章江,一直到达大庾岭下。翻过大庾岭的梅关道,进入珠江水系的北江,直通广州、南海。赣江变成了南北交通大动脉——古代的京广线。四通八达的水路都与赣江连接起来了。

赣州变成了宋代的重要城市。城墙由土筑改为砖石砌筑,贺兰山上建起了郁孤台,城墙上再筑八境台,七里镇的窑烧出了精美的瓷器,通天岩的石窟寺造像进入鼎盛时期,城市防洪排水排涝系统建成,一直使用到了今天……文人墨客从赣江溯流而上,苏东坡、辛弃疾、黄庭坚、刘克庄、戴复古……他们都曾踏上赣州城墙,登楼赋诗,留下名篇。

赵宋王室南渡,战火也跟着南移。人们要翻越南岭山脉、武夷山脉的崇山峻岭,才能找到地理空间的安全感。高高的大庾岭、九连山和武夷山,一拨又一拨的迁徙者攀上了它的隘口。

赣州一变而成为客家人迁徙的通道,它还是客家人的摇篮吗？在赣南生活的漫长岁月里,一种共同的语言、民风、士习和价值观念在这里是否已经形成？什么时候人们开始相互认同了？是南宋那个动乱的年月吗？赣州、汀州、梅州赣闽粤三省交界山区，人人以"客家人"自称，主动与他人区分开来。这样的事情是怎样发生的？被大山分隔的三地迁徙者竟然有了如此一致的语言、民风和习俗。

赣州人乐于谈论卢光稠。五代十国乱世时，虔、韶二州，北有南唐，东靠王闽，西界马楚，南交南汉。卢光稠举义旗，武装割据虔、韶，使二州没有落入他人之手，保持了自己的语言和习俗，在共同防御中凝聚起人心。文天祥是客家人的骄傲，他在赣闽粤三省交界的客家山区招募义军勤王，带领客家子弟为保宋朝江山而战，把客家人团结在一起。清咸丰六年（1856年），广东恩平、开平、增城、鹤山、新宁和广西武宣、贵县一带的当地人与客民争夺地盘，械斗持续了十二年，死伤几十万人。世人为之震惊，客家人意识空前加强。也许，这一切外在因素促进了一个群体自我意识的觉醒？

封闭的大盆地，葱茏的群山，是一个民系孕育的理想摇篮。正如江河发育，走进山体肌理深处，那一滴一点的汇聚，被岩石与森林掩蔽，但远处的溪流已经出山。

赣南山水让人恍惚。"涛头寂寞打城还，章贡台前暮霭寒。"这是苏东坡的恍惚。"城郭春声阔，楼台昼影迟。"这是文天祥的恍惚。"郁孤台下清江水，中间多少行人泪。"这是辛弃疾的恍惚。"行人泪"指的可是来自北方的迁徙者?

伫立八境台,与赣州告别,脑海里想象着一条篷船,它由章江进入赣江,篷船中坐着一个正在绝食、一心求殉亡国的人,他只想死在这里。这里是他的故土。他被一路从南海押解而来,押去大都,走的就是这条南北水路大通道。"惶恐滩头说惶恐,零丁洋里叹零丁。"国破山河在,"归乡如不归",他内心的酸辛与煎熬何人能够体会?文天祥在这条古代京广线上写下了一路的诗。只是这惶恐滩在八境台的上游还是下游?

江上往来的船只如此之多,有从三江口东去的,有向南向北去的,船上的人面容朦胧,神色悲戚,暗自落泪者很多,这"行人泪"都浮在逝波之上的夕光里,点点滴滴,有离人泪、英雄泪、悼亡泪、悲人悲己泪……一条水路,竟然有如此多的悲欢离合,正如李清照当年在舴艋舟上写的——"凄凄惨惨戚戚"。

江岸沉沉,暮色里绿树暗去。初上的华灯最暖人心。

突然想起跟随文天祥翻越南岭的八千赣南客家子弟,他们再也没有回来。想到中央苏区,赣南参加红军长征的客家汉子也走了,鲜血曾经染红过赣江……落日在恍惚,江山在恍惚,人生亦在恍惚。

离开八境台,向建春门走去,出古城门,一阵杂沓的脚步声之后,一群人踏上了贡江的古浮桥。一群中年妇女挑着担,竹编的箩筐盛着青翠的柰李、西瓜，还有手工做的红黑两色布鞋。刚才在建春门摆摊的她们于暮色里归去，一如荷锄而归的农人。过浮桥，我不知道贡江对岸是城还是乡。阔大的水流突然逼近，我们的步子都在随江流起伏。雩山之"雩"是古代求雨的祭礼，水系如此发达之地还需祈雨吗？这时想起雩山，毫无道理，我没见过却如此念念不忘，是因为雩山是赣州四围山脉中我唯一没有爬过的？一阵呼喊声从身后传来，一条船正欲靠上浮桥，水流又把它冲远了。

林中孤村

　　旧雪之上新雪正落。站在孤顶子村泥泞的村道上,我寻觅着长白山积雪的山峰。这座火山是东北亚最高峰。天空灰蒙蒙一片,雪和雨交替着疏疏坠落。雪花和雨点都大,雪花无声,雨滴落在柔软的雪上的声音也是微弱的,轻过风声。巨大的樟子松、落叶松、白桦、榆树和杨树立起一道道屏障,近若墨线,远成墨团,随舒缓起伏的山脉洇成苍茫一色,包绕、围困、淹没,无止无休。从抚松来孤顶子村的几十里山路上我都在观望天空,我已经迷失了方向,不知道孤顶子村在长白山的哪个方位。

　　四月的抚松空气还是冷的,冷到了人的气管深处。今年气候特别,眼看着春天到了,江河化冻,冰雪消融,天一阴,雨雪把气候又带回了冬天。森林里积雪的树丫上,雪融还没有止住,雪水滴落,积水的洼地一片片,叮咚的响声和一个个圆圈的波纹,让人疑为落雨。抬头看时,却是一阵落雪盖上了枝丫。地上厚积的落叶变成了黑色,浸泡在水里,竟有了沼泽地一样的面貌。

　　进村的路刚铺上水泥,路面还盖着一层稻草。树林两旁退出的空地,枝条弓出半圆的棚子,蓝色的塑料扎成一条条,就等着盖上低低的成行的棚子。地里栽种的是长白山人参。

邹德男的家就在村口,位于山坡下,家门前有一道低低的山沟以及几口水塘。水塘水色浑黄,几条冰块像浪一样翘到了水面,藏在水下的仍是厚厚的冰,我初以为是白石的池。屋是木屋,不用砖瓦,连石头也不用。墙是一根根圆木垒叠,墙角靠榫咬合,俗称木刻楞,内外都用黄泥粉平。屋顶上的瓦是木板的,湿湿的,与泥土一样都成黑色。烟囱也是木的,将一根大树干中间掏空,往墙边一竖,青烟就从树顶缕缕往外冒。院落用木条围蔽,院子里高高堆起一堵整整齐齐的劈柴,从黑褐与黄褐的木色可以看出存放的时间。

邹德男被一阵狗吠声惊动,打开了家门。他那颜色鲜艳的夹克衫十分抢眼,他和同样打扮时尚的妻子走到了院子中央。两个小孩在炕上翻滚,做着游戏。我进房的时候,大的羞得趴在炕上,不肯抬头。她还不到上学的年龄。

进村的人都躲不过狗的眼睛。邹德男习惯了在狗吠声中打开房门,他观察来人是不是来孤顶子村旅游的。他家随时可以为游客炒几个菜,遇上留宿者,也可临时充当旅店。

孤顶子村外面的人现在都叫它锦江村。它是抚松县一个古老的村庄,清一色的木屋,在长白山一带已是绝无仅有。只要走进山谷,迎面的山坡上,触目乃是一片明黄色的墙,木瓦雨天黑沉沉、晴天一片灰白,积雪在阴暗的光线里像雾一样笼罩着山坡。春暖花开时节,积雪的地方山花烂漫,玫瑰、李花、蓝莓开得漫山遍野,香艳灼人双眼。村里不愿外出的姑娘有的就因为迷恋这一个花季,她们躲在木屋里剪纸、绣十字绣,一个冬天就这样静静地等待着花期的到来。

邹德男兴奋地招呼来人。深山老林里的生活无疑是寂寞的。到过外面喧嚣世界的人,会觉得寂寞棍棒一样伤人。

邹德男到青岛打过工。选择去山东是因为他对那片土地有一种说不清的情结,打从记事起,父母、爷爷奶奶就叨念着,说到山东口气里就充满了一股亲昵的味道,夸赞着齐鲁之乡的风物、气候、人文,那就像一种白日梦。

我问邹德男的祖籍,他脱口而出:"我父母是山东人。"其实他的太爷当年闯关东就离开了山东,他们在抚松已经繁衍了几代。问起太爷当年闯关东的情形,他面带歉意地摇头。那一幕离他太遥远了,就连他父母也说不清了。

邹德男在青岛生活的日子,人在繁华的街道上走,眼前浮现的却是这片有樟子松的树林,而密林深处的人参、灵芝、不老草、山芹菜、榛蘑……夜晚出现在他的梦里。他这才觉得自己是山东人的想法很幼稚,他思念的是孤顶子山的一草一木,他明白自己只属于长白山。在山东漂泊几年后,他又回到了孤顶子村。

这里有自家暖和的炕,墙上有火红一片的剪纸,屋里有树木的芳香,房屋外面,一座大自然的宝库就环绕在周围:山上活动着东北虎、梅花鹿、黑熊、野猪、紫貂、林蛙;水里游动着红鳟、中华鲟、细鳞鱼;地上生长着珍贵的人参,还有五味子、红景天、红松籽、天麻、地灵、穿龙骨、贝母、牛毛广、薇菜、猴子腿、刺龙芽、刺五加、元蘑、榆黄蘑、木耳、核桃……邹德男只要走进去就不会空手而归。他不用在人群中讨生活,只要上山,他的生活就不用发愁,采山货成了他安宁生活的保障。

邹德男家里,沙发、电视、不锈钢餐具、瓷砖,山外现代生活的气息这里并不缺乏,而小木屋弥漫的浓浓的家的气息,却是外面世界越来越稀薄的东西,屋子里的温馨空气仿佛能吸进肺腑。

走了一段泥泞的沙土路,一根木烟囱正在往外冒着淡淡青烟。踏上青黑的石板,我从木屋的后面往前院走。狗又狂吠起来,它被链子拴在院落的一角。院子里十几只肥硕的芦花鸡正在觅食。主人已走到院子里来了,狐疑地盯着走近的不速之客。我笑一笑,问可不可以进屋坐坐。主人笑了,朗声说:"可以!"

她六十多岁,上身穿着湖蓝色毛衣,套着一件暗红的碎花夹袄,圆脸、短发,右眼特别明亮,左眼眯成一条缝,一双半透明的塑料雨鞋,颜色也与毛衣一样,让人想起村口的塑料薄膜。她叫曹佳莲,山东曲阜人,1960年从曲阜到了抚松。那一年她十三岁。

想不到,五十年前还有山东人在往东北走。从清顺治年间山东人开始往东北迁徙,已经三百多年了,山东移民遍布整个东北。这是一次人类历史上规模罕见的大迁徙。山东、河北、山西、河南北迁的人,冒着被惩罚的危险,进入关外。民国时期,山东每年入关人数达到四十八万,那时,留在东北的山东人就达到了七百九十二万。

人们背井离乡,冒险闯关,不是因为战争,而是灾荒。一道长城,为防范北方的劲敌而筑,现在变成了阻隔关内人北上的障碍。走水路的人从渤海绕过山海关于辽东湾上岸,经陆路的朝着山海关、喜峰口、古北口而来,不知道自己命运怎样。迁徙为朝廷明令禁止,因而被称作闯关东。东北本就人烟稀少,满族人随着清朝的建立又大都进了关内,辽阔的土地荒草遍野。黑土地只要播下玉米、大豆、高粱、水稻的种子,它们就能一个劲地疯长。对于饥荒中的人,这情景就是梦境。一条由山东通往东北的路,是一条穷人追求温饱的逃荒之路。曹佳莲来吉林同样是因为饥荒。

到东北,曹佳莲投奔一个叫左伯英的男人。左伯英那年二十七岁,他还没有娶上媳妇。民国时,左伯英跟着母亲从山东老家走到了吉林通化的柳河。

"少小离家老大回",以前是仕途中人、求取功名者才有的感怀,曹佳莲也回过老家曲阜,发出过同样的感慨。她的丈夫去世之后,年老的她渴望归乡。但她老家的地没有了。在曲阜住了一段时间后她又回到通化,但柳河的地也被人种了。举目无亲的她带着两个儿子往东北方向走,一路走到了抚松,走到了漫江乡的孤顶子山。

那时孤顶子还是一片原始森林,山下一个村寨全都是木头垒筑的房子。最早在这里伐木筑屋的是满族人,这木屋便是满族人的木刻楞。她来到这个与世隔绝的村庄时,这里居住的大都是汉人了,有张、刘、王、左、李等姓的人,他们都来自山东,有当年闯关东者的后裔,也有像她这样后来过来的人。

她开荒开出了十二亩山地,种上了大豆、玉米,后来又学会了种人参。

小儿子长大后回到了山东,去了威海。东北人像他这样回山东打工、读书、做生意的很多。大儿子陪伴着她,她身体多病,需要人照顾。他种地,去勘探队打临工,二十八岁了仍然没有娶亲。我与曹佳莲聊天的时候,他陪伴左右,忙着端椅、倒水、补白,让人体会他们母子俩相依为命的日子。这情形似乎又回到了从前她婆婆和她丈夫的境况。

曹佳莲把丈夫和婆婆的照片一直带在身边。婆婆坐在一条木凳上,全身黑色的棉衣、棉裤、棉鞋、棉帽,脚踝处一块黑布紧锁,使得棉裤变成灯笼裤形。尖尖的棉鞋套着一双裹过的小脚。平和的眼神望向不可知的地方。一双放在大腿上的手,白而修长。照片里全是旧时光和老去的岁月,尘封的历史退到了连人物都难真实的虚空里了。六十多年前,就是这双小脚牵着年幼的儿子走过了一条漫长的迁徙之路,如今不知她葬身何方。

曹佳莲把小镜框里的照片给我看过后,儿子又把它挂到了窗前的黄泥墙上,背光处只有玻璃的小片白光闪动着。

年过半百的徐明俊是个乐观的人,他很晚才住进孤顶子村。孤顶子村往外搬的人也很多,他们嫌这里偏僻、冷清。徐明俊吹着口哨,从外屋把一摞摞烙好的玉米饼搬到里屋,锅灶就在大堂一角,他一摞一摞把饼从铁锅码到灶台上,往黄灿灿的玉米饼上洒着水。我不明白他为何把食物搬来搬去。他要我摸一摸洒过水的饼,玉米饼柔软,薄如纸张。再摸锅内的饼,脆而干爽,一碰就碎。原来,要把烙好的饼卷起来,干的可不行。春耕就快到了,这是农忙时节的食物,要带到地头去吃的。玉米饼放一个月也不会坏。他要我尝尝,一股浓浓的粮食的芳香,想不到他烙的饼这么香甜!

徐明俊的爷爷当年从山东胶县往东北走,一盏柴油灯,一辆独轮车,几根木棍,几捆行李。他推着独轮车,小脚的妻子走不动路,抱着孩子坐在车上,弟弟在前拉,大的孩子跟在车旁走,白天晚上都不停息地走着,累了路边歇一歇,晚上到人多的地方睡上一觉。身上带了一个月的干粮,好在二十多天就走到了。

徐明俊是前进村人,六年前他来漫江煤矿挖煤,搬到了孤顶子村。他的叔叔们还住在老地方。他也在孤顶子开垦了一片土地,种玉米和黄豆。

孤顶子村人来自四面八方,进进出出,杂居于一处,松散得像是一个集镇。它没有传统乡村的稳固和安宁。闯关东打乱了从前的聚族而居,也改变了从前只事耕种、畜牧的局面,除垦荒,还有打猎、贸易、淘金、放山……中国的宗法制度、人伦由此失去了生存的土壤。东北文化不可避免地发生着改变。如流行于东北的二人转,赤裸、粗犷,极喜打情骂俏,它把中原压抑的人性来了一次彻底的颠覆。它自嘲且不乏幽默的方式并非齐鲁大地的特性,这似乎又与底层、苦难、迁徙有关。

徐明俊离开自己的大家族独自住在深山里,这并不突兀,是自自然然的事。个人独立性在他爷爷闯关东的时候就开始了,宗族的庇佑与束缚已是明日黄花。他是一个淡定又随和的人,见人便熟,棱角分明的脸、修长的身材透着一股潇洒劲。他与我说笑着,并不停下手里的活计。成堆的饼子码好、包好了。一个女人带着一路银铃般悦耳的笑声踏进了他的家门,谁家生了孩子,她来询问送礼的事,顺便唠唠嗑。

屋外雨雪已停。黄昏晦暗,天气阴冷,新雪白亮。长白山那晴日耀眼的雪峰仍然不见影踪。

来孤顶子村,我渴望印证。当年闯关东的悲欢离合,每个人命运的改变,凝聚成一段史实,它改变了一个国家的人口版图、一个地域的历史。也许,找一个最普通的村庄就能找到它的踪迹。然而,个体的命运已经看不见了,也变得不重要了,在逝如云烟的岁月里,只有家族的命运还在延续着。

与主人告别,走出孤顶子村,树枝上融化的雪水仍在滴滴答答往下落着,一座森林都是不绝于耳的雪水声。我感觉到大地的热量正在沿着铁黑的枝干缓慢爬升,春已深入大地与树木的内部。我仍然没有分出东西南北,一条穿行于密林中的路领我出山。

山神祭

清晨,蓝天白云,阳光如瀑。农历三月十六日这一天是山神老把头的生日。

北山公园前,一群穿绿衣舞红扇的大妈在锣鼓声里扭起了秧歌。今天是山神老把头节,是抚松人祭山神的日子。一个猪头、两个大馒头、五个苹果、五根香蕉抬了上来,单膝跪地的汉子倒酒祭山神。每年进山采参的人都得先祭山神。

四百年前,一个叫孙良的男人为救治身患重病的母亲,从山东莱阳只身来到长白山寻挖人参。路上遇到同乡张禄,他们结拜为兄弟,一起进山挖参。不料张禄迷了路,孙良在约好的地方不见张禄回来,便又进山去找,死在了山中。他用血在河边岩石上写下:"家住莱阳本姓孙,漂洋过海来挖参。路上丢了好兄弟,找不到兄弟不甘心。三天吃了个蝲蝲蛄,你说伤心不伤心?家中有人来找我,顺着古河往上寻。再有入山迷路者,我当作为引路神。"

山神老把头就是孙良。他是长白山远近闻名的保护神,专给山里迷路的人引路。采参都得结伙进山,为头的称作老把头。北山上建有把头祠,供着孙良的神像。他是放山挖参人的鼻祖,也是抚松山东人的祖先。他写的血书当地男女老幼都能背诵。

头道松花江一半是冰一半是水,水在上,冰在下。江边的北山不高却很挺拔。灰褐、灰白的树枝,焦黄的枯叶,偶尔出现的绿松,密密麻麻,覆满了山坡。最早感受春天的树,我发现了它隐匿的灰白芽苞。山坳里的积雪融化,残雪如玉,隐隐的白光似云母白石。

爬上山上的把头祠,散散淡淡的雨点砸到身上,一阵阴风吹来,雪花漫舞而降,不知什么时候天就阴沉了。

这是一次活生生的造神活动。人们把一头杀好的猪抬上了北山,抬进了把头祠,猪头上扎了红绸。七个手拿木棍的挖参人向着孙良神像庄严朝拜。那扎着红绸的木棍,当年闯关东的人手一根,除了防身,在荒草萋萋的东北大荒野,开路需要它,赶蛇也要靠它。老把头进山采参也是拄着这样的棍子走进长白山深处。

抚松人一面把孙良当作神灵,一面又把他看作凡人。他们来到山东莱阳市,寻到了孙良的出生地——穴坊镇富山村。孙良无后,他们找到了孙氏家族二十八代孙孙全太。孙全太来到把头祠,宣读为孙良写的祭文。莱阳市委宣传部也来人参加祭奠。

风雪搅动了祠院里的高香,将烟雾卷进了祠内。扭秧歌的大妈和锣鼓队爬上了北山,风雪里她们捧着人参模型在祠内跳起了舞蹈。唱二人转的在引吭高歌……当年闯关东的后人,正在演绎着新的历史。他们是这片土地的新主人。

那条出没于荒草间的土路呢?那些络绎于途的人呢?多么浩荡的迁徙啊!人们向着冰雪之地的北方举步,置生死于不顾,毅然踏上了路途。眼前的场景与他们毫不相干却又息息相关。

穿梭往来于东北大地,我时时惊讶,天苍苍、野茫茫的土地,人们都在说着一个祖籍地——山东。这些年,我走过了吉林查干湖的松原、敦化;黑龙江边的漠河、黑河,嫩江平原的五大连池、牡丹江、绥芬河、雪乡、亚布力;辽河的盘锦……与我相遇的人,问起他们的祖籍地,除了山东还是山东。毫无疑问,山东人成了东北的主体。

一个圣人之乡,一个梁山泊出响马、义和团抗洋人的肝胆义气最旺之地,安土重迁的观念这么重,为何就成了背井离乡人数最多的地方?是乡土观念淡化了,还是生存更严酷了?或者,山东人追求梦想改变现实的愿望更加强烈?又或,其叛逆性其豹胆如当年水浒英雄一样被撩拨起来了?

抚松人参文化研究会的代表朗读着孙良的祭词,风中传来粗哑的嗓音:"团结互助""不畏艰辛""讲究诚信""守护自然""崇尚美德"……挤满院落的人都在认真地听着、议论着,雪变成雨淋在他们身上,风声压过了喇叭声……

一群脱离了重秩序、讲礼数、尊名节的环境,靠江湖义气和冒险精神闯关的人,与陌生人群相处,还能遵从以前的伦理和道德吗?他们有怎样的人际关系?孙良关爱他人、珍视情义,他的行为受到推崇,这是新伦理、新道德的肇始吧?安定下来的生活需要建构自己的社会秩序。有祖先崇拜传统的人,孙良就成了传说,成了信仰,成了神灵。闯关东者和他们的后人创造出了自己的神,开创着自己的文化、自己的历史。

只是,对这片土地来说,这仿佛是一个断裂的历史。

孙良的塑像立在房内的高台上,鹤发童颜,蓝色的长袍,黄色的裈子,红色的披风,色彩艳丽,五官呆板,塑像粗俗、简陋,所有前来烧香跪拜者并不在意。

想起长白山的原住民族,最早的肃慎,最晚的满族人,现今三十万抚松人,满族人不到四千。想起高句丽、渤海国、宁古塔这些出现在古籍里的名字,感觉里空空荡荡的,我看不到他们与这片土地的联系了,甚至最古老最原始的神祇也在消失。长白山这座《山海经》里的"不咸山",仿佛是一座自然的荒山,雄伟而绵延的壮阔山脉,皑皑冰雪的世界那创世纪的神话、那洪荒世界里的传说,湮没到了岁月的深处。

长白山山巅,火山口陷落的湖面,悬崖峭壁上的黑雾在飞沙走石的狂风里翻滚而来,茫茫冰雪失踪,不分远近高低……四年前所见的这一幕,只有纯粹的对大自然偶露狰狞的恐惧,长白山神灵的影子在脑海是空无的。

三百多年前,朝廷想到了保住满洲风俗、防止满族人汉化。一百多年前,东北仍然是清王朝的封禁地。作为满族人的发祥地,朝廷不许汉人踏足关外。特别是长白山,它是满族的龙兴之地,有他们祖先诞生的神奇传说,任何人都禁止走近。然而,满族人的入关、大迁徙的出现,该发生的还是发生了。只是眨眼之间,历史便已改写。从前的历史难以寻觅,旧满洲的风俗已经远去……

如果再往时间深处探寻,已经在这世界绝迹的猛犸象、披毛犀、野牛、野马梦幻一样出现,它们身躯庞大,莽苍的山脉,原始的丛林,猛兽们向着旷野发出了令大地颤抖的吼声……而渔猎者、游牧者在此生息,他们风一样留不下痕迹,生命与历史都被无情的岁月带走。偶尔发现旧石器时代遗迹,人类早已涉足于此,这块土地证明,这里并非一个洪荒无凭的世界。

祭祀已毕,人群开始散去,花花绿绿的衣装在石级上走成一条彩龙。雪又打着旋儿飘了下来。我走出把头祠,仰面白石一般的天穹,茫茫苍苍,望见的只是树杈上小片的天空,一切似乎都在那厚厚裹藏的云层里,深邃着、虚空着,脑海里的想象也是那么幽深叵测。

倾听泷江

三年前去罗定,在苹塘的龙龛岩洞曾得到一本古书《绮楼重梦》,书中写到了这个岩洞。送我书的人叫覃尚钧,那天他在马路边等我们不知等了多久,想不到这次来罗定,又遇见了他。他给我背诵初唐诗人宋之问的《渡汉江》:"岭外音书断,经冬复历春。近乡情更怯,不敢问来人。"这是一首名诗,我不知道宋之问写这首诗与罗定有什么关系。覃尚钧告诉我,宋之问当年就是从罗定乘船往汉江去的。《渡汉江》是诗人在汉江的襄阳段写的。覃尚钧花了不少时间,寻找到了宋之问当年由泷江登岸、离去的码头,它就在丰盛张屋村!

中午从他的老家替安村赶往张屋村。这个古村落在南北朝南齐永明年至唐初时是泷州永熙县的县治地,外人进入泷州第一站便是到达这里。覃尚钧找到这个渡口后,当地做了简单的修复,并命名为"之问渡"。在村口我看到田垄上有一段灰沙横基,据说是南北朝南齐永明年至唐初时期的城墙,暗绿的苔衣,裸露出的小卵石,梁一样歪斜于杂草丛中。

初冬本是枯水季节,洭江却是一汪碧绿,泛起涟漪,阳光下闪着粼粼波光。江水那么平静,滩高水急的景象消失了,再也听不到流水的"洭洭"声。一座水电站改变了洭江的面貌。洭江不再作为交通要道,江与人的生活也没有那么密切了。人与江河繁衍、创造的文化在进入历史,有的入了典籍,有的已经消失或正在消失。

驻足江岸,徘徊在沙土路上,从竹林、柃果树和榕树间眺望洭江,两岸植被与江水同为橄榄绿,都被风吹动,一同静守着岁月。只有阳光流泻,那么耀目,仿佛"洭洭"有声。我的目光越过绿色的世界,望向那个虚幻了的细节——某一刻,脑海里回闪着那个情景——他在这里登岸又在这里离去,暮春季节流放,到达这里已是盛夏了吧?"潭蒸水沫起,山热火云生",这正是夏天的景象,这是宋之问《入泷州江》里的诗句。他心情的悲哀被明确无误地写进了诗中。

宋之问与泷州有关的诗有两首,一首是《入泷州江》,一首是《过蛮洞》。在后一首诗中,宋之问眼里的泷州还是颇有几分诗意的:"越岭千重合,蛮溪十里斜。"而《入泷州江》一诗,似乎在印证古人眼里的南蛮瘴疠之地岭南的险恶:"孤舟泛盈盈,江流日纵横。夜杂蛟螭寝,晨披瘴疠行。潭蒸水沫起,山热火云生。猿躩时能啸,鸢飞莫敢鸣。海穷南徼尽,乡远北魂惊。泣向文身国,悲看凿齿氓。地偏多育蛊,风恶好相鲸……"一直怀疑岭南山水人文被中原人妖魔化了,直到读到《入泷州江》时,我陷入了沉思,不知是该相信诗人的描写,还是该坚信这只是他心境的写照。地理、气候古今并无太大差异,为何岭南让中原人如此恐惧?

我突然想起龙龛岩洞,有人在岩壁上刻下《龙龛道场铭》,碑中文字有十三个武则天造的字。那次入龙龛岩洞时我并不当真,后人伪托的事太多,何况这样的荒天僻地,武则天的字怎么会写到了这里?但想到宋之问,壁上的字是否与他有关呢?他媚附武则天的宠臣张易之、张昌宗,当上了司礼主簿,也因之获罪。宰相张柬之与太子典膳郎王同皎等逼武后退位,诛杀二张,迎立唐中宗,宋之问受此连累遭到贬谪,被贬为泷州参军。他在泷州诸事艰难,又慕念往昔荣耀,次年春天便秘密逃回了洛阳。他把武则天造的字带到泷州合乎情理。更想不到的是,宰相张柬之也被贬来罗定,他一定会想起给武后当宰相的日子,这些文字极可能是由他带来的。罗定与皇宫的联系竟然如此密切!

宋之问流放之路变成了他的诗歌之路,他在经过之地留下了不少诗作,把他旅途写的诗歌连起来,就能画出一条贬谪者走过的路线:《洞庭湖》《晚泊湘江》《自湘源至潭州衡山县》《自衡阳至韶州谒能禅师》《题大庾岭北驿》《早发大庾岭》《度大庾岭》

《早发始兴江口至虚氏村作》《游云门寺》《游韶州广界寺》《早发韶州》《早入清远峡》《宿清远夹山寺》《广州朱长史座观妓》……《过蛮洞》《入泷州江》。

同是走水路,清代何仁镜入罗定写的诗《答人问罗定》充满了诗情画意:"橹声摇尽一枝柔,溯到康州水更幽。一路青山青不断,青山断处是泷州。"看来山水之美离不开人的心境。贬谪之人眼里的山水当然是"海穷南徼尽,乡远北魂惊。泣向文身国,悲看凿齿氓"。

每次来罗定我都能感受到它自然的葱茏之美,岭南植被的丰富在此尽情展现,而人文沉淀之深厚也随着了解的深入而渐渐显现。我曾以"青山断处是泷州"为题写过罗定,想不到文章在罗定引起不小的反响,罗定人因此请了广州画院专业画家黄堃源以"青山断处是泷州"为题创作风景画。有人考证出"青山断处"是泷东箓竹一带,那里正是黄堃源儿时爬山戏水的故乡。少年时他随父亲开船从南江口到古蓬,从莲滩到宋桂,从河口到大湾,从大埗头到替濮,看尽了一江帆船、吊脚楼、古庙和纤夫。于是,遥远的记忆被一一唤醒,他回到罗定画了一年的家乡山水。如今"青山断处是泷州"成了罗定地标性的诗句。

高速公路不久前通到了罗定。这次我全程走的是高速公路。车入云浮,满眼皆山,云雾山脉的腹地,原始山林仍然人烟稀疏,山峰大都孤立不依,树木森然、遮天蔽日,从鲜绿、黛绿,直到隐入一片烟蓝,那是远山之蓝。钻一条条隧道,时空宛若远古。到了罗定的泷东,青山退去,盆地出现。陆路与水路一样,青山一断,泷州便到。

三年不见,罗定发生了很大变化,县城罗城的高层建筑一栋栋拔地而起。这在县城十分少见。县城大都以私宅为主,从前砖木与青石建筑的老街不用说,就是改革开放后新砌的房屋大都也是二三层的小楼,高则四五层,三十层的高楼只有房地产开发公司才有实力兴建。

我在新建的高楼与别墅间寻找着古老的建筑,新建的小区如锦绣江南、泷江翡翠城在迅速地改变着县城的面貌,它们把县城变得与大都市一样,而那些正在消失的古老建筑却让我发现了罗定与中原文化密切的程度,发现了这个地域不同于中原的文化特质,譬如罗定学宫、菁莪书院、谭御史祠、大夫第、凤阳村、菉竹村。

罗定学宫始建于清顺治四年(1647年),棂星门为六柱冲天式牌坊,石柱直指蓝天,高耸的气势岭南罕有。它是西江流域仅存的完整的清代学宫,可见儒家文化在当地的地位与影响并不亚于在中原。菁莪书院从另一个侧面印证了罗定人对读书人的尊重,它是清光绪十二年(1886年)由民间集资兴建的,并购置了学田,专门赞助那些赴省、上京应试的学子,让他们在此集中学习。正是崇文重教,罗定这么偏僻的地方才人才辈出。谭御史祠奉祀的谭族先祖谭寿海便是明永乐十三年(1415年)的进士,曾任河南监察御史,因他处事正直廉明,后人才为他建祠。罗定还找得到贞节牌坊,罗镜镇就保留了一座。贞节牌坊在广东并不多见,正如女人裹脚岭南不似中原那样时兴,儒家文化过了南岭山脉便开始变得淡薄,但它对罗定的影响却是深的。

凤阳村、箓竹村是古村落。箓竹村的先祖王德京于明朝万历年间由英德落籍泷州,在此开枝散叶。古村紧靠泷江,五个废弃的老码头依然在。这里正是青山断处。凤阳村建于明嘉靖初年(1522年),当年一个叫陈宾的人告老还乡,在此置田产建起陈氏庄园。村里流行两种语言的泷州歌,其中一种俍古歌听得懂的人非常少。这是一种当地语言。而陈姓的先祖陈法念是南朝时期最早迁入罗定的中原人,西江南岸、高凉以北地区的僚人都尊其为酋长。陈氏家族曾一连五代担任僚人部落首领。多少年来我在寻觅百越族的踪迹,这种土语也许就是来自他们?

在东晋时罗定还是越人的天下,酋长由越人担任。那时夫阮县县名便是越语"荒地的村"的意思。南北朝时期,以使用铜鼓著称的越族被称为俚、僚。宋之问贬谪泷州时看到"文身凿齿"的人可能就是僚人。唐末瑶族南迁,明初汉人大量迁入,俚、僚人的身影渐渐淡出。罗定至今仍有壮族、侗族、瑶族、苗族、畲族、黎族等十七个少数民族。无论菁莪书院还是谭御史祠、大夫第、凤阳村、菉竹村,这些古老的建筑无不具有浓郁的地域特征。某些隐蔽的地方还能寻觅到俚、僚人的痕迹,譬如凤阳村陈氏宗祠壁画的尊凤贬龙,凤在中心,龙在两侧,风火墙、镬耳高翘的凤尾造型;菁莪书院的山墙造型奇特,两端是叠落式的马头墙,中间灰塑锅耳形似云纹,饰物有博古脊,还有火红的凤凰,天井上盖香亭:这些都不是中原人所崇尚的,它与楚文化惊人地一致。

黄昏时分,我从凤阳村黑压压的瓦屋檐下出来,站在车水马龙的路上,看着远处罗城高高耸立的楼盘,灰蒙蒙的天穹下,它们如雨后春笋般冒出,把盆地的天际线冲得七零八落。时代变化之快让人有时空倒错之感。建筑一直在规范着人类的生活,高层楼宇带给人的不只是居住环境的变化,还有生活方式的改变、人伦的变化,它将带给罗定人另一种完全不同的生活——一种被全球化定义了的生活。而眼前这片经历过两百年岁月的青砖黑瓦老建筑,就如地域文化一样,显得如此孱弱。给我送行的一群陈姓老人,他们把祖先留下的这片房屋看得比命还重,这里不只是留有他们的人生记忆,还有祖传的文化基因。他们自发组织起来去申报广东省古村落,希望借此保护他们的家园。从他们瓦色的服装之上,我的目光又望向了虚空,一代一代人在这片土地上栖息,是什么东西在世世代代传承着?哪些又是我们不能丢失的呢?我祈求着一种庇护。泷江,青山可断,文脉不可断!

层叠的影像

一

冬日武汉,这一周全是雾霾重重,四处高楼的城池幢幢复幢幢,长江裹在雾里,只有一块黄色。在街头,四面楼宇把我比为蝼蚁。然而,即便是钢筋混凝土的建筑,我也觉得它飘忽不定,幻影一般不能给我坚固稳定的印象。我脑子里涌动着不同的图像,有的是我的记忆,有的是我父亲的记忆,有的是别人的,譬如民国十四年(1925年)的一张照片,一群人齐齐站在船边,等着靠岸,等着走上汉口的码头……这一切都指向同一座城市——武汉。似乎有许多个武汉,在这百年不到的时光里层叠、虚晃、雾化……正如这幢幢复幢幢的街景。

我经过汉口码头那幅照片的拍摄地,当年那群急欲上岸的人在八十多年前冬天的一个阴天登岸,那时北伐军刚刚攻下武汉两个月。我看到他们长袍马褂,黑色的、白色的、灰色的都挤在长长的船棚下,岸上全副武装的军人排队行着欢迎礼。有向照片外望过来的眼睛。变化像是一个早晨醒来,熟悉的景物全都像布景一样更换了。我以八十多年前的目光望过来,只有租界的欧式建筑仍然矗立在沿江大道,那是屋顶竖着一座钟楼的江汉关大楼,它曾在这一双双目光里出现。江汉关是那个兵荒马乱年月的见证者,也是这短短一百年里所有到过汉口的人共同的记忆。我身边车流如水、噪声如瀑,我却感觉自己已经走在了一张老照片里,多少年后的眼光也在看透这一切。只是我抬头所见的摩天高楼可否有幸被我们的后人看到?

父亲是在青少年时期看到武汉的,那时他蹲在一条木船上,木船停靠在汉阳岸边,他从汉江江面向东望见了汉正街。那天他在船上洗一坨肉,阳光在水面跳荡,抬头望汉口时,一条船经过,掀起的浪把他盆里的肉荡掉了。看着肉沉入江里,他急得用双手去捞,衣服都打湿了,肉却没有捞到。船主去码头找买家要把船卖掉,要搞公私合营了,私船不卖掉就要归公了。出来很多天,好不容易吃一次肉,他害怕被船主责骂,再也无心观赏街景了。

父亲无数次跟我说起过这个情景,还在心疼那坨肉,他感激船主对他的宽容。

我站在汉正街口,四周是新修的大马路,沿河大道、中山大道、友谊路,汉正街已经是一条很窄、很小的街了,满街的批发商店,人流密集。我打通了父亲的电话,在电话里反复问他当年看到的街景是怎样的。父亲并不知道我正站在汉正街,他说:"跟长沙一样,砖砌的楼房、青瓦的屋顶,还有木屋,街道上很热闹……长江大桥好气派,桥墩真高!"说着五十多年前的汉口,他拐弯说到长江大桥上去了。的确,我现在能看到那座公路铁路两用大桥,那时它刚刚建成。现在它并不怎么高,相比长江二桥它明显老了,过去年代旧派的桥梁,仍在跑着今天的火车和汽车。父亲如果来武汉,也只有这座桥是他熟悉的。汉正街已不复当年的风貌。他常常挂在嘴边的汉口其实早已远去,这里不再有他记忆的样子。

在父亲的记忆里,武汉就是一座水中之城。这水中之城并非因为武汉拥有一百六十六个湖,他没去看过湖。他生活在洞庭湖边,对湖已经熟视无睹了。一切因为他从水上来,从水上见到了武汉。他见到武汉时走了六天六夜的水路。我能理解他的感受,因为在他来武汉二十几年后,我也坐船来了,我是从上海来武汉的,三天三夜漂在长江上,我竟然认为世界是属于水的,陆地是浮在水中,被水包围着的。

他从汨罗江进入洞庭湖,再从城陵矶入长江,岳阳、洪湖、嘉鱼、簰洲,这些夜泊的码头泊过他的鼾声。汉口与水路、与帆船、与鸥鸟连在一起。岳阳、洪湖、嘉鱼、簰洲与武汉本没有关系，但在我父亲看来，武汉在它们的后面，要到武汉必须先到这些码头。水天一色跟武汉也没有关系，但汤汤江湖里冒出来的一座城市，正如远方浮起的岸渚，它与水天一色、唇齿相依。甚至武汉与船上装着的青瓦、沙石也有了关系，这是父亲去武汉的因由。青瓦在洪湖下货，再装上沙运到汉口。四通八达的水路把千里沃野的物产都归集到一座城池，吞吐之际，万樯如云，货如轮转。

我第一次登上汉口的码头，时间进入了20世纪80年代。那是一个意气风发的时代。我从上海坐了轮船来看在华中师范大学读书的妹妹，一路都在甲板上画长江的速写。华中师大文学社的尹平是我没有见过面的诗友，我们一见如故，彼此倾慕对方的才华，在东湖边朗诵诗作，畅谈理想。他要去新疆做一个豪放的边塞诗人。他的眼睛那么黑那么亮，像黑暗深处的一颗明珠。我们的手有力地握在了一起。那时的武汉，东湖那么浩荡，树木葱茏，鲜有高楼刺破青天，都是平缓地依偎在地平线上。学府里的碧瓦红楼与林木交映一体，宁静、古朴又庄严。炎热中的市民把竹床搬到街头乘凉，有的光着膀子，说话像压着一根弹簧，声音在口腔里旋转，吐出来却像球一样利索干脆。这口味浓烈的西南官话已经染上了武汉人的性情，一如北方的面食到了武汉变成了热干面,话音里闻得到这块土地的气味。这是我熟悉又陌生的气味,心里喜欢,比上海话亲切多了。

数年后,尹平带着新婚的妻子从新疆石河子跑到长沙。他一下火车就先叫的士在长沙跑了一大圈,然后再来找我,见面就谈五十年前长沙的那一场大火。他想看看经过大火的长沙还留下一些什么。

二

去年夏天,一个作家采风团从北京飞抵武汉,在汉口停留两天后,沿汉江而上,到达丹江口水库;又由北向南,从湖北西面的武当山、神农架到了宜昌、三峡大坝,顺着长江到荆州、公安、监利、仙桃再回到武汉。十天的时间,我随团一路奔波,目标都在长江和汉江上。

来去都在武汉,在市区转悠也不离水,长江水利委员会的人带着我们看汉口的江滩、江汉关、龙王庙;在人工打通的东湖和沙湖上泛舟,这两个湖与长江连成了一体;张之洞当年修筑的长堤有如汉口的一道城墙。我们冲长江而来,一路走的却是陆路,再也不可能像我父亲那样船行江河,现代人不复有那样的时间那样悠闲的生活了,尽管我渴望从水上看到城市出现。我不能理解古云梦泽土地上的滔滔洪水怎样浮起并摇撼着大地。武汉经常被水围困,1954年的洪水淹没全城,著名的江汉关也被淹了。它被水淹的照片也成了历史图片。人们不断加高着堤坝,直到三峡大坝建成,武汉有了江滩工程,大武汉才觉得高枕无忧了。

这个夏天,我无意间走了屈原第一次流放的路线。那时古云梦泽开始干涸,长江与汉水已经连通,楚国都城郢有一条长江的分支流入汉水,屈原就是从现今汉口的上游进入汉水的。这条叫作"汉"的河,大禹治水的年代就这么叫了,远古时曾叫沔水。那时它流入云梦泽。云梦泽消逝了,它仍在流淌着。在司马迁《史记》里,它与"江"并列。这里的"江"专指长江。这片土地三国时烽火不断,古邑襄阳、樊城都是魏、蜀、吴争霸天下有名的战场。

走在古云梦泽的沧海桑田里,登龟山禹功矶,远眺长江,当年大禹驱龟蛇二将治水、拦腰断山的传说令人遐想。他把天下划作九州,我站立的地方当属第六州荆州。云梦泽那时是云、梦两个大湖。洞庭湖还没有出现。这里是一个水的世界、鸟的世界,众多的河流湖泊汇集。沱水、涔水与汉水相通,是两条大的支流。它们是大禹要治理的河流。沱水、涔水游荡不定,大禹让它们有了自己固定的河道。他定荆州土质为下中,即第八等;赋税却定为上下,即第三等。进贡的物品有羽毛、旄牛尾、象牙、皮革、三色铜,以及椿木、柘木、桧木、柏木,还有粗细磨石,可做箭头的砮石、丹砂,可做箭杆的箘簬和楛木,滤酒用的青茅,彩色布帛,穿珠子用的丝带。可以想见,这里曾经古木参天,还有大象、巨龟。这是四千多年前的山河写照。司马迁在《史记·夏本纪》中写大禹时,充满了崇敬的感情。

时光如江河行地,远逝无踪,历史沉淀下文化的根脉。武汉在漫长的历史里,叫过的名字有武昌、却月城、夏口、江夏、汉口。我想象着它的高墙深沟,楚辞浪漫,黄鹤飘逸,烟青色一片的城墙与屋舍,烟火泥土的砖瓦,满眼里皆为荆楚风韵。"黄鹤楼中吹玉笛,江城五月落梅花""晴川历历汉阳树,芳草萋萋鹦鹉洲""故人西辞黄鹤楼,烟花三月下扬州"……诗中的武汉,风声水影,照得见寥廓的江湖波涌,一部文学史就像长江穿城连湖,洇染上了楚地风味。

三

这个冬季,我在武汉的大街小巷穿行,雾霾始终不散。有时坐地铁,有时坐汽车,有时步行,在长江上来来往往,我走过武汉长江大桥、长江二桥、二七长江大桥、天兴洲长江大桥、白沙洲长江大桥……武汉之大,我这个来自广州的人也生出了由衷的感叹:它发展太快了!在市区穿梭,早已不辨南北东西。奔腾的长江那么宽阔、雄伟,仿佛也变成了市内的一条江,忘记了它是来自大荒之野。双塔斜拉桥、三塔斜拉桥、双塔悬索桥,一座又一座飞越长江,如长虹卧波。被长江、汉江分割为武昌、汉口、汉阳的三镇已紧密连接成了一体,一千多座桥梁让武汉变成了桥都。两江四岸林立的高楼、闪烁的霓虹灯,让大江大河显得小了、窄了。

当年穿城而过的铁路建成了市内轻轨,悬在空中,循礼门、崇仁路等似曾相识的地名变作了站名。轻轨八年前建成通车,地铁开始进入武汉。人们钻进地底昼夜掘进,这片长江冲积平原,除了泥沙、积水,还有溶洞、岩石。在土地深处,人们读到了江河的历史、大地的历史。复杂的地质却给修地铁出了难题。但这些难题并不能阻拦倔强的武汉人。他们喜欢把"大武汉"挂在嘴上,大街小巷都能听到人在说"大武汉",这几乎成了武汉人的一种性格——永不服输。复兴大武汉是城市的决策,他们要做国家中心城市、特大城市。十年前,武汉规划建七条地铁,六年后改为了十二条,才过了两年,又一次改规划,改成了三十三条。城市发展比人梦想的还要快,它像春天的荠菜一样疯长,人口一不小心就超过了一千万!武汉已从一个主城,猛然间增加了六个新区:黄陂、新洲、江夏、汉南、蔡甸、东西湖,它们全都要通地铁。武汉人建地铁,把图书馆搬到了地下,建成了"书香地铁",站站有相互联网的免费自助图书馆。他们把诗歌、美术请进了地铁,把荆楚文化以壁画的形式展示在地下,甚至打造出艺术专列。一座城市的气质和抱负由此可见一斑。

武汉写成了一部大书,这里有多少故事在天天发生着,有多少人生的酸甜苦辣都化作了一片市声喧嚣。从地下到街道,一扇扇窗、一扇扇门,它们早已高入云天了,再不是老街那样可以在一瞥之间看清人们脸上的喜怒哀乐。生活的形态转眼间改写,人们直面陌生、新奇、时尚的生活。生活在随着这个时代一路升级。

我开始怀念从前的生活和古老的建筑,我从钢筋混凝土的森林里寻找着鼓架坡、卓刀泉、南岸嘴、集家嘴、古琴台、晴川阁、古德寺……这些战国、三国以来历史传说的发生地,藏匿着岁月的踪迹,它们日渐变小,变得偏僻,变得冷清,但它们却连接了一座城市的昨天。在租界,如同上海外滩,这里是一部打开的书,一部汉口开埠的历史,当年的《天津条约》,风云岁月的悲音和曾经"驾乎津门,直逼沪上"的繁华在此遗韵、萦系……细细地体味,慢慢地移步,时空因此恍惚。

武汉地处中国中心地带,却沐浴过欧风美雨,曾经那么国际化。它却是乡土味浓厚的都市,只要走出城市边缘,便是另一番景象,几千年的农耕文明依然不改,大地上的湖泊与山川不改。汉江如此清澈,在污染遍野时它仍保持着自己的洁净。纷纷涌进城来的乡音带来了扑面的土地气息。这是浓郁楚地风味的文化,它个性鲜明,性情敏锐,灵气逼人,丰富的内心里分明有另一个世界。

古德寺就代表了武汉最神秘、最不为人知的一面。那个黄昏,偶然的机缘,我走进了一条偏僻小巷,古德寺的出现令人讶异!从来没有哪一座建筑令我如此震惊!我感受到的是扑面而来的东南亚热带的气息,体验的是印度次大陆的风情,还有欧洲大地的风韵——古罗马的结构、希腊神庙的余响,它们奇异地融合在一起,那么完美,那么经典!它可以称得上中国存世的最杰出的建筑。

古德寺建筑为方形,有外廊,正中大门是贝叶形拼饰的火焰券门楣,以罗马古典建筑风格的表现手法,分两层向后递收向上,衬托高耸的山墙。这种三角顶的层层叠加手法也是典型的东南亚建筑风格。立面用方柱与哥特式拱券,柱头是爱奥尼式风格,近似基督教教堂。殿顶为平顶,上面建了九座佛塔,采用了西式攒尖亭,尖顶有十字架,中间一座似禅杖。殿顶神像塑的是东方天神,四周砌莲花墩。两侧由狮子、大象、大鹏金翅鸟组成的图案则是印度和缅甸的风格。在渐渐暗去的光影里,我一步一步观赏、品味,每一个拱券、圆窗,每一条曲线,每一根柱子,每一个花饰,都散发着难言的魅力,灵秀中带着神秘,庄严里又有几分亲切,充满幻想却又质地素朴。它为何出现在这里?是哪一个人设计、建造了它?

大门墙壁上有一幅说明文字的挂图,我粗粗地了解到,最早来这里修行的一个法师名叫隆希。接着,昌宏法师到此静修,他来的时间是1877年。1901年,昌宏法师接任方丈,他开始修建这座圆通宝殿,十二年后正式竣工,竣工第二年命名为古德寺。

昌宏法师是怎样的一个人呢?他为何参照印度、缅甸的阿难陀寺建筑形式?如此国际化而又成熟得自成一体的建筑透露了武汉曾有过的一段神奇历史,只是这样的历史我无从打捞。印度总理尼赫鲁五十多年前曾到古德寺,看到这座印度帕那瓦风格的群塔寺庙,他感到十分惊讶。我想,他感到的应该是一种时空错乱。

一座异域风格的建筑,供奉的竟然是丈六金身的释迦牟尼、阿弥陀佛、药师佛,三尊大佛盘坐在八级莲花座上。这种三佛同殿的情形,近世亦少。大殿对联写的是:"晨钟暮鼓警醒世间名利客,经声佛号唤回苦海迷路人。"环殿供奉的全是菩萨。有意思的是,它取名圆通宝殿——一个地道的中国佛殿名字。圆通宝殿前的天王殿同样出人意料,山墙粉白的马头墙,门口一对石狮,大门浮雕式的牌坊,分明是一座徽派民宅,里面供奉的却是弥勒佛和四大天王。

在汉口老街漫步,我还意外地走到了"八七"会址前面,它在闹市区,也如大隐隐于市的高僧一样。而美国海军青年会旧址、江汉饭店、巴公房子、珞珈山街房子……清末民初的一幕幕随着它们一一复现,时间在回退,幻影重重。如此厚重的历史积淀,浸泡于其中的武汉如何不层叠、虚晃?!

人生若只如初见

成长是文学的一个母题。童年、少年，无数的第一次在生命的旅程中纷纷出现，它们大都成为终生的记忆，常使成年人回到童年、少年，以第一次遭遇到事情时的心情与体验来认知这个世界，体会生命的真谛、人生的奇妙。从文学本身来说，成长时期向世界睁开的眼睛是最充满好奇、想象、不确定的目光的，一切事物都呈现出新奇的、绝不雷同的面目，这正是文学所需要的；而社会的变迁，让一代又一代人有完全不同的关于成长的故事……

我出生在20世纪60年代，在那个物质贫乏、精神更加贫乏的时代，近于荒唐的事情却真实地发生了。

记得我第一次有了钱、第一次与小伙伴出远门、第一次如何把钱花掉。如何花自己的第一笔钱，有时可以看出一个人的人生走向，所谓"三岁看大，七岁看老"。人在漫长的岁月里，改变的其实并不太多，人的本性更多来自遗传。

那个春天的上午，我的记忆仍是那样清晰。雪早已从大地消融，太阳使回春的土地雾气蒸腾，然而，乍暖还寒的天气，仍然让人躲在房里，围炉而坐，或是打牌，或是闲聊。春耕季节尚未到来。忽然有比我大几岁的少年，他姓翁，邀集小孩去场部玩。

我的家乡那时叫汨罗江农场，后来叫屈原农场，现在是屈原管理区。1959年围湖造田，它从洞庭湖东汊汨罗江尾间围垸围了出来。我所在的村叫连尔居，也叫七分场一队。场部就是农场总部所在地营田。这个地方是个高地，有小边山，是汨罗江与湘江、洞庭湖的入口处。站在小边山，往西可看到横岭湖浩荡的芦苇，无边无际的洞庭湖水。而连尔居是汨罗江边的村庄。那时汨罗江在围垸时已经从北面的堤外改道。在我幼小的年纪，我天天看着汨罗江的旧河道，那已是十分宽广的河了。在我成年后，走过大地上一条条有名或无名的河流，我认为，我家乡的汨罗江仍然是一条宽阔的河流。但我眼里从没看到过山，哪怕是低矮的丘陵。因此，当农场职工铲草皮堆成四四方方的土堆，高不过一米多，我们小孩爬上去，那已经算是一个高度了，已经体会到了俯瞰的魅力。视线的抬高，让眼里的世界改变了模样。那种高高在上的兴奋，让人雀跃、欢呼。

突然要去一个十里路远的镇子，我那时的世界只有连尔居，那里无疑是遥远陌生的地方。对于远方莫名的憧憬，比过节还要让人心里惴惴不安。

我记得几个小朋友陪我找到父亲,他正在与一帮人打牌。听说我们一群人要去场部耍,他竟然没怎么犹豫就从口袋里掏出了三毛钱给我。三毛钱都是角票,半新不旧的,带着他的体温。这是我第一次拥有钱。我不知道这三毛钱算不算多,我的参照就是小伙伴大都是拿着三毛钱,只有极少数两毛或超过三毛的。我十分郑重地将它放在裤子的口袋里,不时摸一摸,生怕弄丢了。我父亲并非一个大方的人,这在我年岁渐长后有所认识。但他对我,似乎不那么小气。

陌生世界在一片春天蒸腾的雾气里展现,广阔无边的稻田,泥土色的水塘,笔直的公路,一个个樟树、苦楝树围绕着的村庄。黄色胶鞋上沾着的新泥,那是融雪泡软了的泥土,它们在春阳下裸露,那些缭绕的雾气就是从这些稀泥中蒸发出来的。草色遥看近却无,其实春天土地上的雾气,也是远看成雾近却无。这是自然世界让人着迷的无数现象中的一个。我们走得热气腾腾,大口呼气,白色的气飘不到半米就无影无踪。小伙伴脸蛋酡红,厚厚的棉衣都解开了扣子。

走上一条大堤,大平原的田野显得异常壮阔,那真是激动人心的时刻。每一个远处的村庄、每一棵树与竹、每一只飞过田野的鸟、每一片田地、近处人工挖掘的河流,都在春天的薄雾中呈无边无际地展现。它们是那么亲切、温馨、安宁,诗意又陌生。

这就是我童年生长的土地,是我以后漫长人生里的回忆,是再也回不去的故乡。

在一堆垃圾里,我们找到一个奇大无比的针筒。这垃圾是与我们在村庄见到的完全不同的垃圾,有各种玻璃器皿,有塑料、纱布、铁皮,全是我们难得见到的东西。我们走到了农场医院的后面。

针筒理所当然归带我们来的少年。他用针筒吸了水喷我们,大家奔跑,喊叫。然后,轮流玩。没多久,针筒就被推断了,前面的一节啪的一声断裂了。

经过一处工地,满地红砖红瓦,已有坡屋顶的平房盖好了。少年说,这是一所新学校,建好了他就要来这里读书。我突然觉得他很了不起,心里生出一股崇敬之情。

场部出现了,红砖红瓦的房子就是与我们稻草、泥坯的房不一样。水泥的街道也不是一踩就带起一脚黄泥的土路。甚至泥土也不同了,小边山是红黄色的泥,特别黏。我看到了装了玻璃的门窗、涂了颜色的檐板、商店里的柜台、玻璃里面各种各样形状与颜色的货品,许多是我从没见过、用过的东西,香皂、象棋、陆战棋、手帕、饼干、炒米糕、蛋卷、灯泡、图书、手电筒……

我们都很激动,却不知道买什么。三毛钱捏得手心都冒汗了。少年说,你们自己看,喜欢什么就买什么。他自己买了一包雪花根吃。那是一种类似油条形状的东西，没那么长，上面撒了一层白霜一样的糖，吃起来又脆又松又甜，入口即溶。有几个人跟着去买。他说不用都去买一样的，你们到我这里尝一下。他拿了一大块给我吃。于是，大家有买饼干的，也有去饭店买肉丝面、糖包子的，几乎都买了吃的东西。我看到一角的图书柜台，那些一排排摆放的小人书深深吸引了我。我去问翁，告诉他我想买一本小人书。他跟我一起到了柜台前。我看中的一本小人书是最贵的，要二毛四分。买了书我就没钱买食品了。我自己不吃倒没什么，相对于图书的吸引力，食品对我的引诱力要小很多。但我吃过人家的东西，我却不能让人家吃我的。但小伙伴没有一个不为我买了自己喜欢的东西而高兴。

　　这是一次幸福又温暖的远行，四十多年后的今天忆起仍然是亲切的。

　　后来，我知道作家阿来也有和我类似的经历。他出生在阿坝大山深处的一个山村。小学毕业前，老师带着十几个学生到了镇上。这也是他走得最远的一次。阿来的父亲给了他一块钱，他写道："我知道小伙伴们每人出汗的手心里都有一张小面额的钞票，比如我的表姐手心里就攥着五毛钱。表姐走向了百货公司，出来时，手里拿着许多五颜六色的彩色丝线。而我走向了另一个方向的新华书店……我一只手举着钱，一只手指着那本成语词典。"

　　阿来买书没有那么顺利,居然要证明才可以买。是他的泪水打动了营业员,那个营业员考过他两个成语,才肯卖给他。

　　人生最初的选择也许最能反映一个人内心渴望的事物。但这个最简单的道理,我却要在漫长岁月后才明白。我买小人书买上了瘾,自己去捡废塑料换钱,渐渐积累下一箱。读书后,开始买小说。因为买书,我的拾荒给我带来了甜蜜的回味。偶然地,我跟着一位本家的木匠在泥坯上刻宋体美术字,刻好后用棉花填充起来,刻得最多的是"忠"字。因为写得好,队里派我去渠道上铲标语。刻数字,则把它们印到棉背心上。在别人家看到松鹤延年的民间画,我手痒痒也开始画了,没钱买颜料,就用毛笔去宣传栏洗下那些大字报的颜料。大年初一,村里人都去吃忆苦餐,我一个人在地坪里画画。中学时我曾逃课半个月去写侦探小说,又跟着村里的戏班学唱花鼓戏……个人的天性已表露无遗。但是,我却被录取到了同济,学了建筑结构专业。直到毕业在即,我痛下决心,要走文学之路。这个时候才开始倾听到自己内心的声音。那是多么强烈的一种渴望与冲动!

　　经过多少年的摸索,走到了今天,从事着专业文学创作。人生兜了一个大圈子,才回到自己最初的地方。年华就在这样的纠结中流逝。我的自我寻觅自我回归,不过是对童年天性的确认。

回乡之路

已经很少在炎炎夏日回故乡了,那已是学生时代暑期的记忆。今年因为写一部关于老家的长篇小说,接近尾声时,感觉还得回一趟老家,做些采访。妻子是老师,学校放暑假,她便陪我一道回家。

父亲搬进新居两年多了。这栋房子是我们为父亲建的,那年他七十寿诞,我们全家为他祝寿。搬新房与祝寿同时进行,那些天,父亲就像在梦中。我们家20世纪80年代建的房子已经破旧了,冬天北风肆虐,四处缝隙的门窗无法保暖,手头宽不宽裕都得为父亲建栋房子了。托付给朋友后,他一味求好,建房超过预算一倍。为了减少邻里土地纠纷,又砌了围墙,把房子圈了起来。远远看去,蓝天白云之下,红色坡屋顶、欧式柱和门廊、白色围墙,颇有些异国田园风味。

让我始料未及的是,这些欧式风格的柱、檐口、拱券、栅栏,已经有专门的制作店,全都是配套的。农村的房已经建得与别墅没有什么两样了。我所在的村庄连尔居,这两年的变化真大,从前的泥沙路都铺上了水泥,自来水、有线电视这些以前想都不敢想的东西竟然都通到村里了。连尔居人外出闯荡,有几个发展得很好,在屈原管理区办起了饲料厂、砖厂、船厂、铜厂,生意越做越大,他们在村里建起了豪华别墅。这些房子比起广州的高档豪宅一点也不逊色。我常常站在汨罗江旧河道的南岸远观连尔居,儿时的那些茅草长廊的集体房屋,早已经成了遥远的记忆,就是20世纪八九十年代建的砖瓦房也已不见踪影了。看着江中倒映的村庄,恍惚间到了欧洲的某一个村落。

我去采访汨罗范家园的张家墩。这里有屈原的十二座疑冢。那天中午,沿着村边的沧浪河寻访当年的烈女桥,小河已经变成了一条小溪。一条水泥路横跨过小溪,水从路下面的涵洞流过,汨汨作响。有几条麻石伸向水中,一位老人去麻石上洗衣。询问烈女桥,老人说这里就是烈女桥,石桥早已拆了。她手往西指,说,岸边原来有一棵大樟树。父亲同行,他突然想起自己少年时期曾在桥上玩过。这座古桥传说中是女媭罗裙兜土走过的地方,她取土葬屈原,挖出了一口大塘。大塘就在一片金黄的稻田之中。

从京广线下面的一个隧道钻过去,东面是黑如岭。一座一座巨大的坟墓出现在山坡上。我爬上坟顶,西望汨罗江,烟波浩渺处就是屈原管理区了,一个当年从洞庭湖沼泽地围出来的农场。往东眺望,丘陵起伏,两座雄伟的庙宇耸立山中。我惊讶于如此金碧辉煌的寺庙我之前竟然从未听说过。我小说中的一个道士出生在张家墩,从小就在屈原墓中玩耍,那雄伟的寺庙不正是他出家的地方?

两座寺庙,一座叫保缘寺,一座叫普德观。一座是佛教寺院,一座是道教庙宇,都是清朝古庙。两座大庙是不久前重修的。我把小车开上了山间小道,想不到水泥路也修到山里人家地坪了。

父亲一路感慨,他想不到原来很穷的山区人家也都建起了楼房,想不到从前摆渡过江的地方修起了汨罗江大桥。我油门一踩,眨眼之间就从南岸跑到了北岸。看到寺院,他兴奋地叫了起来,以为是自己砍柴到过的地方。

这天我们看过玉笥山的屈子祠,去楚塘熊家湾寻访族谱。父亲又跟我说起"五风"时期外流的经历,那是饥荒年代的求生之路。他不知多少次说到湖滨,说到一个叫谢吉清的人,说他待自己如何好,给他东西吃。我突然跟父亲说,我们去寻找谢吉清吧。父亲先是一愣,马上就变得兴奋起来,旋即又犹疑了,整整五十年过去了,他还在世吗?如果在世都是八十好几的老人了。那个叫湖滨农场的地方,现在还叫这个地名吗?是不是大海捞针?

汨罗江大桥通车，一条柏油公路向北一直伸向岳阳。湖滨挨近岳阳，小车不用一个小时就可以开到。如果找不到谢吉清，就当是与父亲旧地重游吧。我将想法一说完，父亲激动得说话的声调都高了。

第二天我们起了个大早，伯母也曾经外流到过湖滨，她也想一起去看看。我们一车四人，再次跨过汨罗江大桥时，心里都很激动。从前遥远的地方，现在如同近邻。小车如飞，像穿越时空隧道，五十年岁月弹指而过。湖滨眨眼间就到了。

这是一个丘陵起伏的山区，西面不远处就是洞庭湖，偶尔能从山谷间看到银光闪耀的湖面。父亲陷入了回忆之中，他在脑海深处搜寻着从前的点滴记忆。他记得湖滨火车站，那是他黄昏时到达的车站。公路就在车站的东面。父亲说，那一年，他一下火车，太阳就落山了，他一直朝东走，忍饥挨饿走了几里山路，天黑得看不清路，他寻了户人家睡了一晚，第二天又走了好几里山路才到湖滨农场。

我在路边打听，无人听说过湖滨农场，这里只有一个湖滨园艺场。经过火车站时，东面是一片青葱葱的山岭。伯母说，那是赶山。父亲说，不是，赶山很大。两个人争了起来。

没有发现东去的路，我只好继续往前开。

火车站远去了。

好不容易发现一条东去的小路,我犹豫着要不要拐下去。路面实在太窄,刚够一辆车通行。但不拐下去,依父亲的说法,离目标越来越远了。我抱着试一试的心态拐下了公路。

这是一条新修的村道,两侧是密密的树林。路面似乎越走越宽了。在一个三岔路口,路边有一栋房屋,我停车,父亲迫不及待地跑下车去打听。他对着一个花甲之年的妇女说话,她听不懂他的话。我先问她这里有没有一个湖滨农场,她摇头说从没听说过。再问谢吉清时,我都没有一点信心了,只是随便问一问,我知道一定是摇头,说不知道。

如我预料的一样,我在她摇头说话时,人已经退到门口了。她回问了一句:他是哪个村的?同样的问题我早问过父亲了,这时父亲显得十分窘迫。

这次问路严重打击了我们的信心。我不打算村村去问了,只是凭借着感觉往前开,期望着小路往右拐,向着南方走。那是父亲说的方位。

路往东走了一段后,果然朝南拐了。经过一个村庄,我觉得还需往南走,又一个村庄出现时,我想该问一问了。

视野开阔了很多,坡地上的村庄在七月阳光的照耀下,稻田、树林和房屋全都亮得刺眼。一个中年男人打着赤膊走过地坪,地坪上晒了一地稻谷。我喊住他,很不好意思说出了谢吉清的名字,问他认不认识。这时的我感觉真是大海捞针,一种绝望的情绪涌了上来,脚又想往回走了,自己都觉得这样的问法太唐突了。

他回答我说,认得。谢吉清就在他们村里,他家房子在前面不远的地方。父亲紧跟着我,他也不相信世上有这么巧的事情!他突然想起了谢吉清三个兄弟的名字,一口气说了出来。打赤膊的人说,是的,他们是三兄弟。我激动得一把握着他的手,就像怕他消失了,请他上车带路。

他光着上身坐到了车里,走了两百米后,往左边山坡一指,说,到了,就是这里。

山坡上一片房屋,大都是新砌的楼房,只有一间坡屋顶的青瓦旧屋,拆得只剩两间。谢吉清就住这栋旧房子里。他坐在一把很有些年月的藤椅上,望着父亲走近他。带路的人指着老人说,他就是谢吉清。父亲走得很犹疑,快到老人身边时,他突然往回走,对我说,搞错了,他不像吉清哥。房子里还坐着两位老人,他们都说藤椅上的老人就是谢吉清。

父亲又上前去喊他。老人耳朵失聪,听不见。赤膊男人在他耳边大声说,你认得他吗?老人摇头。父亲伏到他的耳朵边,说出了自己的名字。谢吉清仍然摇头。他不记得父亲了。

父亲僵在一边,不知道怎么办。谢吉清中风站不起来,偶尔偏过头来看一眼父亲。我跟房子里的人说明了来意。一位老太太进房了,她是谢吉清的妻子,赤膊男人又在她耳边大声说话,她也记不起来了。

谢吉清想着以前的事情,说起与父亲一起外流来的人,他记得他们的名字,但就是想不起父亲来。

喝过茶后,父亲问起谢吉清家里的情况,他的大儿子闻讯过来了。老人的几个儿子都砌了新房,小儿子去岳阳做生意了,孙子考到了清华大学。父亲又问那些曾给予他关心与照顾的人,他们都还健在。

父亲塞给谢吉清钱。虽然谢吉清忘记了他,但那份恩情是在的,父亲不能不报。父亲在屋门口跟我说,吉清哥事后会想起他来的。他是在安慰我,更是在安慰自己。

地坪上,父亲和伯母看着稻田、菜地、沟渠和山坡上的树林,远山茵茵一色,泛着烟蓝。记忆中熟悉的一幕出现了,他们都说就是这里,这座山就是赶山。往事一拥而出,许多细节都在眼前的山坳里浮现了……

山中村庄,与连尔居相比还有差别,但是新房、古木、青山却别有一番田园诗意。我抚摸着一棵百年樟树,想着人世间的变迁,不禁轻轻拍了拍粗糙的树身。

回乡七天,我小说中人物生活或活动过的地方我都走了一遍。我去了湘阴左宗棠故居,看了出土的岳州窑,再登岳阳楼,到营田小边山拜祭百骨塔,在汨罗江入洞庭湖的磊石山上远眺……我在想,虚构与真实之间区别大吗?我虚构的人物,找到他生活中的原型再了解,他的行为与我想象的竟然一模一样。现实合乎了我的想象!而现实中真实发生的事情,却又虚幻、朦胧了。父亲的回忆只活在他自己的脑海里,连当事人都忘记得干干净净了。一个全新的连尔居与我的记忆没有关系了,它是真实的,但对我却如梦幻一般,就像父亲在新房里有做梦的感觉,似乎都是一种想象。

炎热的夏天,我在房子的凉台上纳凉,观望夜空中的银河,田野上的虫鸣替代了城市的车水马龙,乡村亘古不变的静谧让我回到了从前。我想,等我老了,就住回来,与江做伴,与田野一起走入深深的安宁,只有自然才是生命的憩息地。

芬芳的色彩

文字的气象

以文字书写本身作为艺术来追求,这种现象好像只发生在东方,也只有汉字形成一种广泛的具有深厚传统与民众基础的书法艺术。这种书写不只是影响了人们对于文字表达的感觉,而且还影响了美术,以至中国画里的线条注重笔意,大家都认同书画同源,这就与我们民族的文明特征有了关联。我时常站在一幅幅古朴凝重的书法面前感受那个文明的源头,那浓重的墨汁、简单的数笔,的确带给人无穷的意蕴。这是方块字本身的魅力,还是因为宣纸、毛笔在象形文字里开掘出了新的意境?譬如文体变迁朝代更替、时间消逝岁月留痕、心理笔墨的同构、古老文化渊源的认同,甚至是文字崇拜与文字怀旧……一切是如此抽象,却有最丰富的想象空间,它甚至不与形象的世界发生关联,有一种独特的只属于自己的审美意趣、审美原理,自成体系。这一切又是如何发生的呢?在我们本能地排斥西方抽象艺术的同时,我们却欣赏并陶醉于自己的最抽象的书法艺术。

许许多多画家,他们有的画国画,有的画油画,像朱德群,画抽象的油画还居住在巴黎,但一上了年纪都写起了书法。文化就像一种生命现象,仿佛有遗传密码。

广州画家梁照堂也是这样,先是画油画,他早年宣传画的逆光画法影响了全国,后来画国画,迷恋起了线条、墨块,他的墨鸽同样也在全国产生了影响。但近年他最痴迷的是书法。他以粗大的毛笔,蘸着浓得黑亮的墨汁在一张张柔软的宣纸上横扫,重的地方墨汁如染,如不见星光的夜色。他是那样激情磅礴,一支笔扫将过去,直到成了枯笔,如同一丛乱茅草,仍然粗头乱服出之,笔底已是秋冬枯槁萧条的景象了。他的激情仍在那一丝若断若续的墨线上游移、颤动,他始终以中锋运笔,仿佛心中块垒如春蚕吐丝,不如此用笔不能吁出心中的郁积。行中人称他的书法为狂草、巨草,读他的书法才知他小小的个子原来有如此气吞山河的气派,过去的画又如何能发为心声?难怪他如此看重书法,只有这方天地才契合他的精神气质,才能让他痛快淋漓地展示个人情怀。

都说南方人清秀,艺术的精巧与粗犷的确是南北艺术家风格的重要分野。但梁照堂的书法却无半点江南的秀美,反而极其粗粝、生硬,以沈鹏的草书作比,反而显出沈书的"秀"来。同是青山绿水孕育,那种江南特有的清新为什么在梁照堂的身上见不到一丝踪迹?

刚从雷州半岛回来,那片曾是火山炽烈至今仍是红土如染的土地,令我最难忘怀的却是雷州古老的雷祖祠,我为它如此厚的山墙、如此宽的椽与瓦而震惊,甚至它的屋角也没有飞檐,垂脊是直棱相叠的两道砖线。想起广州陈家祠的雕梁画栋,那屋脊飞檐吻兽极尽夸张繁缛的造型与大红大绿的色彩其实也是跟清秀不相关的,它们都有一种僻地部落的情调,它们都在表明岭南作为边地那种原始的逸出法度外的粗野猛浪之风。我突然明白,精致的艺术不是属于整个南方,江南应指的是长江中下游一带的土地,特别是以苏州园林为代表的具有江南诗词一样清丽艺术特质的苏杭。作为长期与中原文化疏离的岭南文化,它的粗犷与古朴一直是一脉相承的,边地的原始、粗粝与稚拙仍然在岭南的人情风土上表现出来,岭南人的务实在市场化的年代成了一道独特的风景。

作为土生土长粤人的梁照堂,他的血液里是否仍与那种江南清丽优雅的文化绝缘呢?他书法中的那种粗笨实在太触目惊心了,是否一定要走到这样的极致才是力量与深度的表现?才是他所追求的"老、重、拙、大"?如果这一切都是源自他的内心,而非概念的诉求,也许,这种特质正代表了岭南的狂放与力量,一种不与中原正统美学原则相从的岭南的美学追求。正如梁照堂宣称的拉开中西绘画的距离,也许,对一个岭南艺术家而言,拉开与主流文化的距离也是同样重要的。这样,岭南文化的具有独特地域风格的艺术才有实现的可能。作为岭南画派之后的艺术家,本土文化的自觉理应成为创作的重要理念。

芬芳的色彩

　　我对水彩画是怀有偏爱的。这种偏爱,一是这个画种与水结缘,天然具有空灵之美。这种美可媲美中国画中的水墨写意画,那种水墨随意赋形宛若天成,像灵感,像梦境,是一种真正的创造,美的创造。水彩具有这样自然天成的趣味在里面,同时,它还具有响亮的与自然趋近的色彩,具有与油画一样逼真的造型表现功能。它再造出一个世界,是最富有诗意的世界。一直以来,中国画主流是文人画,它追求的最高境界是诗意的表达。水墨画最能代表中国美术的审美趣味与艺术精神,中国式的含蓄、婉约、朦胧,都在这样的笔墨中表达了。应该说水彩画这个西洋舶来的画种,是最契合中国人的艺术精神气质的。

　　二是水彩以水为媒,最适宜表现自然。中国画最主要的表现内容也是自然的山水和花鸟。中国人的道家精神、中国人的天人合一的境界追求,让诗词、画、音乐、造园……都转向对大自然的参悟上去了。它是表现自然精神的,却是对于生命的深切感悟。悟是最主要的方式,这也是东方的方式。我认为它比西方的思辨更能接近事物的本质与内在。它是整体主义的。它有人的因素，不是孤立的形而上学的逻辑推理。那样的方式可能导致科学，而悟导致的是艺术。这是对生活对生命更高层级的理解和领会。当你着笔于纸上，你其实已经开始了悟。中国画、水彩画，更多的是以悟的方式面对世界。而油画成分多的是思考，是面对更现实的人的问题，面对社会。我热爱自然，热爱做自然的流浪儿，像风一样感悟世界。我从水彩画里能找到这种感觉，感性的美的东西，它轻盈、空灵、非人力可操控。它是第二自然，有一半人的意志，也有一半天的意志。

三是它的技艺。画好水彩要有天赋，一半在训练，一半在感悟。水是不可控的，它的流动性、渗透性、干湿性，是只能顺从的，就像治水只能疏而不能堵。大多数时候水彩只能一次性完成，没有反复的余地。这种对准确性的要求是大于油画的。这是它的难度，具有很大的挑战性，同时也有了游戏性。而游戏性也是艺术的一个因子。

这一切让我对水彩充满敬意和热爱。

第一次看苏家芬的画是在她广州小洲的画室。在这座四层楼的别墅里，到处挂满了她的水彩画。一楼的画都是她最新创作的。我一进门忘了落座，甚至不想太多寒暄。因为她的画把我的心都牵走了，我感到少有的惊喜。真的是久违了，多少年没看过水彩画展,这无异于参观一次高水准的水彩画展览。我感觉到自己的饥饿。

她的画充满了阳光,色彩是这样饱和、响亮;色调是那样明快,浑然一体;特别是色彩和用笔,准确、概括,比真实的东西更具表现力。她从平凡生活中发现了惊人的美。这种美就来自她这种概括、色彩,还有简练而潇洒的笔触。那种锐利的目光、意到笔到的化境,多少年的历练一目了然。我看到了随手掂来的娴熟,看到了平静的心境,看到了多少年如一日的热爱与执着,看到了轻松挥洒的镇定与自信,看到了不易察觉的浅笑。

苏家芬主要画静物。我尤其喜欢她的花卉。它们都充满生命的活力,洋溢着一种精神。她于随意的点画中,就让光闪耀出来,色彩绽放出来,芬芳四溢。几十年的孜孜以求,这样扎实的造型能力已经不多见了。她在水彩里巧妙地加入少量水粉,加强了物体的立体面效果。

苏家芬是热爱生活的。她把自己对于生活的热爱都表达到画面上了。她心地纯正,不追求名利,几十年来除了在美术学院教学就是画画。如今油画吃香,国画吃香,行情看涨。她依然安安静静地画着自己的水彩,不为所动。她对每幅画都十分认真,投入感情去画。这是她自己的世界,她从这里找到了精神的快慰。

要说不满足的地方,四层楼的画大都是静物,这么多静物画摆在一起,难免给人造成一种单调之感。有的静物太写实,如那些鸡、鱼,画得血淋淋,散发的是厨房的气息,离生活近而离艺术远。岭南文化的务实精神,是长期的商业活动造就的,我认为对艺术创作而言有害无益。艺术家应有所警觉才是,艺术本质上是务虚的。岭南本土画家要从这样的文化中超越出来,站得更高一些,不只是客观认识本土文化需要这样去做,一个艺术家的胸怀与开阔的眼界也必然要求这样去做。这对不同文化背景的艺术家是一样的。只是岭南文化让人特别缺少这样的自觉。这不是苏家芬个人的问题,而是许多岭南本土艺术家应该思考的问题。

回首高原

一

　　半年前,也就是去年临近春节的冬季,华北平原刚下过一场雪。在那个寒冷的晚上,我爬上了一列经保定开往北京西的快车。时间已是深夜,空荡的列车车厢里,只有我们同行的三个人——我和祝勇,还有一位朋友。

　　冬天的北京郊外漆黑一团又奇冷无比。我的情绪还陷在保定陵山那座西汉古墓室之中。同是大地上的事物,时间把一切弄得面目全非了。我感受到保定之行还在进行,它就是历史的了,事情全在一种流逝的状态里展开,就像车外掠过的风景,一切只不过是一场经历而已。记忆就成了生活的全部。这确实是世界变得梦幻的深刻原因。

　　时间在改变着一切。年近不惑的人满眼看到的就只是时间了。

我已经不能做到忘掉时间,甚至每一次远行,就是为了感受时间,流浪的感觉就是时间流逝的感受。我在这种苍茫的情绪里感受生命在时间中的开放和枯萎。思想的向日葵追随的是时间的太阳。匆迫的生命让人寻求生命之外的东西——更持久一些的东西,在我看来就是写作了。转瞬即逝的事与心绪,因为文字而获得保存,因此,它成了我生命中的宗教。

保定之行,一次安排之外的游历,来去匆匆。两日的行程很快就结束了,明日就是我们分手的时候,我将独自南飞。突然想起我和祝勇之间还有一桩未了的事,那就是签下《灵地西藏》一书的出版合同。在钢轮铿锵有力的奔驰声里,我认认真真签下了自己的名字。从这一刻始,我决定再写一本关于西藏的书,尽管我还不知道写什么和怎么写。

长风鼓荡,穿过车厢,我突然有一种感动。这是来自生命的、在路途的感动。突然之间,那些在高原的感受向我全部袭来,我一时陷入一种不无伤感的情绪之中。人生飘荡,流年似水,我应该把这一切全都好好地记录下来,让人生有一些可以触摸的坚硬的东西。

这本书就这样进入了我的情感世界,我甚至感到了它的朦胧的模样。

二

写作是艰难的。这并不是说写作本身很苦,相反,写作是人生一种难得的享受,一种创造的快乐。这里所说的艰苦是指一个从事新闻职业的人,要他从变化多端的信息世界里走出来,从浮华喧嚣的生活、竞争与利益追逐中静下心来,确实不是一件容易的事情,非得有超常的定力不可。这个世界的诱惑如此之多,如此之强烈,能够静心从事写作的人已经不多了。因为热爱,因而能够坚持。

这半年里,我推掉了所有应酬,一点一滴地挤出时间,投入写作。但是,刚进入状态,干扰一来,就不得不中断。我不得不把写作的时间放在深夜。

临近交稿的日期,有一个星期,我连续写作到深夜,再加上工作特别忙,心脏病突发。医生要我住院治疗,并警告我有生命危险。但工作和写作都不允许我住院,我一边吃药,一边继续写作。我对身体健康的重要终于有了切身的体会,也懂得了肉体的脆弱,它并非一个可以无限享用的资源。在高原我曾惊叹自己的身体是如此强壮,而这时我又震惊于人体的娇弱。躯体与意识是生命的两种奇迹,平日它们好像不相干一样,可是这个时候,我的意识里才真正有了身体的内容。

三

在此之前,我已写了两部关于西藏的书:《西藏的感动——阿里雪山神秘之旅》和《走不完的西藏——雅鲁藏布大峡谷历险手记》。因为这部《灵地西藏》,它们组成了一套完整的西藏三部曲。

这部书主要写的是我东行滇藏的经历和感受,更多的是在路上的感受。横断山脉以其高山峡谷的独特地貌令我长久地震撼,在《走不完的西藏》里,我只在结束全书时,才十分简略地写了一点。这一次终于可以毫无拘束地铺陈那些曾经让我感动的种种。它是体验流浪的好地方。在路上的感觉,没有一个地方可以与滇藏线相比的。它可以是人生的一种象征,更集中地体验了生命的无穷滋味。它们都是全新的、不可想象的。如今,只要听到有关西藏的音乐,我就会陷入深深的怀念,藏东之行的种种情景就如在眼前,那时的体味和感受也一一复现。我无法不长久地萦怀于胸。也许,没有滇藏之行,我的人生会因此变得单薄许多,生命的体验也难以达到这样的深度。

又由于对古格王朝神秘消失有了新的认识,根据考古史料,我写了《古格之亡》,作为《西藏的感动》一书的延伸。《西藏的感动》一书中提到的神秘女郎林雪,在我的书出版后,她再度出现于广州。于是她的故事作为单独一章,在这里又演绎出了另一种人生。

我的写作也跟我的高原游历一样,并非目的明确,不到写完我从不敢肯定我会写些什么和如何表达了这些东西。我要做的就是紧紧抓住那份感觉。在这几本书中,我把现代生活的感受与认识也全都写入了其中。因此它们不只是一本旅游的书,也不是一本文体单一的书,我自己也不知道它们是小说还是散文,或者其他,好在这些并不重要。

我很久没有进入过这么忘我的创作状态之中了,数十万字我几乎是一口气写出的。前两本书第一稿,一月一本。我只觉得自己又在高原漫游。在灯红酒绿的大都会,我几乎忘记了城市的一切。有时我会想:我要表达什么呢?我为什么如此激动不宁呢?

四

西藏在这个世纪相交的时期,呈现出一种强烈的诱惑。每到夏秋季节,拉萨的旅馆几乎爆满。大中城市书店里有关西藏的书也随处可见。西藏就是某种精神寄托。

在这个快速变化的世界,人人感觉自己是个匆匆过客。当传统与习惯越来越遥远时,没有积淀的生活一定会使人感觉空虚。西藏以其恒常不变的面目出现,它的对于朴素感情的维护,对于现实利益的轻视,对于信仰的虔诚,对于单纯生活的热爱……让现代人去除了生存的困扰,获得了心灵的宁静。

但是,西藏对于每一个人的意义又是不一样的。它可以是冒险家的乐园,也可以是失意者的世外桃源;它可以是神秘事物爱好者的梦,也可以是摄影发烧友的天堂。西藏是梦境一般的土地!

而我去西藏,几乎是有点盲目地离开家的,目的地不明,只是向着高原,一路西行。生命的激情与活力,就在这样的过程里一点一点呈现。

生命的神奇也在这里找到,她拒绝设计和程式化。于是,我有了人生中一次最重要的经历,也意外地有了这三本厚厚的书。当我抚摸它们的时候,我感觉生命中有最奇妙的梦境。

我想,生命只有一次,每个人都应该有自己的精彩生活!

为那片土地招魂

连尔居是我故乡的名字。《连尔居》早就在那里了,仿佛招之即来,写得特别顺畅,有一种力量拽着我往前走。

小说写过去,却有着深刻的现实原因。对出生于20世纪60年代的我们这一代人来说,我们其实经历了两个完全不同的世界。这种经历自然让我进行比较,然后思考什么才是符合人性的,是人真正想要的生活?进而思考文明是什么?人类要走向何处?现实世界到底是文明还是野蛮?消费社会把人类引向歧途了吗?

世界在盲目前行,大多数人被裹挟着往一个方向走,裹挟的力量多种多样。高科技全方位介入生活后,便以迅雷不及掩耳之势改变着我们的世界,以至十年、二十年以后人类生存的景象我们都不敢想象了。人类走向何方,这已是一个现实的问题。没有哪个时代像现在这样充满着迷惘和压力,焦虑代替了爱,"幸福"也被商业力量塑造着。人的主体性、私密性、尊严被侵蚀。我们为什么如此行色匆匆?谁控制了我们的生活?

当然这不是小说思考的命题，却是它的背景，让我不断回到那个童年和青少年时代的村庄——连尔居。它是对洞庭湖进行围湖造田围出来的村庄，在芦苇、河汊、黑土地的辽阔荒野里，人们直接面对着大自然生存，每个人都有自己丰富生动的表情，有自由意志，有最自然的个性、独特的才能，特别是平等、宽容、尊严、善意和爱，像空气一样无处不在。在意识形态、科技和外来文明侵入前，它几乎是一个理想的模型——人类在大地上最原始、最本真的生存状态。它能让人回到人类最初的状态，至少让想象抵达那里。是现实让我看清了从前的生活，我意识到，什么才是人类生存所必需的，什么是人的本性，而那些最基本的不能被改变被压制的人性，是一个文明社会所应该尊重并誓死捍卫的，一旦偏离，就离开了人本，走向了异化，甚至精神分裂。

连尔居鲜活的人物出现在我的眼前，他们曾真实地生活在这个世界上。我与他们经历了现代文明侵入的历程，现代器物、发明、观念、意识形态……于是，荒诞离奇的一幕幕上演了，这是最现实又最魔幻的故事，我只需记录下来，就足以构成对这个世界的一种象征。悲剧人生的发生与深刻揭示，伴随了时代的变化。我写一个村庄、一群人、一个时代，包含的主题却呈现出辐射状。它是一座村庄的历史，也是一个国家的历史，是我们每一个人的历史，是人类的"现代"魅影与大地寓言。

显然,传统的以一个人物或几个人物为主线的线形结构无法适应这样的写作要求。我采用了散点透视的方法,放弃结构全篇的所谓主要矛盾。这是一种冒险。但内容决定形式。它推进的力量、它内在的逻辑更加隐秘了。但人物的性格必须更加鲜明,看完小说,所有人物都能活灵活现地出现在读者的大脑里。它是一个小世界,一个再造的村庄。如果把小说中众多的人物比作经,时空就是纬,织出的是一幅生存图像。或者,人物是不同的色点,在时空中各自挥洒,小说就像现代派的点彩画,过程中你看不到整体,看完了,一座村庄和它的历史也就浮现出来了。我追求的是书读完了,而思索才开始。

奈保尔的《米格尔大街》是散的,写的也是一群人。但我与他不一样,我着力的是一个村庄,一个地域,一种文化,一种生存状态。我相信这是小说的一个发展方向。它适宜于表现复杂的现实存在。现在我称它为个人化写作的小说,就是我个人的嘛。传统的写法是从现实中把一部分人和事剥离出来,而我是要回到整体,向真实的生活靠拢。

小说不能有模式,如果有,小说艺术的发展就终止了!任何艺术的概念都有一个时间范畴,它应是开放性的。

结构上,我用了一个感叹号的结构。开端随一个七岁孩子的视角打开一个荒野上的世界,人物出场。然后,孩子的全视角收缩,变成众多人物视角中的一个,这里进入感叹号的中部。作者全知的视角介入,每个人的散点透视延伸开来。这种延伸在小说中是多向度的,每个人都是一个历史的、文化的人,这种历史、文化正如伸向外界的触角,有延伸至连尔居之外的世界的,有指向时间深处的,还有指向不可知的神秘之处的,这些全成为"镜面",甚至连大樟树、鱼、鸟、牛都成了小说的主角。视角的叠加、情节的回环,彼此形成镜像。重合之处,主次轮换与视角变化,相互印证,互相指认,互为支撑,把对方托起。有的是人物被事件裹挟,有的是人物主导情节,他们在一个"场"中相互作用。群像的塑造便是村庄的塑造,"连尔居"甚至出现了人格特征。最后,小说视角又收回到了"我"——已经长大的少年,这是感叹号的底端——在一个早晨离开了连尔居。一个时代也随之结束。

感叹号跳跃的点就是后记,这里只不过借用了后记的形式,它能跳到现在,像一面镜子,照见了小说中所有人的命运,也照见了过去和现在的真实面容。

小说写了乡土却非乡土,写了现实也非现实,写了"文革"非"文革",写了成长非成长……因为在这之上,更大的存在超越了日常与时空,一种生命的阔大之镜照耀一切。

小说中的人物大都是有原型的。他们典型的性格其实代表了人类某一种基本的特性或天性：好奇心、好胜心、权力崇拜、盲目性、同情心、自由天性、贪心……但是，他们的天性在社会发生剧变时，有的因此成了悲剧人物，有的大富大贵，人群迅速分化，这印证了一句名言：性格即命运。有一件事令我惊奇：当我写好初稿回到连尔居了解情况时，书中人物炳篁等在现实中发生的事竟然与我虚构的一模一样！现实符合了想象。小说后面，几乎是人物自己在行动，他们的意愿在引导着我往前走，我只要用心去聆听就行了。我熟悉了他们，结尾时不忍离去，对现实世界反倒感觉有隔膜了。这就是性格的力量，是人性使然。你可以从人性的内部观照社会的病灶，也可以看到社会对人性的戕害，看到不同的价值观、人生观所展现出来的丰富性。不难看出，人物身上很多事情是具有象征意味的。

如今人们渴望具有地域性与民族性的作品，因为国际腔调的写作已经泛滥。方言是地域生活的积淀，有人类生存的历史记忆，是地域文化符码，地理山川、人文历史、民风士习无不蕴含其中，它是文明差异化的重要载体。方言便是我刻意追求的，我庆幸自己还有这样的能力，故乡的语言还没有从我身上消失。事实上，我从它身上发现了远比标准语言更丰富、更具历史意味和人文含量的词语和表达方式，它的艺术性、精妙处常常令我惊喜，我感恩于它。

湘北汨罗江流域是一块神奇的土地。楚文化迥异于中原文化，它的气质绚烂、**繁丽**、巫气氤氲，富于梦幻，人们生性敏感，生命意识强烈。谭盾在他的音乐作品里已有出色表现，沈从文的文字、黄永玉的画都能看到这样的气象，诡异、空灵，这就是湖湘文化的神韵，天然地靠近艺术。我如果写不出这片土地的神韵，写不出它的民风土习，小说就谈不上成功。

这些年我一直在思索、探求长篇小说写作的可能性。我读了大量的小说，但能够让我兴奋的小说太少。没有独创性，不如不写。艺术不是劳作，也绝不只是内容的变化，而是创造。不同的内容一定只有属于它的唯一的形式。以前我写过一部中篇小说《无巢》，它走的是另一种极致，就是写真实的新闻事件，几乎每个细节都追求真实，甚至包括语言。《小说选刊》当年刊发后，因它还开设了一年的《新闻小说》专栏。《无巢》的人物、故事是传统的，但结构是从事件的开始与结束两头同时写，织辫子。结构本身就表达了一种思索。

《连尔居》是带有我胎记和气息的作品，从结构、人物、语言等都打破了传统小说的概念。它充满了时间的声音、自然的声音、神灵的声音，它是对一个不可言说的世界的言说，是一部生命小说，是一场灵魂叙事。

正如马尔克斯的《百年孤独》，书中写了一个马孔多镇，但马尔克斯的目的绝不是去写一个小镇,他是借马孔多镇来表达。在我这里,连尔居也是一个模型,它有《瓦尔登湖》一样澄澈的境界,充满了象征与隐喻。人与自然、历史、社会、科技发明的纠结、交融,天性的扭曲,人的迷失在现代大大加剧。这是小说表现的一个方面:思考和表现人的生存。而生命、灵魂、精神、时空、地域文化与传统……它们构成一个深邃的艺术空间,那种意蕴、意涵、意味在象征与隐喻里散发,也在奇异的面画中表现。诗无达诂,一千个读者眼中就有一千个哈姆雷特,这是我追求的艺术效果。事实上,艺术正如有机植物,你分析它的成分,但穷尽所有元素也不等同于植物。

以前我写诗写散文,诗歌、散文创作的经验进入小说,让小说有一种特殊的艺术魅力,如语感、结构、意味、节奏、比喻等等。我有时会觉得以前的创作都是在为后面的创作做积累。但实际情况并非如此。诗歌、散文和小说并无一条无法逾越的鸿沟,相反,很多地方它们是相通相连的。这种连接,使彼此都变得更加强大了。但散文与小说又是完全不同的:散文追求真实性,要有自我,有作者的情怀、思想,它可以直抒胸臆;小说只有人物的活动,作者要隐蔽,所有的一切要紧扣人物来写。

最后我要说的是,你可以把《连尔居》当成一部纪实文学作品来读,也可以把它当作天马行空的魔幻作品来读。

时代的趣味

文学在这个千变万化的时代显得特别绵软无力，像是时代的旁观者，但它也在这样的背景中急骤变幻。

不知从什么时候起，我们不再抒情，那种绵延的、贴近心灵的、舒缓而美好的情感不再从文字中呈现，那些娴雅、节奏从容的文字从我们的视野中慢慢消失……

我是个守旧派，面对快速变化的世界，我无法跟随潮流，我只能忠实于自我。我坚持认为有些东西是不变的，如深刻、精湛、经典。自然是人无法舍弃甚至忽略的，它是人的来与去的最终归宿，我们恣意糟蹋随意索取，无异于自掘坟墓。而关于自然的文字，则是心灵所需要的，我们只能从自然中寻找真正的安宁。因而，做一个守旧派是需要勇气与胆识的。

过了不惑之年，人爬到了生命的又一个制高点上，眼光从自己的脚跟前伸展开来，看到的不再只是现实中活着的，还看见了远处消失的，那些过去我认为十分遥远的，现在感觉逼近了。这也许是一种生命现象。我习惯用一种死亡的眼光看待一切，这让我具有对事物宏大把握的可能,能够看清看透人生的意义,呈现生命的本相。关注生命的存在状态,体悟生命本体,本来就是中国文学沿袭千年的传统。

人对于死亡的敏感有差异,天才人物大都对死亡特别敏感,极端不敏感的人直到自己面临死亡时才如梦初醒,这样的人是愚顽而没有灵性的。庄子是最敏感的人,他的所作所为都是彻悟者所为,他的为亡妻鼓盆而歌、他的庄周梦蝶、他的逍遥游,所有的一切都是对死亡的反抗。是死亡意识唤醒了生命意识,是死亡意识让人追寻生命的意义,对自己的存在产生了极大的疑惑,敏锐地去感受时间和万物的节律。

"生命意识"在《生命打开的窗口》和《死亡预习》中已有最直接的体现。如果把生命意识比作一种温度,那么我的大多数文章都浸透在这种冰凉的体温中,它在每个字里结成了霜。像历史文化散文《复活的词语》《脸》、生命散文《春天的十二条河流》,你用看透自己一生的目光看世界,世界呈现出的景象将是瞬息的、暂时的、变幻的,它们都带着强烈的时间印迹,历史也不再遥远,它与现实息息相通。

我在《哀伤的瞬间》中对这种来自身体的像时钟一样运行并自我检校的生命意识有过具体的描述:"突然感到哀伤,像被子弹击穿,像被寒风袭击,绝望中几乎不能自拔。看看外面,天空并没有黑；阳光依然美好，树木间那些闪烁的光斑点燃秋日的妖艳；市井的嗡嗡声，仔细聆听，可以分辨出孩子的喊叫、老人显得冗长的交谈、车轮碾过大马路时的轰鸣……我却感到世界在瞬间改变，像面对无底的冰窟，像内心的黑暗淹没了一切。我看到了那种清醒，那种能把人一生呈现出来的清醒，它让我战栗。这种情形就像一个人在黑夜里行路，突然的强光把一切照亮，但只是闪耀了一下，一切又都陷入黑暗，我却呆在原地，怔怔地、惘然地，但我已知道自己的来路与去向，知道了自己周围的异样的风景，知道生命的道路在前方断裂。"

正是这些瞬间启示了我，让我思考如何度过自己的一生。

写作中，我始终关注的是自己的灵魂。我把自己当作一个对象，我观察他，剖析他，通过他寻找到一个独特的世界。这是我自己的世界，既客观又主观，但它是一个人所感知的真实世界。人在行动中，心灵的感受是变幻最大、内容最丰富的。因此，我的创作得益于我的行动。这种行动既有我地域上的迁居、工作上的变换，也有我国内外的游历。我常常是一个人上路，有时甚至连目的地也不定。我是一个讲究自然而为的人，我的所有行动只是为我的人生而做出的，我不会为写作而去行动。作品只能是人生的副产品。我不知道什么时候能够写作，也绝不会因为写作而影响行动。譬如旅行，我只考虑哪里足够吸引我，其他是次要的。人生重要的在于经历,多些经历,就多了生命的内容,等于延长了人生。我用空间来战胜时间。谁都知道个体生命终归走向虚无,我在这个句号前拼命行动。我总希望自己走得更远一点,经历得更多一点,我不想自己有遗憾。

在我的人生体验中,西藏是一个有着巨大力量的地方,这力量来自自然,也来自生存,能改变你的人生观,改变你的心态,让你更接近生存的本质。它给你一种坚定的力量,像信仰一样,不对现实屈服,坚持自己的理想。我曾经用三个月走过了藏北的羌塘草原、阿里的神山圣水,爬过了珠峰,穿过了雅鲁藏布大峡谷。五次大难不死,像珠峰雪崩、大峡谷山体塌方、中印边境的暴雨雷击、藏北无人区的迷路,还有饥饿、翻车,等等,都让我遇到了。从滇藏线走到云南时,我瘦了二十斤,几乎换了一个人。心灵深处的改变更大,我认定了朴实的生活才是生命所需要的,一切奢华皆过眼烟云。

我不太认可"历史文化寻根"的说法,我写历史,是因为我感受到了它的气息,它就在我生活的时空里,我感觉到了它的存在。历史文化对于我只是呈现事物的一种工具,它不是目的,通过它我找到现实与过去的对接,把我们看不到的事物延伸过来,我在乎的是从前的气息,我感觉到了这样的气息,我要把这已经虚妄了的气息表现出来,把这种存在再现出来。我还在乎的是这一过程所表现出的时间的纵深感,也就是说,我还是不能摆脱生命意识,这是超越自身的更宏大的生命意识。人类在传递生命,当然还有传递中的文化,作为一个诗人,我对此不可能不敏感。

文化只有与个体的生命结合才是活的,那些活在每个心灵之中的文化才是我能够感知的。否则,它就是知识,是脱离个体感知的抽象的文化知识,这样的写作是知识传播,而非文学的性灵抒写。

所以我的历史文化散文不会有完整的历史,它们是断续的、跳跃的。历史永远是跟随人的心灵意志的,或者是时空的感觉,或者是一个抽象出来的象征符号,我要表达的是心灵史,是消失了的生命的现场。我只要抓住自己的一种感觉,一切都会在这种感觉中展开。在写作中,我往往会重新发现历史,特别是民间的历史。这与行走和阅读有关,如果只是躲在书斋里,就很难有新的发现。人类活动留下的一切痕迹从广义上说都是文化。

我们说民间是一个文化宝库,它不是空洞的。先从对待生死的观念和态度上来说,不同的文化主要从这里被区分。每个民族都有自己的巫师,像纳西族人的达巴、藏族人的喇嘛,这些神职人员都是自己民族历史与文化的传承者,也是集大成者。洞庭湖是楚文化的中心地区之一。楚文化主要是巫文化,虽然这种文化表征消失了,但流淌在我血液里的"鬼气"仍然是区别于中原的地域文化特征。这种文化曾让庄子醉心过。我在《复活的词语》中写到过楚文化与中原文化对人性的不同态度。这是日常生活中表现出来的文化。在我的家乡,给亡人做道场的时候,道士和尚的吟唱、想象的冥界,有很博大精深的东西。譬如对生死的认识、对生命的感叹,都是让人印象非常深刻和令人震撼的。我们的悲欢不过是前人悲欢的延续。我们都在以同一种语言表达。我搜集到一本唱词,年代不详,其中有《招魂》一篇,形式与屈原《离骚》中的《招魂》完全一样,但内容不同。那么它与屈原的《招魂》谁在先?谁影响了谁?我相信屈原写他的《招魂》不会全无依傍,何况那时正是巫风盛炽的年代,招魂是当时最普遍的祭祀活动。这本唱词中用到的词是非常古老的,已经在现代人的视野之外了。(我们的《诗经》不也是民间诗歌的一次收集?它却流传两千多年,影响了无数代人。)我在《生命打开的窗口》一文中引用了一点,正是这种生命共同的幻灭感让我们与过去接通。

这是从宗教方面而言的。我的家乡信奉的是泛神论,相信万物皆有灵。地方上的神灵多种多样。从小我就受到它聊斋式的故事的影响,生出的幻想也无穷无尽。没有哪种文学是能完全离开宗教的。这一切对我的创作产生了很大的影响。

我回老家去寻找过营田窑。营田,岳飞屯兵的地方。那些大量的破碎的陶片,拼凑出一个年代生活的趣味。通过它,你可以看到时间深处的一个动作、一个眼神,你是能与历史对话的。还有汨罗的罗子国,一个消失的神秘的国家。我就寻找过罗子国移民的去向,并有所发现。我也通过它对中国历史上的大迁徙产生了兴趣,譬如客家人的迁徙,我写的文章《迁徙的跫音》《客都》都是关于客家人迁徙的,我写的是这些人心灵上的苦难。还有岳阳的张谷英村,它含有太多传统文化的精华,值得写一部专著,从它建筑的形制与家族伦理,从整体布局与人的自然观、生死观,从造型艺术与生活的态度……一个人的意志为什么能传承几百年而不变?这种文化现象本身值得思考的东西就很丰富。你可以通过它探测到时间深处的体温,复活一段真实的历史,我只是很粗浅地写过一篇文章。

怀古是文学的母题。美术大多喜欢画古旧残破的东西,很少去画新的建筑,因为那上面有时间,有岁月。我的确对存在之物缺少敏感性,反倒对消失的事物充满好奇。它不仅能调动我的想象,还能调动我的情绪。我可能是有很强的怀旧感情的动物。人都有偏执,有自己的兴趣点,我对消费时代、物质至上时代热爱不起来。

我是一个悲观主义者,对于人类的贪婪有切身之感,而市场经济正在极力激发与鼓励这种无止境的物欲,生活变得越来越奢华,这会毁掉我们的生存环境。向过去追寻一种人与自然和谐共处的田园牧歌,我认为正是现实逼迫的结果,是我对现实的另一种表现,也可以说是内心的一种反抗。当年高更远离巴黎这个繁华的现代都市,去大溪地过原始人的生活,我这样的冲动越来越强烈。一切不过是生存,哪一样对自己好,哪一样就是正确的。我们要拒绝文明落后与先进的概念,这样的概念正影响人类一步步远离真实的自我。

在沉思默想中

祝勇富有沉思默想的气质,这种气质不只表现在他沉默不语的时候,就是在与朋友谈论某个话题,或者走在像广州那样嘈杂的大街上,他那双充满淡淡忧郁的大眼睛,甚至他的高鼻梁、宽阔的前额、棱角分明的脸庞,都会透露出这一与生俱来的气质。他的一些想法、观点,可能会在突然间冒出来,如同平静的水面翻起浪花。我感觉在这双眼睛注视下的谈话,就像在一片星光的夜空下交谈,话题渐渐趋近正统,变得深邃,态度也庄重得多,谈论哪怕世俗的话题也都带上了一些学理。

我们十年的交往几乎是在一场场谈话中走过来的,与他在一起,我们总有说不完的话题。回想谈话的场景,不外乎三种:一种是卧谈,常常一直谈到深夜。只要有机会,我们就住在一间房,于是共住的时间飘满了语言的碎屑。有一次,我到北京开图书交易会,在宾馆聊到夜深了,祝勇晚上就没有回家,我们挤在一张床上睡了一夜,第二天他要上班,我得去参加交易会,彼此仍然觉得意犹未尽。二是旅途上,在火车、汽车上交谈,这适宜无中心的谈话,什么都谈,包括男人女人的话题。我们两个一起在夜里乘过从保定到北京的火车,一起坐过从南京到苏州的长途汽车,坐着老旧的吉普车在湘西凤凰的山水间转,打的去京郊的十渡,去通县黄永玉的万荷堂,深更半夜在长沙的街头兜风……车上总是谈兴甚浓。三是餐桌上,两个人的时候会借酒说点内心带些苦闷色彩的话,人多时是豪饮,这时只有短而又短的句子,意思完整,不需要连绵不断的释义与补充。

然而,这些年过去,谈的那些话却难以回忆了,那些经我们之口说出的话语都从记忆的网筛上漏掉了,奇怪的是,倒是某些沉默的时光让我难以忘怀。沉默也是我们的语言,这里面有最深的默契、共同的经历。我印象最深的是八年前的那个深秋,我们坐船从周庄去同里。那是一个黄昏,周庄河边的一个大水塘,岸边泊着一排小船,我们想租船去同里。那时去同里的车因修路停开了。水边一排低矮、破旧的纤维板房,一个个头矮小的男人见我们要租船,饭也顾不上吃就从一间屋子内钻了出来,讲好去同里的价钱,就跳上了船,绳子一甩,柴油机就突突地发动起来了。一个更加矮小的女人把手中正吃的饭碗一放,冲进屋子里抓了一件黄色军服一样的罩衣,很机敏地也跳上了船。

苏州地区河汊纵横,只有走水路你才理解长江三角洲水乡的含义。昏暗的天光下,一个村庄在河流转弯的地方出现,水面宽阔,苇草摇曳。黑暗降临,风在失去光的地面四面扑腾,寒意顿起。女的把衣披到了男人身上。她紧紧靠在他的身边。我与祝勇一上船就沉默地看着河流在船头弯弯曲曲地展现开来,一条漫长的水路在这个夜晚突然降临到我们的面前。一切都在水上出现,桥从我们的头顶飞过,房屋只有一个黑沉沉的背影,像墨汁一样溶到水中。迎面而来的货轮掀起大波浪,这条小船像受到财大气粗的人的欺负。没有秦淮河的浪漫情调,眼前只有这对相依为命的夫妻,他们突然间就做了我们的同行人。为着少得可怜的钱他们寒夜起航,饿着肚子,彼此怜惜着,彼此温馨着。寥落的星子在天边出现,水和陆地黑成了一片。祝勇冷得缩紧了脖子,我往他前面靠了靠,想给他挡点风。黑暗中,我们感觉彼此的呼吸,感觉彼此内心深处不平静的律动,那一刻,心灵挨得那么近、那么近……

祝勇出生于沈阳,北京国际关系学院毕业,说一口标准、流利的普通话。他的口语与他的书面语十分接近,这使得他有着天然的书卷气。与他不同,我说话带有浓重的湖南口音,而且越来越严重。祝勇常学我的腔调当面取笑我,学过后,我依然如旧,他也渐渐习惯而且有点喜欢湖南腔调了。

我们交往的最初几年,祝勇还书生气十足。他的生活与书本几乎是一体的。他把大量精力用在读书和写作上。我们在凤凰古城玩了三天,他回到北京就写出了一本名为《凤凰,草鞋下的故乡》的书。他说,当他想写东西的时候,他不管后面有什么事情,写到什么时候就是什么时候。写作对他之重要可见一斑。

然而,生活中书生气太重,有时不免吃大亏。周庄发生的那次事情足以证明他的书生气。那天我们午时过后到达周庄,饥不择食的我们就在街上随便找了一家餐馆。点菜时,老板给我们推荐了当地的一种鱼,记得是鳃鱼,说是细嫩可口,是太湖特产。我看了一下菜谱,那是菜谱上最贵的一道菜。吃饭的时候,我尝了一口,觉得是条腌鱼,祝勇尝了一口,说味道新鲜,接着我们举筷再次细细品尝,仍然是他说新鲜我说不新鲜。迟疑片刻,我说,你夹我这,我夹你那,我们交换吃的部位。终于彼此尝到了对方尝到的味道。我的第一反应是,这是两条鱼对接的。于是我夹鱼头,他夹鱼尾,中间果然分开成了两段!

找来老板,他承认了作假。我说过一通道理后,他同意这道菜收一半钱。祝勇很气愤,指责他以次充好,说他是奸商,是欺骗顾客,又要求依北京餐饮业的相关条例赔偿,扬言我们是记者,并要我出示记者证。我知道老板收我们一半的钱已是最大的让步,一个记者在这样一个山高皇帝远的小地方谁会在乎,拳头就是最好的道理。老板生气了,辩论变成了争吵,彼此都冲动起来了,老板大吼大叫,四邻八舍的男人都往这边冲过来,眼看就要大打出手了。我们寡不敌众,我赶紧付了钱,推开拦住大门的老板,把祝勇拉了出去。

在街上,我问了路,直奔镇政府,想讨一个公道。走到半路,我见祝勇气消了一些,便说,我们是把下午耗在这件事上,还是赶紧去看周庄?祝勇犹豫了很久,于是我们转身往回走。

经过此事,周庄这样一个狭小又拥挤的地方自然不会给我们留下什么好印象。

在祝勇离开出版社之前,他几乎是一个理想主义者。那时,他已写出了大量散文,它们都是美文,语言美,境界也好。但他的大量文章都是对那段特殊的历史与人物的反思、批判。他的文字一开始就具有自己的特点,那就是对政治、权力与道义的诘问,对社会与意识形态不遗余力的批判、反思,以一个文人的良知与正义重新审视、评点历史。1998年,世界知识出版社出版了他的三卷本"祝勇作品集"丛书,中国文联出版社紧接着推出三卷本的《行走的祝勇》。他还从事思想方面的研究,写出了对五四启蒙运动反思的专著。他对政治体制、自由思想的深刻的体悟与思考,让他的写作有遏止不住的激情。他在出版社工作时,编辑出版了大量影响中国知识界的优秀图书,像《重读大师》、"西方视野里的中国形象丛书"、《穿蓝色长袍的国度》、《中国生活的明与暗》、《变化中的中国人》等。他在自觉地履行一个公共知识分子的职责。

然而作为文学作品,他的创作太过于书斋化。他沉浸在阅读之中,大量的著作通过他那双聪慧而忧郁的大眼睛进入他的血脉,使他的语言无法不书面化。我那时想,什么时候他沾染一点人间的烟火味,在他富有沉思品格的文章中带上一点原汁原味的人间气息,他的写作一定不同凡响。

近几年,他的人生起伏变化,他的文章也终于脱离了书面语的纯文字味,真正变得生气充沛了。这证明了人生的历练对于文学创作的重要。

尽管我们交往密切,但我们是真正的君子之交。我们有各自不同的追求,正所谓君子和而不同。举例来说,祝勇编选了大量的散文选集,如"布老虎散文""深呼吸散文丛书""新散文九人集""一个人的排行榜"等等,很长一段时间他没有选我的作品,哪怕我在自己编辑的报纸副刊上大量发表他的文章。我也从没有跟他说起,我尊重他的选择,他有他的标准。我知道他做事也不想从人情上受到影响,他遵从自己心中的标准。看到好的文章,哪怕是完全陌生的人,他也由衷地赞美,并全力推荐。他编选的书我也不遗余力地在自己编的报纸上推介。不知从什么时候开始,他认同了我的风格,在他选编"布老虎散文"和"散文年选"中约了或选了我的文章,我没有惊讶,也没有特别地感谢。一切都是寻常的。有一次,他读到我发在《收获》上的《怒江的方式》,他在电话里表达了他的欣赏。我知道他一定是真诚的。他对我的评价我当然在乎。

他是新散文的扛旗者,为此做了大量的工作。他深知一个新流派对于一个作家的意义。我也深知这一点,但我更在乎的是作品,在散文创作的路上我一直在探索,对于流派我是谨慎的。我们似乎相隔遥远,他的旗下聚集了一批优秀的作家,我仍然是孤军奋战。有意思的是,2007年10月,《十月》杂志首届作家论坛在浙江坎墩举办,新散文的代表作家张锐锋、祝勇与我在坎墩相逢(周晓枫因去了巴西而缺席)。这是一次散文的论坛,当张锐锋、祝勇谈论新散文的时候,我谈的仍然是个人的创作体会,许多方面我们却不约而同。这种呼应是十分难得的,是我们各自探索取得的共识。

在坎墩我们又住在了一起。这一次,他谈到了他的美国之行,作为驻校作家,几个月他泡在图书馆认真做研究。自从他写出长篇散文集《旧宫殿》后,他开始做专题的研究,兴趣转到了长篇散文的创作上。《旧宫殿》是一本跨文体探索的文本,许多方面富有创新,是祝勇最重要的代表作。他从宫殿进入残酷的封建统治历史,对权力和专制制度、对人与人性的戕害进行了最惊心动魄的描写,对权力的批判竟然达到了如此令人震惊、如此令人刻骨铭心的程度！他的新的长篇散文已写了一两年,已接近尾声了。它的面世是件令我期待的事情。

时间就在我们的相逢与告别中悄然而逝,我们每次相逢都在寻找各自的变化。似乎年轻依旧,但一旦问起孩子,尤其是我的小孩,从小学、初中到大学,这让祝勇感到了惊奇。多少年了,我们就在对散文的痴迷中忘记了岁月,忘记了我们身边许多人已经老去,不知道我们自己早已人到中年。

方寸之枕

广州西汉南越王墓博物馆有一个专门的瓷枕展厅。它是杨永德伉俪收藏并捐献出来的。站在这两百件自唐迄元、五彩纷呈、形态各异的珍贵文物前,人们无不惊叹古人对枕的喜好与匠心。人、虎、狮、兔、树、花、草等各种动植物皆收为枕物,形状更包括了元宝、马鞍、椭圆、如意头、箱囊等。相对于我们现在所用的柔软绣花枕,这些硬质瓷枕,更让人生出好奇与思古之情。

有关枕的记载,至迟在先秦文献中就已出现。但枕的出现,起码殷商时代就有了。考古发现,汉代有木、玉、石、铜枕。软枕不易保存,西汉南越王赵眜墓中清理出来一件素绢珍囊枕。

从历史上看,硬质枕以木、石为最早。至唐代,陶瓷枕才应运而生,在两宋、辽、金尤盛,元之后始衰落。枕的类型以质地分,有玉石、陶瓷、丝绸、布帛、漆器、皮革、珍木、藤竹、琥珀、玛瑙、水晶及金银珠宝镶嵌。

有关枕的"故事",史书上常可以看到。晋人《拾遗录》载,殷纣王有"玉虎枕",上有"帝辛九年献"等题款。《淮南子》载,楚将子发好求技道之士,有善偷者往见子发,子发礼之。未几,齐伐楚,偷夜出,盗齐将军枕归之,明夕又取其簪……齐师大骇,还师而去。古人把秘籍藏于枕内,称作"枕中书"。《越绝书》载,越王把有关国家政令书之帛置于枕中,以为国宝。枕还被作为吉利嫁妆。《唐书·五行志》载:"韦后姊七姨嫁将军冯太和,为豹头枕以辟邪,白泽枕以辟魅,伏熊枕以宜男,亦服妖也。"枕还作为贡品进献内宫。王仁裕《开元天宝遗事》说,有人进奉枕一只,其色如玛瑙,温温如玉。制作甚朴素。若枕之,则十洲、三岛、四海、五湖尽在梦中所见。帝因之,名为游仙枕。而一枕黄梁更是世人尽知的传奇故事。

一些艺术品,起先往往是最实用的东西,经过若干年,人们漫漫淡化了它们的实用性,转而以审美的目光,倾注匠心,使其成为可观、可玩、可用的艺术品了,如牌坊、挂盘、斗拱、服装……瓷枕光洁细润、质地清凉,于是,诗、画、书、雕塑便使它变得可赏可鉴。早在北宋,制枕陶人就开始在陶瓷枕上写字作画。民间的俚言曲子、前人的名诗妙句,皆录入枕中。宋人张耒有《谢黄师是惠碧瓷枕》一诗:"巩人作枕坚且青,故人赠我消炎蒸。持之入室凉风生,脑寒发冷泥丸惊。"南越王墓博物馆内,一北宋末的长方形白地黑花瓷枕,上书三百余字的枕赋:"……是时也,火炽九天,时惟三伏。开北轩下陈蕃之榻,卧南薰簟(蕲)春之竹。睡快诗人,凉透仙骨。游黑甜之乡而神清,梦黄粱(梁)之境而兴足。恍惚广寒之宫,依稀冰雪之窟……"

而枕上之画取材更广泛,有奔驰的鹿和马、吃草的羊和兔、高翔的飞鸟和雁阵、芦塘边的鹭鸶与蜻蜓……传世名作有:水暖鸭步图、呦呦鹿鸣图、熊罴入梦图、鹤寿千秋图……枕中山水人物画则简练而意趣盎然,令人回味无穷。

想象古人,篁竹之下,卧榻之上,置山水瓷枕于脑底,听夏天习习凉风拂过竹林,观浮云游弋辽阔天穹,睡意来袭,则眠于蝉鸣鸟嘤声中,这个清凉之枕,又怎能不倍加宠爱、小心珍藏?枕是因为人们的喜爱,才沾了天地灵气,成为一件件艺术品的。

枕,只是人们生活中普普通通的一件卧具,然而,这些不起眼的小小物品,却帮后人领悟和洞悉了那些如烟岁月里的无尽奥秘。

文学翻译的境界

翻译的重要性无须多说,它是来自母语之外的一切,对应着母语覆盖范围外的更广大的世界。一个人在成长过程中没有接触过翻译文字是不可想象的,可以说,现代人的文化与人格养成很大一部分是通过翻译来实现的。翻译对个人是这样,对一个国家同样重要。中国的五四新文化运动可以说就是一场翻译的运动,白话文的兴起,受到译文的巨大影响,西方文化通过翻译对中国的影响更加巨大,不只是催生了新质的文化,还改变了国家的政治经济面貌与命运。

翻译的历史与人类交流的历史一样久远,在丝绸之路上,敦煌就出现过从事翻译的人,政府专门设立了"译语舍人""衙前通引"的职务,掌管使节的接待与语言、文件的翻译。蕃汉、梵汉、回鹘汉、蒙古汉等双语词典就是那个时期出现的。西晋时期,敦煌成了佛经翻译之地,敦煌人竺护法在此翻译了佛经210部394卷,他是佛教传入中国早期译经最多的翻译家。莫高窟的藏经洞发现了五万件文物,译书内容有佛教、摩尼教、景教、道教和儒家典籍,还有天文、历法、历史、地理、民俗、宗族、函状、书信、诗文、辞曲、方言、音韵、游记、文范、杂写等。文字则有汉、吐蕃、回鹘、西夏、蒙古、粟特、突厥、于阗、梵、吐火罗、希伯来、佉卢。这些大量文献形成了当今一门显学——敦煌学。

汉语在欧洲出现始于17世纪,早期西方汉学家莱布尼茨、安德尔斯·穆勒、克里斯蒂安·曼策尔,他们都是博学家,努力寻找着学习汉语的捷径,有的穷其一生寻找汉语入门的简易途径。据查,耶稣会传教士卫匡国1658年在德国慕尼黑出版了第一部拉丁文的《中国古代史》。

中国翻译家翻译西方的文学著作,第一本当属小仲马的《巴黎茶花女遗事》,它是林纾1898年根据朋友的口译翻译的。林纾不懂法文,翻译与原著相差自然很远。到了翻译家伍光建翻译大仲马的《三剑客》,他就比较忠实于原著了,但删节仍然很多。傅雷的出现,使翻译达到了一个高峰,他在1937年翻译的罗曼·罗兰《约翰·克利斯朵夫》在中国知识界产生了广泛影响,罗曼·罗兰在中国的影响甚至超过了在法国。

中国近代启蒙思想家、翻译家严复提出了翻译的"信、雅、达"三原则,也就是忠实、美好、通顺的原则。"信"就是译文要准确无误,要忠实于原文;"雅"是译文要自然优美、生动形象,呈现原文的风格;"达"是译文要通顺畅达。翻译三原则不只是对外文翻译而言的,对古汉语今译也同样适用。"信、雅、达"三原则的提出,给中国的翻译工作树立了一个标杆,影响深远。

20世纪50年代的翻译追求忠实于原著。翻译家们对待翻译是严肃认真的。改革开放后中国迎来了翻译出版的高峰,甚至一些畅销书的译本差不多与原著同步翻译出版。但是,随着市场经济的深入,出现了缩写本、简写本,对原著的忠实程度大打折扣。由于文学翻译报酬极低,出版社为降低成本,追求利润,开始求助于经验不足的大学生。大学生为了挣钱,匆促地翻译,不但不能忠实于原著,还错误百出,于是翻译面临一个现实的困境。

2016年5月下旬,在匈牙利召开的中东欧国家—中国文学论坛,有一个文学翻译论坛,与会者提出了当前国际社会翻译所面临的一些现实问题。中国现在主办这个汉学家文学翻译国际研讨会,这极具意义,非常及时,为翻译家与作家搭建起交流的平台,探讨当前翻译面临的问题,提出三大现实议题,从世界文化特别是文学的交流发展,解决现实的问题与困难,这是一种有益的尝试与探索。

我们知道,越是好的作品个性越是鲜明,翻译家要在另一种完全不同的语言中表现出作家这种鲜明的个性与风格,必须有创造性的书写。因为两种语言的表达方式完全不同,每个民族的文化、思维、趣味、习惯、传统等不同,要以本民族的审美与趣味去诠释另一个民族的,翻译家不仅仅是一个思维转换的过程,还是两种身份、两种体验、两种文化的交替与比较的过程,还必须有像作家一样投入创作的状态。我们说艺术创作有形似与神似,用这个概念来比喻翻译,对应的便是直译与意译。不同语言创造的诗意空间是最难译的,它是只可意会不可言传的东西,特别是汉诗,其意境譬如禅境,与汉字联系紧密,可谓血肉相连。可以说,诗歌的翻译是一种再度创作。因此,翻译家的艺术造诣有时超越了作家。

一个好的翻译家还应该是个"杂家",除了对语言、语法、词汇了解得非常透彻,对各行各业的知识也得有所了解。他不一定是经济学家,但是要了解经济学;他不一定是法学家,但是要对法律了解;他不一定是民俗学家,但对生活习俗应该熟悉。这就是好的翻译家十分稀缺的原因。

但是,对于翻译家,这种创造性也不是无边的。译者首先要尊重原著的价值导向和精神风貌,就小说而言,还必须尊重原著的人物形象与命运,尊重基本的故事框架。这也就是翻译的权利和边界吧。至于全球化背景下文学的地域性、民族性风格追求,如何翻译,如何在另一种完全不同的语言中表现,这是一个巨大的挑战。新的语境下出现的各国新的语言与表达,当所译文字的国家还没有类似的概念出现时,这无疑是一个非常棘手的难题。这些年汉语的变化和扩展巨大,给翻译带来的困难和挑战也同样巨大。唯一可做的是加强沟通,深入实际,像今天这样大家坐到一起共同探讨,特别是作家与翻译家的探讨,对一部文学著作的翻译有着不可替代的重要作用。翻译家希望与作家沟通,作家也期望跟翻译家做朋友,双方携起手来,文学翻译将进入一个新的境界。

文学的力量何在

今天来到匈牙利，与中东欧作家做文学的交流，我深感荣幸。前年(2014年)秋天，在中国作协组织的天津滨海新区国际作家写作营，我曾与来自波兰的诗人保罗·雷克祖、克罗地亚作家马林科·科赛克在一起创作与交流，因此感觉特别亲切。东欧与中国曾经同为社会主义国家，我们有过相似与相近的意识形态与制度，东欧有的国家与中国有过非常友好的外交关系，这些曾给童年的我留下过深刻的印象。上午，华沙大学 Kiss 教授讲到的欧洲中心的概念很有意思，一些东欧地区历史上认为自己是欧洲的中心，从地理概念上来讲的确如此。这里讲的东欧，是一个政治概念，也是一个历史概念。东欧剧变后,(社会)发生了深刻的变化，东欧的概念也随之不断改变。我知道在座的不太喜欢东欧的称谓。

我想告诉大家的是，东欧文学对中国的影响非常深远。早在20世纪初，中国读者就读到了显克维奇、密支凯维奇、裴多菲等作家的作品。这些作品被中国著名作家鲁迅、周作人、周瘦鹃等人译介到中国。五四新文化运动,中国倡导科学与民主,茅盾、巴金、郑振铎、林语堂、胡愈之、施蛰存、冯雪峰等一大批名家译介了莱蒙特、普鲁斯、萨多维亚努、伐佐夫等东欧作家的作品。中国之所以译介这么多的东欧文学作品,正如鲁迅所说,声援弱小民族,鼓舞同胞精神。在中国苦难深重的时刻,东欧文学成了许多中国民众的精神食粮。

新中国成立后,由于与苏联和东欧的特殊关系,东欧作家的作品被译介到中国的就更多了。这一时期翻译的作家作品政治性要求更多一些。到了我出生的20世纪60年代,中国进入"文革"时期,我们这一代只能看到阿尔巴尼亚、罗马尼亚和南斯拉夫的电影了,这是非常遗憾的。改革开放后,中国开始原文直译东欧的文学作品。米兰·昆德兰的作品曾经风靡中国文坛,影响深远,至今仍受追捧。

值得一提的是,2012年,广东花城出版社开始出版"蓝色东欧"译丛,至今已出版四辑。这套丛书是中国重点出版物,有匈牙利作家查特·盖佐的短篇小说精选《遗忘的梦境》,波兰诗人切斯瓦夫·米沃什的诗歌选《第二空间》,亚当·扎加耶夫斯基的随笔《捍卫热情》和诗集《无止境》,有捷克作家弗拉迪斯拉夫·万楚拉的《无常的夏天》,有阿尔巴尼亚作家伊斯梅尔·卡达莱的《谁带回了杜伦迪娜》《耻辱龛》《三孔桥》等等。这套丛书,我们今天带到了会场。

现在,中国读者熟悉的东欧作家有匈牙利的凯尔泰斯·伊姆莱和艾斯特哈兹·彼得,捷克的雅罗斯拉夫·哈谢克、博胡米尔·赫拉巴尔、米兰·昆德拉、伊凡·克里玛和阿尔诺什特·卢斯蒂格,波兰的维托尔德·贡布罗维奇、布鲁诺·舒尔茨和切斯瓦尔·米沃什,立陶宛的托马斯·温茨洛瓦,罗马尼亚的埃米尔·米歇尔·齐奥朗和米尔恰·埃里亚德,阿尔巴尼亚的伊斯梅尔·卡达莱,等等。

今年 3 月 31 日,全球文坛都关注到了一个重要作家的离去,那就是匈牙利的犹太作家凯尔泰斯·伊姆莱。这位八十六岁的诺贝尔文学奖得主一生都在写作纳粹集中营的题材,在他的眼里奥斯维辛无处不在,大屠杀从来就有,也还会发生。他所忧虑的是未来,而不是过去。瑞典文学院在宣布作家获奖理由时,认为对作者而言"奥斯维辛并不是一个例外事件,而是现代历史中有关人类堕落的最后的真实"。凯尔泰斯认为,人类在战争之上建起和平的废墟,是个没有铁丝网的集中营。凯尔泰斯的故事便是死亡的故事。他所有的作品都诞生于一个匈牙利犹太少年的死亡。他通过一次次写作推迟着死期。

从凯尔泰斯·伊姆莱看匈牙利作家的写作,他们都背负着沉重的民族屈辱感,特别是两次世界大战被划出匈牙利的作家,他们有着自我身份认同的焦虑,很多人只有在写作中释放内心的压力。譬如德拉古曼·久尔吉,对第二次世界大战、《特里亚农条约》、专治统治、艺术自由等问题,他的《白色国王》通过儿童的视角来观察、描述集权政府制造的恐惧与苦难。基什·诺艾米的《瘦弱的天使》展示匈牙利在改制前后的社会矛盾,女主人公被国家改制的快车裹挟着滚入了命运的洪流中。丹尼·佐尔丹的《清道夫》写了一个匈牙利人卷入了南斯拉夫战争,邪恶的战争将他嚼碎,啐吐在地,迫使他奋起反抗,但他再也逃不开战争的魔掌,长期生活在战争阴影之下,作家探讨的是人类能否从环境中解脱的问题。

去年夏天,匈牙利吸引了全球目光,作为从亚洲前往西欧的交通要道,匈牙利成为大多数叙利亚和阿富汗难民的中转站,于是,移民文学成为热点,绝大多数从周边国家移入匈牙利的作家没有经历过文化休克的过程,一部分青年作家开始逐渐将自己的移民经历与匈牙利当代社会现实结合,表现了时代性。

从匈牙利看东欧,东欧作家的创作也有其鲜明的特性。东欧的成员国都是些弱小的国家,历史上曾经不断遭受侵略、瓜分、吞并和异族统治,充满动荡与迁徙,都曾经把民族复兴当作最高目标,19世纪末和20世纪初相继获得独立或得到统一,饱经风雨和磨难。正是这样的历史造就了东欧作家强烈的社会责任感。譬如波兰文学,它以苦难、反抗、追求自由和解放,民族意识与爱国主义为文学主题,作家们有着民族代言人的使命感;捷克作家则以哈谢克、卡夫卡为传统,作品充满了对现实的幽默与讽喻;保加利亚作家有强烈的民族意识与干预意识,采取了批判现实主义的写作方法;阿尔巴尼亚则以反法西斯文学而影响一方。

苏联体制时期,东欧出现了萨米亚特(Samizdat)写作。在20世纪50年代,波兰作家斯坦尼斯罗·雷蒙写的科幻小说成了这一写作的一个隐喻,他们反对暴力镇压和言论钳制,要求回归自由的思考与写作。萨米亚特写作影响了东欧的历史。

由于中国与东欧命运相似,我们遭受了西方列强的侵略,沦为半殖民地半封建社会的国家。中国文人有修身齐家治国平天下的普遍理想,有忧国忧民的文学传统,在国家、民族危难关头,不只是我笔写我心,还挺身而出,为民族、为国家勇于担当。晚清的文人中不缺仁人志士。

五四新文化运动,高扬民主与科学的大旗,许多作家以文学启蒙大众,改造社会。鲁迅认为"文艺是国民精神所发的光,同时也是引导国民精神前进的灯火",因此,他弃医从文,要唤醒"在铁屋子里沉睡的人们"。抗日战争爆发,中国人民遭受了世界上罕有的战争灾难,作家们以笔为枪,为民族救亡鼓与呼。抗战文学的书写一直延续到了今天。

中国实行改革开放后,出现了新时期文学,作家们仍然承接了五四启蒙运动精神,反思极"左",信奉实践是检验真理的唯一标准,高扬理想主义的旗帜。作家们有着强烈的社会参与意识、社会责任感。

可以说,东欧与中国文学,因为国家特殊的历史命运,使命感与责任意识成为一种文学传统。这既成就了我们的文学,也从某些方面带来了限制。

随着市场经济的深入、全球化影响的加深,中国的变化越来越大、越来越快,未来越来越充满变化。一个人既生活在现在,也生活在未来,人如果失去对未来的想象与期望,将变得焦灼不安,无心生活。我们憧憬并欢呼过全球化,我们享受了不断提速的交通与通信,但我们的生活感受却并没有因此而变得美好。如果要为这个时代找出一个词语,我认为非"更新换代"莫属,它是激烈竞争的产物,已成为当今世界的魔咒,像电器、软件、电脑、手机,更新之快,如滚石下山,它具有裹挟一切的力量,让生活翻滚、眩晕、惶恐不安,捎带歇斯底里。我们的价值观、伦理观、生活方式亦如万花筒式般呈现,促成代际差别,从十年缩短到五年、三年一代。

作家们像手工艺者面对机器时代一样失落。中国作家的写作出现了很大的变化,在我写作的这二十余年里,文学的视角从宏大叙事的国家主义、集体主义滑向了私人生活、身体……人类与自然和谐相处的时代也因工业文明结束了,诗意的充满灵性与神性的自然,如水一样从文字的石缝间漏落。那种对自然崇敬而富诗意的描述与发现,不再激发语言的潜能与它无穷的可能,自然与人类精神相通而升华出的审美境界——中国艺术最高之境天人合一——随之远去。我们正从这个世界的广大走向狭小,欲望化的叙事像洪流一样淹过了这个世界无尽的丰富。

但是,看看当今的世界,危机比以往更加严峻。可以无数次毁灭地球的核武器、威力越来越巨大的导弹,与反导系统相互对峙,构成了这个世界的表征。我们生活在导弹的丛林,却对危险习以为常。后冷战时期,国际局势愈加动荡不宁,我们还没解开乌克兰坠机之谜,地中海被冲上海岸的孩子的尸体又带来了叙利亚难民的伤痛。朝鲜的核试验、韩美的大规模军事演习、一些域外国家在南海的武力威胁、四处出现的恐怖袭击,还没有哪个时代出现过这么多针对平民的以死相害的自杀式袭击。后殖民时代,帝国主义换上了新装,强权霸权欲掩还休,一些国家强加于人的喜好与传统,正把世界引入纷争与混乱,造成众多的人道灾难;政客们只为自己的权力之路振振有词,血色资本在荒岛之上,以奴役囚禁劳工的方式榨取血汗钱;新干涉主义,气候变化,环境污染,新的传染性疾病……21世纪人类面临的挑战一点也不比过去少。

作家们的社会责任感却在衰退之中,他们无力或不愿看见这个世界,文学只是自己精神幻想的替代品,甚至只是商品、工具。如果作家失去了对世界的关注与思考,失去了社会责任感,这个世界失去的将是重建社会价值体系、构筑人类精神家园,以及对世界公平正义秩序维护的重要力量,文学的光亮将因此而黯淡。

应该说,有责任有担当的作家仍然在发声,他们是这个世界的良知,是照亮时代前行的灯火。中国有不少作家在关注现实,有写底层民众疾苦的,譬如广东的打工文学;有写现代化进程中城市对于农村的侵蚀的,这一题材出现了很多非虚构作品;有关注医患关系、迁徙、教育等问题,关注现代人命运的;有表现与反思历史与现实的……一批厚重之作在国内受到读者的重视,也得到了国际社会的关注。

我本人由散文进入长篇小说写作时,一直在思考人类的文明与文明的走向,思考人原始的本性,思考人性与社会发展方向的关系,人类社会的进程如何摆脱欲望控制走向理智控制……这时我们需要往回看,守旧也许才是我们这个时代真正的先锋。我的长篇小说《连尔居》就是一次往回看的写作。往回看是为了更好地看清当下。

去年是纪念世界反法西斯战争胜利七十周年,中国于9月3日举行了隆重的纪念仪式。十四年抗战,中国军民伤亡三千五百多万人。在我老家营田,1939年9月23日发生了大屠杀,史称"营田惨案"。七十年过去了,我在日本采访,很少有人明白日本侵华战争的性质与真相,知道的也不愿提及,甚至极力掩饰、篡改,加之安倍政权强行推动新安保法案,意在推翻和平宪法,这引起了国际社会对日本重走军国主义之路的疑虑。

战争并没有走远,当年惨案的幸存者还在,他们的诉说把我带回灾难现场,但周围的人已经遗忘了战争的残酷。正是基于对和平的渴望与维护,对战争真相与罪恶的揭示,我穷十四年努力,创作了长篇小说《己卯年雨雪》,它以真实战争下普通人悲惨的命运与无尽的哀伤来唤醒战争记忆,以此呼唤和捍卫和平。

历史不容忘记,我们牢记历史,不是为了记住仇恨,而是为了记住罪恶,是为了现实世界不再迷失方向;历史问题不容和解,和解就意味着背叛,但现实需要和解,和解是为了避免重蹈覆辙,是为了不再生活在仇恨之中。《己卯年雨雪》年初出版后,引发了一个事件:3月28日,在小说故事原型地湖南湘阴"长沙会战"旧战场,当年抗战的中国老战士、侵华日军士兵及其家属、"营田惨案"幸存者坐到了一起,举行了名为"只求灵魂安息,悲剧不再重演"的恳谈会、营田百骨塔祭祀会和樱花树中日友好和平祈愿会。一场迟到了七十七年的祭祀得以举行。这是自抗战爆发以来,中日老兵第一次坐到一起,共同反省战争、祭祀死难者、祈愿和平,实现了跨越时空、跨越时代的零距离对话。这就是一部小说的力量,也是小说所达成的现实与历史的意义。

  世界从来没有像现在这样紧密相连,也从来没有像现在这样利益攸关、矛盾与冲突如此繁多。邪恶与善和美的较量从来就不会终结,恶的时代是人为制造的,美的时代也是人类所创造的,人类社会的美好未来需要作家去想象、启蒙、推动与创造,这是作家存在的价值,也是文学的力量所在。我们精神的心灵的世界塑形于我们民族的传统,我们皈依于她,也从她身上获得出发的力量。当社会迷失的时候,作为人类文明的看护者,作家不可以迷失。这缘于一份责任,也缘于爱。

人文湾区的诗意栖居

粤港澳大湾区的人文精神非常深厚，既有古代悠久的历史文化，也有近现代的文明转型与今天的改革开放，它以其鲜明的海洋文化特征，形成了不同于内陆的具有包容开放、多元共生的文化性格和开放进取的人文精神，为湾区留下了十分丰富的历史文化遗产。

探寻古代海上丝绸之路，可以看到两千多年前阿拉伯人从阿拉伯海、红海出发，进入印度洋，一直航行到南海的珠江口。中国人、马来人、印度人、波斯人、阿拉伯人、东非人，追随着季风，挂起风帆远航。他们拥有世界上最先进的航海技术与最庞大的贸易网。那些远航的大船，被中国人称为"南蛮舶""南海舶""西域舶""昆仑舶""波罗舶"，最常叫的是"波斯舶"。在西方地理大发现之前，一个以印度洋为中心的世界体系运行了一千多年。世界历史并非始自航海地理大发现，那只是欧洲的视角。中国丝绸是印度洋体系的纽带。宋元后则是瓷器。两宋时期，中国人开始建造大型船舶，航海、造船、贸易，规模超过了阿拉伯世界。明代郑和七下西洋,震惊了海内外。中国船舶开始垄断中国至印度的航运……

摩洛哥的伊本·白图泰,公元 1346 年来到中国,他到达了广州。他在《伊本·白图泰游记》中,写到了泉州和广州制造的大船,"有十帆,至少是三帆。帆是用藤篾编织的,其状如席",大船上有水手六百名,战士四百名,"船上造有甲板四层……官舱的住室附有厕所,并有门锁","在木槽内种植蔬菜鲜姜"。

2016 年,我到了约旦商队城镇佩特拉(Petra),它是一座公元前 1 世纪的古城,两百年前被瑞士人发现。奈伯特(Nabatean)人将这座古城建在沙漠与撒哈拉山脉深处。这里是一条重要的贸易通道,它连接的正是罗马帝国通往岭南的海上丝绸之路。佩特拉当时十分繁盛,丝绸、乳香、药材和香料由商队运抵这里。地中海与中国交易的唯有金币,奈伯特人因此手中握有大量黄金。后来,佩特拉的命运也受到了中国的影响。

广州黄埔港一千四百多年前建起了一座南海神庙,庙内有一尊黑人泥塑像,他身穿中国官服,手搭凉棚,双眼圆睁,眺望着远方。他名叫达奚,一千多年前随商船来到广州,在祭拜海神时,他乘的船开走了。因为思乡,他立化在海边。人们将其厚葬,又感念他带来了波罗树,在庙内塑像纪念,并封他为达奚司空。这座庙从此也叫波罗庙。广东阳江打捞出的南宋沉船"南海一号",船上有一根粗大的金腰带和一个金戒指,形状都是阿拉伯风格。船主可能是一个高大的阿拉伯商人。

阿拉伯人、黑人早在唐代就已错把他乡当故乡,那时定居广州的"番客"人数达到十万之众。他们经商,兴办"番学",学习中国文化,"与华人错居,相婚嫁,多占田,营第舍","或取科第",落籍广州,史书称为"住唐"。伊斯兰教圣人穆罕默德派门徒四人来华传教,大贤赛义德·艾比宛葛素于唐贞观初年抵达广州,建造了怀圣寺与光塔。他归真后葬于广州清真先贤墓。南越王博物馆出土了西汉时期的波斯银盒、四连体铜熏炉、玻璃碗、玛瑙水晶串珠、古威尼斯钱币等。

海洋对岭南的影响巨大而深远!这里,我提出一个"**广东人的太平洋**"概念,这不只是太平洋上繁忙的商贸,不只是郑和下西洋的壮举,不只是郑芝龙、郑成功父子船舰对于南海的掌控,他们甚至击败过荷兰的无敌舰队,更有民间的航海壮举!早在19世纪50年代或者更早,广东海上疍家人就完成了横渡太平洋的壮举,七条红色大眼鸡渔船,沿着洋流,从广东航行到了美洲西海岸的加利福尼亚。那时,这条海岸还属于墨西哥。也许,古代扶桑指的就是美洲大陆。当1848年1月加利福尼亚发现金矿,2月就有广东人两男一女到达那里。香港是各国轮船的码头。广东人作为修建美国太平洋铁路的重要劳工,参加了横跨太平洋与大西洋的铁路修建。这条改变美国的巨大工程,缘于与中国的贸易,太平洋铁路开通的第一列货车运送的就是来自中国的茶叶,也有赖于广州十三行美国商人的投资。世界大历史中都有广东人的身影。

粤港澳大湾区有加拿大村、巴西村、牙买加村、哥斯达黎加村、洪都拉斯村、巴拿马村,这些整村移民出国的村庄遍布湾区,有一个村移民去了十四个国家。2016年,我参加开平市风采华侨中学三十周年校庆,这是一个华侨办的学校。校庆时高墙上挂的条幅是"世界凤伦堂",代表的是全世界的司徒氏华侨,他们来自世界各地。两天时间,我都跟他们在一起,有的是我去美国洛杉矶、旧金山采访过的华侨。我正在写一部华侨题材的长篇小说,深入华侨的生活,越深入,越觉得这里的历史独特,它连接的是一部世界近现代史。在赤坎镇过得就是一种全球化的生活。

粤港澳大湾区是太平洋的湾区,我们的历史恰恰缺少以海洋的视角来观照岭南。海洋文化没有作为重要特点得到彰显。譬如从文学来讲,我们都知道边塞诗,广东同样有非常重要的海洋诗。汉代诗人扬雄的诗歌《交州箴》记录了汉朝与中南半岛上的越裳国交往历史,与《汉书·地理志》关于汉武帝派遣译使出使黄支国的记载相印证。六朝时期,南海人张贾、晋人冯融、南朝侯安都均以善诗著名,开"吾粤风雅之先",尤其是出现一批笔记性质的地方文献,记载岭南与南海诸国的海洋交通、海洋物产、海国民俗等,如《临海水土记》记载"金邻"即扶南国(今柬埔寨)。

海上丝绸之路到了唐代,其繁荣景象无法想象,一大批诗人创作了与此相关的诗歌,如张九龄的《望月怀远》、杜甫的《送重表侄王砅评事使南海》、张籍的《昆仑儿》、元稹的《送岭南崔侍御》、刘禹锡的《南海马大夫远示著述》、白居易的《送客春游岭南二十韵》等等。还有宋元时期的杨万里、意大利旅行家鄂多立克、摩洛哥的伊本·白图泰、明清时期的汤显祖等等。边塞诗写的西部大漠、草原生活,尤其是军旅诗特别感人。大洋诗写的是海疆、海上丝路与海外风情,别具一格。作者既有广东本土的文人,也有内地的,还有外国作者。阿拉伯世界名著《一千零一夜》关于辛巴达历险记的篇章,是当时阿拉伯航海家经历千辛万苦,从海路航行至唐朝的写照。9—10世纪阿拉伯商人苏莱曼的《中国印度见闻录》记录了他在印度、中国的旅程,其中对广州社会经济状况特别是海外贸易的记载,成为中古时代中国与阿拉伯世界海路交流的不可多得的重要资料。从汉代到现在有关海洋的文学现象与文学作品,有诗词、歌赋、戏曲、散文、笔记、碑文、小说、传说等等。

香港、澳门把英国、葡萄牙的文学融合到了大湾区里。贾梅士这位葡萄牙文学史上最有名望的诗人,曾在澳门工作和生活,创作了代表作《葡国魂》,这无疑对澳门有着重要影响。大湾区的历史、文学是东方最早带有全球性的,是中西自然融合并产生了历史演变与传承。

可惜岭南的历史记载非常不完整,甚至遭到严重忽视。没有历史就没有人文的根基,没有传统就没有文明。优秀传统文化是一个民族的来路,是民族之魂,是我们精神的皈依,它代表了民族文化的特质与文化立场。我们要学客家人一样,守住自己中原文化的根,正是传统之根让一个迁徙中广布四海的人群凝聚为民系。

岭南文化是原生性文化,其源头来自农业文化和海洋文化。本地文化吸纳和融汇中原文化、海外文化,形成务实、开放、兼容、敢为人先(创新)的特点。大湾区主体文化是广府文化。共同的历史与民系造就了大湾区人文元素的同质性、中西文化的融合性和创新引领性,孕育了深厚的人文精神。粤港澳近现代历史与体制的不同,又造成了文化的差异性。从洪秀全的金田起义、康梁变法、何子渊的教育革新到孙中山领导的民主革命,湾区充满了超越"传统导向"的进取精神。尤其是孙中山的"三民主义",充满了人文精神。自由、平等、博爱成为一个时代的精神风貌。湾区人一次又一次改变国家因循和传统的革命：太平天国、辛亥革命、二次革命、护国运动、北伐战争……这一切皆因海洋而兴，每一次革命都是人文精神的一次进步。改革开放新时代，革新意识、商业意识、务实意识和平民意识，特别是市民文化显著。

人文精神强调人的主体性，尊重人的价值，关心人的利益。远在春秋时期中国人就具有人文精神，人本理念一以贯之。西方从文艺复兴、法国启蒙运动到美国的《独立宣言》和法国的《人权宣言》，再到联合国的两个人权宣言，人在社会中的地位以及社会本身发生了根本改变。人从过去的工具人、经济人，发展到现代的社会人、文化人。人的价值得到充分承认，人与人的相互交流与认同得到更好的实现，自信、平等和价值感等现代国民素质得到更广泛的提升。

大湾区背景下，高科技发展中，我们要高度关注人。个人是渺小的，竞争压力、生存压力有增无减，人的价值必须得到尊重，人的主体性更须突出。我们要追求一种诗意的栖居。我们不必艳羡西方的物质文明，而鄙薄我们更高层级的精神文明。我们需要警惕商业文化、生产文化无节制的漫延和泛滥，不能听任资本力量的左右，警惕把人变成经济动物的环境生成。我们要创造更加符合人性的更高级的文明。我们应有海洋一样的胸襟，有大海浪花一样绽放的自由,激发出人性的美和善,在审美、人格精神向度上不断提升。因而,精英文化不应受到排斥,相反,它应该成为大众文化的引领。只有它才能打造湾区的文化精品,塑造和丰富湾区的人文精神内涵。大湾区的全面进步,需要人文精神作为深层次的动力支撑。国际一流大湾区的现代文明也应是世界一流的,譬如纽约大湾区是世界知名的艺术中心,百老汇大街、大都会博物馆、大都会歌剧院等享誉世界。

  我们应该挖掘这片土地深厚的人文与历史,使之融合、新生,让民主法治、自由平等、公平正义、多元包容等人类现代文明的价值观念和社会形态成为湾区的核心要素。通过我们的努力,我相信,一个国际一流的具有浓郁岭南特色的人文湾区一定会出现在世人面前!

游荡的江湖

游荡的江湖

钟祥、宜城、襄阳、谷城、老河口……逆汉水往西北方向,被春秋战国、三国战火照亮过的地名,古老又陌生。眼前庄稼的绿与湖水的蓝交织成平原,轮盘一样旋转起沟渠、稻田与千篇一律的村庄,似乎与历史毫无关联。现在就是现在,过去就是过去了,烟云消散的岁月比记忆模糊。我眼里的用红砖红瓦缺乏匠心与耐心砌出的房屋,挤到了路边上,它们粗糙狼犺,就跟无趣的生活一样。

汽车长时间的奔驰开始让人困倦。

汉水出现,它的蓝比天空深。平坦的河床从车窗一闪而过或是相伴而行,让人精神为之一振——睁大眼睛扫过波光粼粼的江面。夏天猛烈的阳光穿透了江水,如此清亮的大江大河之水已经罕有。《诗经》中"汉之广矣,不可泳思!江之永矣,不可方思",一个砍柴男子如此热恋汉水上游的女子,多美的情意啊!只有这样清亮的河流才配得上。当年王维一望汉水就醉了:"襄阳好风日,留醉与山翁。"难得汉水依然清流如许,不由得令人欣慰,继而心疼。

这条叫作"汉"的河流,大禹治水的年代就这么叫了,远古时曾叫沔水。那时它流入云梦泽。云梦泽消逝了,它却仍然在大地上流淌。司马迁《史记》记叙"夏"的一文里,它与"江"并列。这"江"当指长江。我故土上的先民数千年前沿着汉水进入长江,再入洞庭湖,上溯汨罗江。汉水便是一条遥远迁徙之路的起端。它的源头直抵秦岭山脉深处。

在汉水两岸行走,漫想着"汉朝""汉文化""汉语",我并不知道屈原第一次流放也是沿着这条河流逆江而上的,他涉过丹江口,一直走到了上游的郧县。我走的竟与他是同一条路线。那时,长江与汉水连通,古云梦泽已经开始干涸,楚国都城郢有一条长江的分支流入汉水,屈原就是从现今汉口的上游进入汉水的。

先人的足迹于江河之上风踪云影,逝如烟波。屈原那些直抒内心煎熬的文字并不记叙沿途的风景与人事,后来者永远无法想象那样流放的旅程是怎样的情形。

我对楚地江湖探究的愿望并非一时兴起,仿佛自己的血脉中就埋伏着这样的江湖。长江庞大的水系是一个巨大的谜团,在它边上生长的日日夜夜,面对浩渺中一江窄窄的波涛——根系之上的一条须脉——汨罗江,想象有如夏草一样葳蕤。

江湖变迁,历史兴替,都在这水与土的沧海桑田里隐匿、埋藏。幼年的渴望,是一种怎样的按捺,才在阔别的岁月里变得混沌,淡漠了心灵的渴求。这一次,我与水利专家结伴,绕着荆楚大地的江河竟然走了一个大圈,又是怎样的机缘,仿佛青春悸动的岁月。

炎炎夏日,先是汉水,然后从丹江口水库这个南水北调的水源地,经武当山,南下宜昌。楚国的铁骑曾从这里北上中原。这时,鄂西的田地夏季里还在插秧,浑黄的泥水里弯腰的人影牢牢牵住我的视线,陌生的山间平地,曾经亲历的劳作——少年时期以为这就是一生的生活。从三峡大坝沿长江而下,回到汉水与长江交汇的汉口,回到崔颢的"晴川历历汉阳树"的黄鹤楼,见到送我出行的人。

长江荆江段,松滋河、虎渡河、藕池河、调弦河,四条南下的河流将滚滚长江水汇入了洞庭湖。那天上午,站在公安荆江分洪区进洪闸上,看着远处江滩上耕种的人影、丢弃在耕地上的农具,我还在为这四条河流惊讶——想不到长江水如此直入洞庭,我童年眼里的湖水竟然来自这里。薄雾里,我想象着大洪水,长江水吞没一切,从脚下的闸口涌入公安县境内,只有县城的高地供人栖身。六十年前,这个九百二十平方公里的蓄洪区,几十万人肩挑手提才筑起。关羽当年踏足这片土地,洪水可是如此泛滥?

出长江三峡便是秭归,屈原故里。进屈原祠祭拜。新砌的祠,有弧形弯曲的雪白山墙,一重叠着一重。它三次搬迁,最后从江北迁到了江南,面对着茫茫一片水域。远处的三峡大坝像是一条湖堤,水下的山峰与树木被波涛抹成了平镜,映照着空荡的天际。

汛期就要来临了。三峡大坝开启,放水蓄洪,雷鸣般的水柱射向低低的江面。大江大河与山峰悬崖一般的大坝,大尺度大比例,让人不知道它有多高,只知道两岸山岭变得低矮,那掀起的巨浪也如溪流冲击的水波一样,并无二致。水的巨大能量通过两岸铁架上的电缆瞬间一闪就到了沿海的都市。

与屈原第二次流放的路线重合,我也从荆州楚国的都城郢出发,一路沿着长江东行。我想着这位时运不济的三闾大夫,本与我共一个祖先,屈姓是熊姓的分支。熊姓的楚王世袭了四十三代,八百年的江山最后被秦吞并。而熊氏后人并未远徙他乡,仍在楚国腹地荆州、岳阳、南昌一带繁衍生息。这三个地方成了熊姓的郡望之地。

屈原这一次沿长江而下,过了含鄱口,到达陵阳。陵阳现为安徽青阳的一座古镇,位于九华山下。数年后,屈原回返,进入洞庭湖,逆沅水,从枉陼、长阳到溆浦,再回到洞庭,最后落脚于汨罗江。当我游九华山,过陵阳古镇,再回到老家汨罗江洞庭湖入口的磊石山,这样巧合的行程让我深感讶异。就像端午节屈原汨罗江投江,我端午节汨罗江边出生一样,重重的巧合让我对这位两千二百多年前的诗人产生了绵绵联想。他走过的地方是天下最浩大的水域,是江湖水泽浮起的楚文化的核心地区。我惊叹天地间的一帆一棹,在如此浩渺的水面远行,那是多么渺茫又孤寂的行程!"路漫漫其修远兮"指的竟是一条条水路。

那时,洞庭湖开始壮大,云梦泽缩得很小,它们在长江的一南一北彼长此消。松滋河、虎渡河、藕池河、调弦河这些新的河流还没有出现。它们中最晚的要两千年后才形成。我从江汉平原的荆州、江陵、公安、监利、仙桃走过,这个有千湖之称的地区就是云梦泽的中央了,水波已在天空做了飘动的云影,云梦泽只能从一个个小湖泊去猜想了。古人"伤心云梦泽,岁岁作桑田"的慨叹,在我也是如此切肤的感受。

这是一片多么神秘而又变幻莫测的水域!司马迁《史记·夏本纪》写到大禹治水时,天下被划作九州,其中的第六州荆州当指这片土地。那时的云梦泽分为云、梦两大湖。洞庭湖不过是一块沉降中的平原。按司马迁所记,荆州位于荆山到衡山的南面。这里属长江、汉水流域,有众多的河流湖泊,是一个水的世界、鸟的世界。沱水、涔水是大的支流,与汉水相通。云泽、梦泽是巨大的湖。大禹让沱水、涔水如汉水游荡不已的河流有了自己固定的河道。

多少人多少年的奋斗,沱水、涔水疏导好了,云泽、梦泽也治理好了。大禹定下荆州的土质为下中,即第八等,赋税却定为上下,即第三等。进贡的物品琳琅满目,有羽毛、旄牛尾、象牙、皮革、三色铜,以及椿木、柘木、桧木、柏木,还有粗细磨石,可做箭头的砮石、丹砂,特别是可做箭杆的箘簵和楛木,这是汉水附近三个诸侯国进贡的最有名的特产。此外,还有装在匣子里的包裹着的供祭祀时滤酒用的青茅,用竹筐盛着的彩色布帛,以及穿珠子用的丝带。那时,这里有如此多的参天古木,甚至还有大象、巨龟。九江出产的巨龟也被用来进贡。不知道这么大的龟是用来吃还是用于祭祀?从后来中国人对于龟的态度判断,极有可能是把它当作神物,进行祭祀。进贡的水路经由长江、沱水、涔水、汉水,要转行一段陆路,然后再进入黄河流域的洛水,转入南河……

这是四千多年前的山河写照。江湖的变迁远比想象的快和巨大,沱水、涔水、云梦泽消失了。而《汉书·禹贡》《周礼·职方》《尔雅》《汉书·地理志》《水经》这些古代地理书均无记载的洞庭湖,从它出现到消失,仿佛也只是一瞬间。大地上的沧海桑田就如麻姑的一次神仙聚会,她看到东海三次变成了桑田。面对造化,人生又何谈漫长二字!

  三峡大坝展览馆展出了五幅洞庭湖的图片,时间分别为清初、清末、20世纪二三十年代、20世纪50年代、20世纪70年代。蓝色的洞庭湖在清初就像一只肥硕的母鸡,整个水域连成一片,长江有两条支流南流入湖,这是洞庭湖最浩大的时期;清末,洞庭湖像打碎的瓷器,主体部分像一个蝙蝠,两翼一边是东洞庭湖,一边是南洞庭湖,还有后面一条尾巴似的西洞庭湖,有四条河流连到了西洞庭湖;20世纪二三十年代,那些散落的碎片开始消失,西洞庭湖的"尾巴"没有了,南洞庭湖成了一地碎片,蝙蝠只余东洞庭湖的一翼,西北密布的河流如同蛛网;20世纪50年代,它缩得像一条支离破碎的龙;20世纪70年代,干涸得近似于日文的平假名"ご"。作为一个浩荡的湖泊,洞庭湖其实已经消失了!它变成了一个季节湖。

  面对这样惊人的对比,我开始伏身文字的海洋,寻觅着洞庭湖兴衰的历程:早期的洞庭湖只是君山岛的一片水域,正如20世纪二三十年代蝙蝠之一翼。君山古称"洞庭山",洞庭湖的名字应该就来源于它了。《山海经》中写道:"又东南一百二十里,曰洞庭之山……帝之二女居之,是常游于江渊,澧、沅之风,交潇湘之渊,是在九江之间,出入必以飘风暴雨。"这里的"帝之二女"便是娥皇与女英。

公元初至西晋,洞庭湖区还是河网切割的平原地貌,湖泊达到了两百六十平方公里,它与清时六千三百平方公里的湖面相比,实在太小了。屈原流放,两次横渡洞庭湖,那时湖面还要小。

到了唐代,襄阳的诗人孟浩然在《望洞庭湖赠张丞相》一诗中写道:"八月湖水平,涵虚混太清。气蒸云梦泽,波撼岳阳城。"洞庭湖开始变得浩荡无垠,以至于诗人把它与云梦泽搞混了。随后由川入湘的诗人杜甫写下了:"昔闻洞庭水,今上岳阳楼。吴楚东南坼,乾坤日夜浮……"

宋代,诞生了范仲淹的千古名文《岳阳楼记》,在他的想象里,洞庭湖"衔远山,吞长江,浩浩汤汤,横无际涯……"这个七岁曾横渡过洞庭湖的北宋名臣,因滕子京的一座楼催生出了散文名篇。三国鲁肃的阅兵楼从此变成了天下第一座观景楼。

这时,长江以北的云梦泽已经被泥沙淤积萎缩了,荆江段的内陆三角洲不断扩展。长江水位抬高,东晋、南朝时,江水开始倒灌洞庭湖。荆江江陵河段北岸修固堤坝,汹涌咆哮的长江水奔向南岸,洪水穿越沉降中的华容地区,进入下沉中的洞庭湖区。北魏郦道元作《水经注》时,这片河网切割的平原景观已经改变,一个烟波浩渺的大湖出现了。湘、资、沅、澧注入洞庭,"湖水广圆五百余里,日月若出没于其中"。

江北的云梦泽演变成了江汉大平原,小湖泊星罗棋布。

然而,洞庭湖在快速淤积,长江河床抬高,江汉平原地势已经低于长江。一个新的云梦泽地理又在生成。

洞庭湖区湖民纷纷抢夺浮出水面的洲渚,他们围垦出一个个垸子。湖洲土质细腻、肥沃,撒下种子就能长庄稼。新垦的洲土不需缴纳赋税,不仅可以收取田、土之获,还可得到芦、渔之利。于是,逐利的纷争接踵而来,械斗经常发生。清末,龙阳、华容两县交界处设立"龙华司""南洲垦务局",专门办理洲土围垦、征收赋税。为防止械斗,政府派兵驻扎。官府腐败成风,他们以"裕库入、辟税源"的堂皇理由,滥发开垦洲土的证照,拥有证照者大多是军阀政客、富商巨贾、土豪劣绅、流氓恶棍,他们用飞照、罩照、重照争夺洲土,洞庭湖区一时成了冒险家的乐园……

我出生在汨罗江尾闾的一个大垸。"大跃进"年代,这里围湖造田,建起一个国营屈原农场。西大堤上,可以眺望松滋河、虎渡河、藕池河、调弦河流来的长江之水,大堤下烟波浩渺的湖面叫作横岭湖,长江之水与湘江、资水、汨罗江的水在此汇合,向着下游岳阳城陵矶洞庭湖长江入口流去。滔天的波浪是夏天最恒常的景象。这是一个惊魂的季节。每年太平洋裹挟巨量雨水的季候风吹到长江流域,阻滞于秦岭山脉,天空中降下豪雨,把每一年的夏季都变为汛期。

在汨罗江畔黑如岭上,我寻访屈原的十二座疑冢。当年他怀沙自沉汨罗江,渔民将他尸首打捞上来后,埋葬于此。从张家墩穿过京广线下的隧道,一个山谷两边的山坡上,耸起几座巨坟,酷日之下,荒草狂生。野地里的碧与绿,一个在天上,一个在地上,只有热风穿行其间,我闻得到江水的气息。我将此行的终点选择在这条山谷,是缘于这一次行走暗合于诗人流放的路线,这种奇巧迎合了冥冥命运里某种暗示的力量。我寻觅屈原的归葬地,不只是对他的悼念,也是对岁月对沧桑江湖的一种追祭、缅怀,对故楚和先祖的追悼。我要寻到一种久远的死亡——两千多年的死亡,这死亡之上有过多少梦幻的烟云呀。唯有这十二座土丘风一样宁静,这宁静渗透了无边的岁月。

楚地江河,我依然无法穷尽。它们是大地的血脉,在每一座山岭每一片平原上奔流,孕育着世间的生命。江湖漫漶,山河变迁,改写着人类的历史与文化。前人与后人走过的江河同又不同。江湖之路飘摇不止,江湖之忧,永无穷期。从大禹治水到高峡出平湖,世间之变无以形容。沧海桑田的演绎,却像劫数一般穿透了漫漫时空。

我在北面山坡一座巨坟前跪下,在萋萋荒草上叩首。松林上空传来阵阵钟声,这是黑如岭东面普德观撞响的铜钟。这座清时的道观,金灿灿的琉璃屋脊与飞檐重相垒砌,恍若浮于丘陵之上。道观东面的一座屈原大坟,孤零零地筑于高坡之端。我这一跪,既是跪给诗人屈原,也是跪给这片土地,跪给白云苍狗的岁月,跪给由汉水到汨罗江所走过的楚地江河——这些我的祖先们啣饮过的江河水,它们都是我的母亲河,都在我的身体里面汇集着、涌动着。

海中靠岸的城市

　　南方与北方的分野一直令我好奇。譬如说气候,极端的南北方差异当然明显,北方干冷,零下几十度是常有的事;南方湿冷,温度最冷也就零下几度,可寒冷的感受却一点不比北方好受,有的北方人反倒会说受不了南方的冷,关键原因在于它的湿。我从人们御寒的方式找到南北方分野,那就是北方有炕。房屋低矮,窗户小,再加出檐短,出檐短是因为北方雨水少,从房屋就能分出南北方。

　　植物呢,我曾留意过水稻与小麦的过渡地带,小麦是北方最主要的农作物,小麦与水稻交替的地方也就是南北方的分野,我在河南几乎同时看到水稻与小麦交织的地带,低矮小窗户的房屋同步出现。后来,我又注意到了杨树与槐树,这是北方的树木,杨树又高又直,树干泛白,风一吹树叶如同鼓掌哗啦啦作响,它在北方大量种植,但它往南越过了小麦的纬度,在湖北,我第一次注意到它生长到了靠近长江北岸的地方。

　　在江淮平原上驱车,几乎与北方一样,四野如举的绿色几乎都是高挺的杨树。我似乎闻到了北方的气息。车过淮安,不时有镜面一样的湖水闪现。这里湖泊众多,有洪泽湖、高邮湖、白马湖、成子湖,平原上,稻田辽阔,沟渠纵横,这与我家乡洞庭湖平原酷似,只不过我家乡很少看见杨树。房屋与村落却无北方特征。坦坦荡荡的大平原模糊着南北地理的界线。随着连云港的靠近,我开始寻找麦地,我坚信小麦也挺进了这片广袤的平原。江淮平原便是南北分野之地。

那么人与饮食呢?南北差异也是明显的。一方水土养一方人,北方人的粗犷、直爽与南方人的细腻、含蓄同样体现在饮食上。连云港之行我专为饮食而来,在这个南北方分野的节点上,饮食会是怎样的情形?我渴望从味觉上去品味南北。

曾经在泰州的兴化、徐州的丰县品味南北方的过渡。兴化属里下河地区,它的街道房屋已经出现了北方特征,饮食精细却是标准的淮扬菜,淮扬菜与江南的菜肴已有区别,悄悄内含了北方的重,盐的成分增加,有了卤味。兴化水系发达,特别是垛田——湿地堆起的地,河道成了地与地之间的分隔,也成了路——种地要乘船。有一年春天,油菜花开满垛田,一片片花毯似的浮于水面,皮肤黝黑的妇女们划着船嘻嘻哈哈地在花丛间穿行,她们载的竟然是游客。

丰县与山东河南交界,处于黄河故道之上,比兴化靠北,到处是玉米地与麦地,它的菜式明显带有山东鲁菜风味,卤菜、凉菜多了。给我印象特别深的是一种小麦烤饼,麦香扑鼻而来,咬在嘴里,淳厚、绵软、清甜。这是我吃过的最难忘的麦饼。离开的那天,特地带了一大包,可惜,它不再是新鲜出炉的,加热后吃,口味顿失。能把面粉做成如此纯正可口的食物,非北方地理莫属,私底下,我把丰县归入了北方。丰县人有情有义,其豪爽性格也是北方的,刘邦出现在这里也就不奇怪了。

丰县与兴化两地都出作家,丰县有赵本夫,兴化有毕飞宇、王干等,我不但读他们的作品,与他们也常有交往。他们风格各有不同,以地域文化来看,文风的确符合了各自的地理特征。他们都在文坛叱咤风云。

连云港的纬度与丰县靠近,从地图上看,丰县略为偏北一点,连云港的饮食可是北方风味?

连云港却是令我惊讶的,它让我不得不脱离饮食,先去关注它独特的地理人文。首先是大平原尽头靠近黄海的地方突然冒出了一座山——云台山,虽然山不高,其主峰花果山却是江苏的最高峰,海拔达六百二十四点四米。花果山便是吴承恩当年游历并获得灵感的地方,《西游记》的花果山写的就是这里,山中水帘洞冬天也飞下一瀑。钻过瀑布,进入水帘洞,从另一个洞口出来,迎面一只猴,立于围栏上,搔首弄姿。对着这只猴我驻足良久，它在我眼里已经不是一只普通的猴了，自然让人想到孙悟空与那群猴，仿佛那虚构的神话故事要在现实中立足似的。正是这股力量让我不顾冬天的水冷，执意钻过瀑布，冲进洞中。

云台山的历史如发黄的史册，远到了与中华文明邈远的神话与传说联系在一起。《山海经》中称它为羽山，治水不力的鲧被殛于此山，至今有"三劈石""殛鲧泉""禹渊""祝融晾汗石""鲧禹庙"等遗迹。古代传说的扶桑生长在这里，十个太阳栖于树上，后羿射日射掉了其中九个。孔子乘槎在此登山望海，孔望山塑有他的雕像。秦始皇闻听不老仙药就在此山中。徐福东渡从这里出发去寻找长生不老药。李白诗句"海客谈瀛洲"中的瀛洲，指的也是它，唐代叫它苍梧山。云台山原本在海中，"烟涛微茫信难求"，一场地震，海水退去，陆路相连。

如此神奇的地方，简直就是中国历史的读本。正如我所感受到的，一马平川向着大海奔来，突然一山横亘，古代它在海中出现，陆地皆为沼泽湖荡，见者无不讶异莫名，自然赋予它传奇色彩。

云台山有一座东汉大象石雕，它与长安霍去病墓前的石雕神似，随物赋形，但求神似，它充分证明这个边陲之地并非文明的化外之地。地理风俗一东一西相距如此遥远，而精神风貌圆雕手法如出一辙，意识形态的伟力由此可见一斑！它在辽阔的地域里充盈、磅礴,一样随物赋形。同一地方的物象,因朝代的不同而大异其趣,这还是意识形态的力量——它形成了精神气象的断层。

令我惊讶的事情还在出现,陈武带我寻找到了一段塔山古道。陈武是连云港的作家,我们一见如故,他写了大量的小说和散文,特别关注平民生活的困境,他情感犀利、冷峻,文笔细腻、柔韧又幽默、睿智。我们绕着山间墓地上山,在一条岔路口找到了古道。

踏着一块块岩石,穿过一片片松树林,我们比画着古道的宽度,大约不到两米。道路依山势地形自然铺筑,地势低洼处铺以块石,斜坡处岩石凿成台阶,高岗劈出凹槽。古道旁《新设山路记》石碑记载了筑路时间为金代明昌二年,即公元 1191 年。我大惑不解,一座海中的山何来一条南北向的古道?当年受降的梁山好汉前去攻打南方的方腊,走的就是这条古道。水浒英雄们从山坡走向湖荡时,突然感觉到前方的杀机,退回了山中。朝廷军队在此设伏,他们把山包围起来了,最后全歼。陈武指给我好汉们坟地的方向。

不只是水浒里的英雄走过,千金买笑的豪客前往扬州享乐,走的也是这条路。辛弃疾、李清照从这条路走进了南宋。他们走的是明昌二年前的旧道。这是一条流徙过汴京北宋人变为临安南宋人的悲欢离合的路。正因为陆地皆为湖荡,只有这山道最短最便捷,于是,它成了南北大通道。

连云港人骄傲于自己是南北交会之地,南北文化兼收并蓄,又是亚欧大陆桥的东方桥头堡,一条陇海铁路,从连云港的港口一直通向欧洲。从地理位置上来看,连云港人戏称自己为"肚脐眼"。

徜徉于街头,钢筋水泥与玻璃的建筑满布视野,稍有年代的建筑得去偏僻的小巷寻觅。那些几十年上百年的老屋,我一眼就能看出它们北方的样式:短檐、矮屋、小窗。只根据街面的现代建筑并不能分出地域,它们无论南北东西,已是千城一面。只有这些已经破败的低矮老屋,带给人一种来自岁月深处的温情。它们的一砖一瓦都带着人的体温与回忆,都有生命的沧桑。

同样,全球化的饮食也在混淆着地方的风味,它们占据着城市中心地带。但从地摊小吃仍能窥见从前的生活:大个的肉包子、馒头,大张的葱油饼,一根根竖立的油条……让人想到水浒武大郎的炊饼。这又是典型的北方面点。

连云港原为淮北盐区,千里河道有一百四十五个盐圩制盐。1937年6月,一个叫孙明经的人来此拍摄纪录片。那时连云港的人口不过两万。运盐船桅帆林立,坡屋顶的平房稀疏低矮。居民区就在山湾下,依山而建。唯有市政筹备处的办公楼,两层小楼,立柱与檐线都是西欧式的。新浦小小市镇开有旅馆、澡堂和百货店,已有电灯、长途电话。饮水要从较高的山地井泉取。板浦镇刚设立为灌云县,饮水更困难,要去六十公里外的东海运水。这些记录全来自一本《1937:战云边上的猎影》的书,许多年前我无意间购得,书中孙明经的信和照片留下了那个时期连云港的影像。他写到了连云港丰富的海产,认为带鱼极好吃,他写钓带鱼的趣事,一条带鱼吞饵被钓,另一条带鱼馋极怒极,便紧咬吞饵者的尾巴以泄愤,第三条又咬住第二条,第四条咬第三条,结果,钓鱼者拖上来一大串鱼。我想,也许带鱼们是在彼此相救呢。

孙明经来到号称"淮北盐都"的板浦,那里曾是一个奢靡之都,海属地区流传着"穿海州,吃板浦"的口碑。连云港饮食的文化就在板浦。但孙明经笔下的板浦并不繁华,是一片平原,"实在毫无去处"。他写到灌云县境内一个叫"秋园"的公园,是两淮盐场唯一的公园。看照片公园并不大。也许是因为连年战祸,民生凋敝,板浦已经不是从前的板浦了。二十多天后,卢沟桥事件就爆发了。孙明经在徐州火车站拍过一张照片,抱包裹过天桥的人一身戎装,已有战争气氛。但他想不到,三百四十四天后,有一个叫东史郎的日本兵来到了车站,他在日记中写到了这一天:西崎部队杀到这里,一列装满伤员的火车还没来得及开走,士兵一节节车厢刺杀,把充满哀怨、呻吟和恐惧的中国兵全部刺死。两年前我也曾到过车站。事前的孙明经,事后的我,全都不知道这样的人间悲剧,人活得多么鼠目寸光!

　　孙明经也不知道板浦曾有过的繁华,正如我不知道连云港曾是著名的盐都。这一切恍若幻梦。清初,两淮盐运使司海州分司就设在板浦,盐商巨贾云集于此。盐商们精于肴馔,雇请了很多淮扬名厨,有名的饭馆如"四海春""杏林春""异香斋"等三十多家,出名的茶食糕点也很多,如"隆泰""振康""经济"等。盐商们山珍海味吃腻了,开始在吃法上别出心裁:有的将黄豆芽瓣挖洞,填进三鲜馅,做成"龙须八宝珍珠蛋";有的以竹击猪脊,打得猪背肿起来,再割肿起的肉来吃;有的把鹅赶到炭火上,只取烤熟的鹅掌来吃;有的把滚汤浇在骆驼背上,取驼峰肉就餐;有的把猴绑在餐桌下面,桌面只露猴头,敲开猴脑壳,以勺舀猴脑来吃;有的将黄海大鲈鱼倒悬梁下,专取鱼头血来做羹。两淮八大总商之一的黄应泰,他吃的鸡蛋是专吃参术的母鸡所下,每只蛋要卖纹银一两……

　　吴炽昌《客窗闲话》卷三有一篇《淮商宴客记》,写了姓洪的盐商的一次消夏会。仲夏的某一天,同事数友入其宅,只见楼阁壮丽,委婉曲折,约历十数重门才入一院,千树垂杨,别有舫室。又写到宴席,每客侍以娈童二,一执壶浆,一司供馔,馔则客各一器,常供之雪燕、冰参以外,还有驼峰、鹿脔、熊蹯、象白等。待到珍肴上好,妖鬟继至,妙舞清歌,追魂夺魄。酒过数巡后,感觉热了,主人命布雨,只见池面龙首四出,环屋而喷,甘霖滂沛,烦暑顿消。

这种锦衣玉食纸醉金迷的生活从来不会久长,它就像炎热的天气让食物迅速腐烂,等到千金散尽生命的空虚来袭,犹如黄梁一梦,"看破的,遁入空门;痴迷的,枉送了性命。好一似食尽鸟投林,落了片白茫茫大地真干净"!曹雪芹在《红楼梦》中写下这段文字,正是他家道由盛而衰,破落不堪之时。他的祖父曹寅就是两淮盐官,康熙曾钦点他到扬州,四次兼任两淮巡盐御史,其生父、继父都管理过盐务,曾奢极一时。曹寅在《居常饮馔录》中收录的糖霜谱、制脯鲊法、粉面品,也曾受到美食家的追捧。

这样的生活会留下怎样的印迹呢?特别是对当地饮食会不会产生影响?

我留意板浦的小吃,这种最民间化的饮食,兼有南北风味,主要是南甜北咸均有体现,出名的有南卢灌汤包、高三油煊饼、夏家大刀面、冯十萝丝饼、赵小根包子、杨大成炖肉、卞三奶封团、张小瘸锅盔饼、李文藻冰糖球、李二饭挑桂花汤圆……杨大成炖肉用海边龙王荡养的猪,只取其后腿肉,盛入砂锅,浸上伊芦山楚将钟离昧故乡产的酱油,文火慢炖,直到柔如胶枣,其味又香又爽。李二饭挑桂花汤圆用金桂树的头水桂花与糖混合溶制,瓶装数月后,再拌芝麻茸制成汤圆馅心,再选上等糯米,用臼手工捣成细粉。南卢灌汤包的馅取大彤蟹黄和对虾肉,拌以小嫩猪肉,讲究个鲜。高三油煊饼选颗粒饱满的白玉小麦,用石磨磨成头货面,擀成薄皮,涂上鸡油,再加一层姜末、碎葱和虾皮,卷好后再揿成螺蛳状,轧成圆饼,平底锅浇上鸡油,烙成黄色,追求香酥脆鲜。这些选料的讲究与烹制的用心,不能说与盐商饮食无关。其做工之精细考究可与南方饮食媲美,它与北方粗犷的饮食风格有所不同,然而,食物与口味却是北方和偏于北方的。

普通人家早晚餐吃稀粥加干的面食,只有中午吃米饭,俗称干饭。遇到喜事吃馒头,叫"喜满头",吃糕则叫"步步高",丧事则吃卷子,叫"丧饭卷",可见连云港是面食文化。

陈武带我去灌云吃一种非常特别的菜——豆丹,这种菜只有连云港有。但冬季要吃殊非易事。它是豆青虫做的菜。豆虫春天由卵长成幼虫,专吃黄豆叶,等到夏季长大,连云港人一条条捉了,把它烹制成了一道鲜美无比的佳肴。冬天没有活虫,为了保鲜,有的把活虫埋入土中,有的把虫子冰冻起来。冰冻的虫子终究不能与活的相比,鲜美度上打了折扣。打听到灌云县一家饭店还有冰鲜的虫子,他们先把活虫用开水烫死,用细木棍碾压出肉,再急冻,据说这种半成品处理办法能最大限度保鲜。于是,我们联系好了便从连云港开车过去。

这家饭店并不高档,从一条小巷进去,厨房里一个大瓷碗,盛着已经化冻的虫子,一团白白的脱了皮的虫肉。我观察厨师的做法。他特意交代要用豆油,油热后,把事先切碎的姜、葱、蒜、辣椒倒入,加入清水,水滚后,倒进虫肉,再加入白菜秧子,煮一会儿,加少许盐、味精和酱油旋即起锅。

大碗的豆丹端上餐桌,冬日的阳光照在桌面,也照着豆丹,汤面一片金黄,浮着青与白,腾腾热气上冒。青的白菜秧去掉了油腻味,白的豆虫蝌蚪文似的点缀。盛上一小碗,挑出肉来细细地嚼,一股鲜甜的味道进入口腔,虫肉质地细嫩又柔韧、滑爽,口感似鲜鱿,散发一股植物的清香。连白菜秧子也变鲜了,尤其是汤,令人满口生津。我一连吃了三碗,连赞好鲜!

师傅又上了一道红烧沙光鱼。这种鱼听说只有连云港才有,生长在咸淡水中,它的肉质细嫩得如同豆腐,味道也很鲜美。连云港人爱以沙光鱼来招待客人。

豆丹不便宜,一道菜两千多元。夏季新鲜上市时更贵,四五千的也有。不敢浪费,吃完一碗豆丹感觉肚子已经撑了。以胃来体验的连云港的确不同一般。这样奇怪的菜式只有连云港人能创造出来,也只有连云港人爱吃,但养殖豆虫的除了连云港,还有河南、重庆和湖南,这些虫子无一例外全都卖给了连云港人。

想着连云港的美食,此行重点竟然落在这一团虫子身上,令人有些哭笑不得,我仿佛是为这些虫子而来的。它是否有点象征意义呢?从盐商的菜肴到这碗虫子,其间的逻辑与变迁,会有什么奥妙?也许我想得有点多了,豆丹只是豆丹,念叨着有点唯美的名字,脑海里竟然浮现出一幅幅画面。

岩石上的时间

　　三清山的阴雨天,有点清寂、荒旷的气息,湿闷、浓郁,带着南方时令特有的味道,让人闻到生命蠢动的狂放,万物拥抱季节,醉生梦死。

　　满眼绿色,新嫩如无知稚子,沉默里藏着隐秘的喧哗。这是夏季里生命的权利。而岩石的世界,一旦显露,疯狂的植被就开始稀落,夏日的湿热也在退潮,清凉之气僭越了季节。这是高海拔的三清山,另一个绝尘世界。

　　一路登高,就想着绝尘,想着清凉。抵达一线天,海拔升到了一千,路牌有个"连升三级"的指引,上面是龙凤台、太清台和上清台,一级级石阶转折叠累。巨大的花岗岩石左右高耸,错落而没有规律,那秩序造化天设,只有静观,才可悟得一丝半点天地秘密所在。它们有的像红薯、牛背、板斧、笋,也有的像松鼠、道人、鞋、猴、狐狸、企鹅……来自人日常所见的事物,离开人的视野,又在一个远离人间烟火的岩石的世界投射,生活中的形象印迹是如此顽强,早已充斥眼与心。

石头裸露了,被绿色覆盖的只是沟谷和底层,也有一些倔强的植物孤立于石顶和崖壁,这是数百年、上千年也难长大的松树,其虬曲伸展,像是生命的某种精神,譬如顽强、坚毅、不屈等等,它们在这巨石之上扎根,靠的就是这种决然之气。靠近它们,发现每一根松针、每一片树皮都铆足了一股劲,那劲是生之意志,都在这黛绿中汪洋,有一种幽光闪亮。这样一种绝处求生的力量焕发出了一种美。当风雨刮来,冰雪袭来,其傲然之态,有一种生命的大美!我默默注视着这一切,内心与之有着某种契合,像是我人生处于某个阶段曾有过的一种心境——苍凉,但绝不颓废!

雨开始下了。这是太平洋的台风带给内陆的雨水,奔袭千里而不止息。山坡之上,雨可以分辨出周围每个地方不同的响声。我很不情愿地披上了雨衣,心里渴望着的是与松石一起,在雨里当湿则湿,当干则干。与大自然亿万年才起的一点点变化相比,人的肉身变化太快了,太容易腐朽了,与草的一岁一枯荣相差无几。人生不过百年,时有疾病侵身,在巨石间,沉默的一刻感悟它恒久的气息,这恒久之气顷刻间把我淹没。

与石相比,人却拥有思想,这思想就像一道光,可以走得很远,可洞悉自然的秘密,可以看到这山之前的古华南多岛洋。三清山不过是华南洋中的一个孤岛,两大板块的碰撞,在九亿年前悄悄挤走了浩瀚的海水,眼前这巨大坚硬的花岗岩的裂纹上,可以看到那些流逝过的雨水与风,可以看到地层深处挤压与切割的力量,可以看到它们身上承受的巨大重力,它们都参与了这天地间的造化。三清山有今日之地貌,正是岩石与它们较量的结果。

在这漫长的岁月里,以短暂的人之一生的眼光来观察,这实在是时间的杰作!人类感受到了超过自身无限之长的时间,几乎不可想象的时间,不能不哀叹,不能不对时间敏感、膜拜。甚至,我的眼里只有时间是真实的。石头在坚硬的时间面前也是柔软、虚弱的。石头不过成为时间的记录者,是时间的一种语言,它是一个地质博物馆,中新元古代蛇绿混杂岩、大洋斜长花岗岩、蓝闪石片岩……中生代以来花岗岩地质地貌的演化,都记录在这片群山之中。

仰头看那空蒙处落下的雨线,我看到的是时间深处的苍茫,每一滴雨水都与这亘古苍茫相连。它就来自那里,在这天地造化中绵绵不绝,与天空中行走的云朵相随相伴。

我仰头的这个瞬间,云雾中露出了一座山,它像天空中的山,离开了地面,在高空飘飞,像得道升天的道士,脱离了人间的烟火之气,仙气缥缈,虚象重重。巨大的岩石一条条矗立,紧挨着,拥挤着,相叠着,若一只巨掌,难以相信还有这么高的山,在这江西丘陵之地,一山拔起,竟如此巍峨崔嵬、不同凡俗!这是三清山的三座山峰——玉京、玉虚、玉华。它们被冠以玉清、上清和太清三位道教教祖之名。

三清山虽非道教发源地,但这一刻我感觉到一种进入圣地的情感,这是一个天地混沌之所,我领悟了原初之气。当人类文明从这原初之气破解而出,而人的精神的最高之境却是要回到这原初之气中来,进入混沌。

这是一幅活的山水,不断的变化表达着时间的流动。我的一位山水画家朋友用他创造的积彩法创作的山水画竟与此神似。中国人追求师法自然,钟情于虚象,好表现云雾气象,就是要追寻那混沌之源,进入大化的境界。天人合一的志趣,包含了东方人敬畏山水,并最终归于大化的体悟与感情。这是生命的最深的意境。

道家爱把自己置于名山大川,以止观变,以静观动,以天地之合观万象流转,从这混沌之中,领悟生命的真谛。三清山上的三清宫,道士们在这里一代又一代隐居了一千六百余年,直到石头的牌坊棱角尽去,苔痕深深,岩石在岁月中改变了颜色。葛洪的炼丹处,井水清澈鉴人。道家对天地与生命的参悟却没有超越前贤。

中国画笔墨追寻的也与道一样,他们借道士高隐的情怀,把山水画作渔隐图、高士图、棋弈图、独钓图……以黑与白的水墨，进入道家阴阳二极相生相克的境界，生变出干与湿、浓与淡、轻与重、虚与实……追寻庄周脱离尘俗而与天地共生的精神天地。

这样的境界正在风雨中呈现，云飘雾绕，山于这变幻之中超越了世俗与庸常，超越了物质和精神，只是呈现，让人震惊、醒悟，让人进入没有时间与历史、没有烦扰与思想、没有生与死的大化之中。有梵音缥缈？有真人展颜？那历经千年的笔墨，一代代文人穷其一生之所求的山水之境，正呈现于一种永恒的叩问、一种精神的澡雪，亦幻亦真中，永难企及，就像道家寻觅的长生不老丹药。

在南方花草妖媚中，三清山向着天空升去，在植物的葳蕤中，向着寂灭的花岗岩的世界转身，龙凤台已经到了脚下，太清台在大雨中也爬过去了，上清台上，雨已细弱，云雾正浓，几缕清风，清凉侵骨。那主峰已隐到了云海深处了。这夏季里的清凉，让人久坐不起，直望到云团变化出心中奇幻的影像，让风惊醒了薄暮的时间。

想象凤城

我们去看一座新城,然而主人处处给我说的却是一座古城凤城。四月的江南天,阴郁而低垂,既不雨也不晴。新城却不是钢筋混凝土的高楼大厦,是低低的亭台楼阁,也不见摩肩接踵、衣着光鲜的人流,时空像极了诡秘的异度空间,在什么地方我穿透了一堵墙,进入别样的时空。

我明白自己是从广州动身,在白云机场起飞的,但这时我脑子里最活跃的词句却像视野里的油菜花一样跳跃。油菜花把平原的土地装饰得就像一次狂想,三月的疯狂的想法。这句"烟花三月下扬州"把我折磨得就当我真的是从那年的黄鹤楼下乘风破浪驾着一叶帆船而来。我来这个里下河地区之前,这块土地还不如这句诗给我的想象多。等到我真的到达这里,我脑子里自动设置的程序,就在忙着把这句诗与眼前的实景对号入座。

教育的效力真正巨大。李白当年那次与孟浩然君挥手告别的一个小瞬间,它就永恒了,它在千年之后我们每个人的身上还魂。语言强大过现实。哪怕我坐着飞机,只在白云上晃了一晃就落到了想到的地方,那也要想象那次的"孤帆远影碧空尽",也休想自己见着什么看什么,像发现新大陆一样。

扬州地界一过,就是泰州,泰州过去属于扬州,1996年划出来,立为泰州市。一条平坦的地平线,既辽阔了人的视线,也把泰州的许多物事遮蔽起来,我看不到地平线后更多的事物。千年之前,谁也不奇怪地平线后面藏着的是一个大海;千年之后,谁也不会想到地平线与海还有什么关系。沧海桑田之变迁,在泰州之强烈,是要把人的视线从地面的生活抬高的,抬望空茫的宇宙,想一想生命之外的存在——天地之道。

眼前,道路可以不间断地在两边呈现,偶尔被河流打断,那是长江、淮河之水最细小的支流,如根系一般划开大地,密集而成水乡的景观。农家小楼一片一片出现,到处开放的油菜花令天空低垂的铅云也发出朦胧亮光。马路少见的宽阔,有一栋栋新楼出现,我不清楚这是否进入了市区,那种楼距的稀疏,人影的寥落,令人生疑。但这的确是一座新城,是泰州正在兴建的新区,气派宏大,一望无边。

穿过新区,却没见到古城,古泰州从前的时光在哪里落尘结苔?

古城不见,像时光的隐身术,于是,我们先从谈话与想象中去寻觅它。

想象是从到达泰州的第一天晚上开始的,我们在一座木阁楼里享用着晚宴,空荡的院子里,小桥流水、池塘假山,明月如玉盘恰好从云层露出。主人说,这个地方过去叫陈庵,孔尚任来泰州治水不力,被冷落到此,写他的《桃花扇》。我们在朦胧的灯光下走向水面,微微倾斜的土地上正是一片桃林,桃花开得正旺,只是晚上变成了暗红,像睡去的红颜。我们在岸边坐上一条画舫,有长裙飘飘的女子在船头弹着古琴。岸边不远有条石舫,《桃花扇》就在这条石舫上由一个富商俞锦泉的家班排练、首演。这条石舫当然是对那条石舫的一次想象。

　　画舫向着水面阔大处划去,立即现出两岸,岸上的亭台楼阁都在橘黄的灯光下投下颤巍巍的倒影。三月的微风吹来,仍然有些清冷。想起了当年那些三月下扬州的商贾、文人,想起夜泊秦淮,想起秦淮名妓的风雅与欢颜,这个夜晚闻得到烟花的滋味。这盈盈之水,蓄的虽是今年的春水,但河的确是条护城河——凤城河,在宋金对峙的年代,岳飞曾在此带兵抗金。为保卫自己的家园,五六代泰州人在城墙外挖河不止,宽大的河面,令来犯的金兵只能望河兴叹。河水保护了凤城的居民免遭涂炭。

　　两次钻过了桥洞,桥上跑着汽车,灯火辉煌,是现实中的世界。而两岸的亭台楼阁只有清辉如凝,不见人影,它们也在参与一座古城的想象——都是刚建不久的建筑,在这个朦胧而又充盈烟花意象的夜晚,一起指向一个朝代不明时间暧昧早已消逝的夜晚。也许,它们是一座古城的前世今生吧。我们人面模糊,笑声可疑,趣谈古代文人间的行径,也颇有自己就是当代才俊的感觉,不去想象身后时间会怎样无情地抹去多少人和事。

"一棹冲烟两日忙,来寻荒署古梅香。飘零雨雪逢春夜,疏散冠裳聚古狂。携手已无新涕泪,写心曾有旧时章。吴陵结社思君久,对此灯华惜夜长。"清康熙二十五年至二十八年(1686—1689年)的一个夜晚,时间距今天三百二十多年,孔尚任的朋友宗定九自扬州来访,与孔尚任、黄仙裳、交三、秦孟岷划船寻梅,也是这样一个春天的晚上,也在这条凤城河上,两岸华灯初上,春风沉醉,五人一时诗兴大发,赋起了诗,只恐春宵短促。这个因治水患不力而遭冷落的文人,却无法不喜欢凤城河的水。

今夜值得一记的是,同样是文友相聚,张抗抗、阎晶明、张陵、祝勇、宁肯、田瑛、张锐锋、王干、胡殷红、马小淘、崔蔓莉、龚勤舟,从天南海北飞来,当地的朋友刘宁、范观澜早早安排好了画船,在一个习惯于晚饭后去卡拉OK的时间,经一条荒僻之径,进到一处无人的地方,泰州城不知怎么就消失了,连个背景也没有。河上游玩,饮酒品茶间,畅谈起旧事,再议新散文,说起泰州文人与水的缘分,时间由于水的关系就连接成了一个整体。

与孔尚任不同，泰州人郑板桥罢官之后，游居故里，同是河上划船，他的诗却有疾苦之声："卖得鲜鱼百二钱，籴粮炊饭放归船。拔来湿苇烧难着，晒在垂杨古岸边。"以日常生活入诗，江河上面完全是另一路心境。这位扬州八怪之一，刚直行世，以画竹表明个人节操，而令人惊奇的是，泰州并不长竹。他诗书画旷世独立，影响了以后中国文人的品行。

郑板桥与孔尚任一样都以平民精神走进中国文人的行列。让人不禁想起影响一方的泰州学派，这位名叫王艮的创始人却是在海水里煮盐谋生的，出身盐民的他，倡导一种"百姓日用即道""身是天下国家之本"的平民精神与平民意识，在几百年前的封建社会他就有了现代意义上的思想——从身体出发，我们消费时代找到了商业的新的着力点，我们的文人找到了写作的新资源。

平民精神也许就是泰州人的文化与精神面目。从泰州许多杰出的文化人物身上也可以找到佐证，譬如，将宋元话本和戏曲资料整理成《水浒传》的施耐庵，戏曲大师梅兰芳，说书人、评话宗师柳敬亭……他们都是非常平民化的艺术家，也催生了平民化的艺术样式。这也许是泰州人独特的文化贡献。

凤城河绕着一处城墙转了一道湾，河湾之上，一座望海楼，于城墙上飞檐叠瓦，气势夺人。此楼始建于宋，是用来望海的，历代名贤多唱和于此。仰望斯楼,我想起了自己家乡的岳阳楼。这同属于长江上下游的两座楼,因同一个人而联系在一起。这个人没有到河水上来写诗,却喜欢站在楼上眺望茫茫水域,思绪邈远,总想到朝廷和江湖,胸怀阔大,爱写美文。他就是范仲淹。有意思的是,范仲淹在泰州当西溪盐监时,滕子京为泰州海陵从事。滕子京爱造楼,每到一地为官就要建一座楼堂,在凤城他建的是文会堂,而范仲淹爱著文,在文会堂他写下的是"君子不独乐"的句子。他们俩常登望海楼,那时海天茫茫,两人把酒论英雄,不亦快哉!范仲淹的"先忧后乐"思想在凤城河上已经萌芽。二十多年后,滕子京谪守巴陵,修建岳阳楼,他自然想到已到西陲戍边的范仲淹,请他著文以记之。范仲淹面对一片荒漠,他脑子里想的全都是水,江南之水与荒漠焦渴滴水难觅之比何其强烈,也许他想起了望海楼上看到的横无际涯、浩浩汤汤,对于水的渴望与怀念,让他止不住往水的深处写去,于是《岳阳楼记》名篇诞生。"沙鸥翔集,锦鳞游泳,岸芷汀兰,郁郁青青。而或长烟一空,皓月千里,浮光跃金,静影沈璧,渔歌互答,此乐何极!"于是,他的"先忧后乐"自然展现为"先天下之忧而忧,后天下之乐而乐"的千古名句。它成为中国知识分子人生追求的新境界,与儒家的修身齐家治国平天下既一脉相承,又有新的发展。那么,一条凤城河也可以说是一条忧乐河了。

文人之情怀不同,其文有天壤之别。杜牧在扬州留下诗句"二十四桥明月夜,玉人何处教吹箫",如果从山水情调来说,这诗情画意,与今夜醉眼迷蒙中的凤城河,是有几分意趣相投的。也许登楼极目,在夜幕之下眺望万家灯火或在阳光之下远看田园炊烟,感慨又会完全不同。

第二天,古城还是现出了它的一丝踪影。望海楼下有一段宋代的古城墙,那是一个排水系统的涵洞,硕大的青砖,顶起半圆形的拱。望海楼后,古凤城被刻在一块巨大的铜板上,凤城河与穿过城内的玉带河、中市河等数条河流交叉流过,处处拱桥处处船的江南水乡的景象浮现于眼前。"南朝四百八十寺,多少楼台烟雨中",一座水城之中,竟有数不清的寺庙隐匿在街市之中。

在坡子街,明清建筑的街巷仍然飘荡着现世的烟火。这是当年的富商们建造的家园。一条条窄而悠长的小巷交织在一起,像江南水乡的河道一样纵横。我们于黄昏时走进这些古巷,时空的确有些异样。每个院门后有一个院落,从洞开的木门望进去,平面不像江南建筑那么随意,而像北方建筑那样的规整。空间也没有南方建筑的通、透、漏,小青砖砌的墙,密实而不透风,让人想起北京的四合院。一条巷子就是一线天,直直的,由两面的墙切削过去。

一条长江,江南与江北就此分开,北边的泰州与南岸的常州、无锡、苏州,趣味与文化已经不同了。齐鲁文化之风已经熏染了它。而吴文化之风在宽阔的长江之上,受江面大风大浪之搅拌,已经迟滞了。泰州人施耐庵写出了发生地在山东的《水浒传》,郑板桥画出刚毅不屈之竹,全然不与南方温柔之乡趣味相同;泰州人张士诚在元至正十三年(1353年)举起义旗,也都在一部《水浒传》的情境之中。处在齐鲁与吴交接处的泰州是边缘化的地方,也是得以休养生息、兼收并蓄的地方,它的边缘性孕育出了具有平民精神的文化、具有南北趣味相融的文化。

千年之前,孟浩然君从武昌那个地方坐船,那时,站在黄鹤楼前,眼望江水,脑海深处关于扬州的想象是怎样的呢?孟浩然在烟波浩渺的水上消失,李白对于长江入海处的想象又是怎样的呢?想象缥缈,而逝去的想象更是缥缈之缥缈。古扬州令人向往的小秦淮与瘦西湖,都是仿江南名胜而起的名,却巧妙而深得其韵,扬州之繁华、绮丽、温婉、风流,在一部《扬州画舫录》中皆有详尽记述。而属于扬州的小泰州,不知道唐朝的诗人们是否知晓?那时,它在文人的想象中又是怎样的情景?它县起先汉,州建南唐,文昌北宋,富延明清,两千一百多年的历史悠远绵长,南唐时它就是淮南江左之州了。

扬州城内,虽然商人满街,但文人雅士更具影响,是他们给山水命名,把扬州诗化。正是这些来自南方的文人,把一座商业之都美化了。泰州呢？虽近苏北,那些面水生活的文人,"养鹤置湖田,种鱼买陂塘;黄鸟下窥人,白云飞近床;清歌窈窕出,紫酒葡萄香",却也创造出了近似江南情调的诗意生活,但要说特点和影响,我更愿意把它称为僧都、佛都。

古凤城内,林林总总,竟有寺庵庙宇一百多座,街巷之内,"家家观世音,处处弥勒佛"。凤城历史上更是高僧辈出,它的寺院、僧徒数量在江南是第一位的。我想造访唐朝的扬州是没可能了,到泰州看一看佛寺,听一听梵音,在临别的这一天却实现了。凤城河上,佛性如水,这是我不曾料到,也不曾体味和思考的另一种文化。

玄武之地

东北,大荒之野,我穿越它,先是由哈尔滨东行,到牡丹江、绥芬河,进入俄罗斯双城子、阿尔季奥姆、海参崴,在日本海的大彼得湾冰冻的海面上行走,零下三十多摄氏度的气温里,体验着头顶冷冷的阳光。下午三点多钟,它就西沉了。

绥芬河的土地是黑色的,很黑,干煤一样。牡丹江的山有世上最长的坡,有的地方只见长坡不见山,缓缓地上升,缓缓地降低,都是玉米高粱地,秸秆割倒在地,一堆堆,枯黄之上压着雪的白,低洼的谷地竟然是稻田。我第一次知道这样高的纬度也能种水稻。有的情景恰如俄罗斯巡回画派的油画,辽阔、荒凉、寂静,冰天雪地里的美,决绝、冷艳。

俄罗斯远东这一带几乎是荒地,枯黄的草,枯黄的树,只有白桦树的白在枯黄里特别耀目。我寻找不到一个人影。风吹弯草,风里藏着钢一样锐利的冷,空旷原始的大地寂静得让人感动。在拥挤的星球上,它与人类这样疏远,还是一片处女地,寥廓的喊不醒的处女地!

几十年前的东北,未开垦前,那土地也当如是吧。一百多年前俄罗斯远东一带与东北大地连成一片,同属大清国国土。在1820年所绘吉林将军辖区地图上,从库页岛到朝鲜边界都是三姓副都统辖区。西汉时的肃慎,唐时的靺鞨,都在这一带生活。凝望远处的白桦树,幻想古人的狩猎,一幅行猎图浮现在天际。而丘陵间的兽类,任我圆睁双眼也发现不了它们的踪迹。

从牡丹江南下,是宁安、镜泊湖、图们、敦化,一直登上长白山冰雪皑皑的山顶天池,罡风令寒冷趋于极致。这一路全是山岭,山坡松柏仍然绿着。想着宁古塔古老的名字,清代著名的流放地,一个苦寒之地,"山非山兮水非水,生非生兮死非死"。对照眼前宁安的山水,并不觉得有这么可怕。原以为宁古塔就是这里,搜寻古地图,才知道它的广阔,囊括了我所有走过的地方,这里不过是它的治所。

第二次穿越大东北是夏天,路途更加遥远,从中国版图鸡冠顶的漠河南下,那是版图最北端了——北极村玄武广场的龟蛇雕像立在黑龙江边,而对岸就是别人的领土,山势比南岸险要。从这里沿大兴安岭一路走,过阿木尔、塔河、新林区,到达加格达奇,由火车转汽车,走嘎仙洞、根河、额尔古纳、满洲里、阿尔山、海拉尔,再转火车直到赤峰,走过夏季的山林与草原,满眼皆是新绿。猛然发现当年从嘎仙洞往南迁徙的拓跋鲜卑人走的也是这一条路线,他们走出嘎仙洞三百年后问鼎中原,建立了北魏。原始部落统治具有悠久文明历史的华夏,史所罕见,而其祖居地竟然是大兴安岭的一个山洞!

这是第六次东北之行了,从哈尔滨直赴黑河。这是另一种地理。大巴上我陷入冥想,仿佛在向异度空间飘去。阳光涤荡着天空的靛蓝,濯亮大地之绿。如毯的绿铺展着,就像神的魔杖一指,遍野皆绿,随土地起伏的玉米、大豆、花生……成行成排,直到与天边的白云相接。村庄偶尔一现,像是海上孤岛。庄稼划出的直线旋转、扫射、颠倒,一次又一次惊叹,这是什么力量,让绿色如此广阔、铺张,漫天占有!

问北大荒在哪里,有人答,到处都是,这里也是。难怪说北大荒是个粮仓。

北大荒是块新垦地,庄稼生长的历史比起中原的麦地,比起南方的稻田,它还是大荒之野的新客。那些几千年没有停息过耕作的土地,成了小麦与稻谷不可移易的故乡。土地对人类从无辜负,一年一绿,它们就像驯服的牛马,穿行在岁月密密的年轮里,不知疲倦。而这片新垦地,与庄稼如同婚配的日子还是崭新的,它开始生育,由无知少女变成少妇,它的生殖力会有衰竭的一天吗?正如风烛残年的老妇人。人类从不担心哪一年地里长不出庄稼。

我感觉着黑土地中的蛮力,它们鼓胀着,正噌噌地往上蹿,像土地深处的呐喊,像绿色的火焰。青青的绿叶吐纳芬芳,在夏日里四处飞扬。黑河的土地如此静谧,让人觉得云朵也在那里沉默。声音只在我的白日梦里大音稀声。

正午的太阳慢慢走近了地平线,夕阳的霞光正在天空绽放,远近绿色由鲜绿变得晦暗,一马平川的大地悄悄在变,低山、丘陵、火山、盆地、河谷……这是小兴安岭从靠近到深入的过程。黑河仍执意躲在远处的某个地方,等着与黑夜一起到达的长途跋涉者。

逗留黑河,放慢匆匆的脚步,细细体察着北方的人文和山水,我幻想着做一个黑河人,在无所事事整日闲逛,一日骑着自行车沿黑龙江岸东行;一日去俄罗斯商品街闲逛,买俄罗斯产的伏特加、巧克力;一日去黑河口岸看来来去去的俄罗斯人出境入境。旅俄华侨纪念馆展示了一个特殊的年代,很多政要正是从这里秘密过境;东边的瑷珲古城保存了魁星阁、海关古迹,这里是签订不平等的《瑷珲条约》的地方,沙俄侵占外兴安岭一百余万平方公里的土地,包括双城子、阿尔季奥姆、海参崴,还有海兰泡惨案、江东六十四屯大屠杀、瑷珲城的付之一炬……惨烈的历史在一座陈列馆汇集;北大荒的开发,人们在荒野里的孤独、拼搏和死亡,寥廓大地使人与世隔绝,瑷珲知青博物馆留下了垦荒者的大量图片……

日子一天又一天,恍惚过得很快,恍惚过得很慢,原来的生活似乎离我远去,变得遥远。即便炎炎夏日,黑河的炎热里也透着一股寒气。我熟悉了江边的秧歌、二人转,早晨的叫卖,迷恋挺拔的美人松和白桦树。

黑龙江从漠河一路流来,就在我住的宾馆下向东奔去。它从来就不是一条舒缓的河流,急急的奔腾让流水发出嗷嗷的声音。湍急之水却从不浑浊。我在漠河曾捧起江水,送到鼻尖下闻它的气息,我似乎闻到了源头青草的味道,闻到了阳光的味道、空气的味道。它像一束光从我的掌心射出,江面上点点光斑漫射。光斑之下,又青又黑的水犹如潜行之龙。在江滩踏过一堆堆鹅卵石,红色的黑色的卵石格外扎眼,我读到它一路走过的土地是怎样的多彩又丰饶。

到了黑河,它仍旋涡不改,流水声依旧。黑河市在它的南岸出现,北岸的城市是俄罗斯的布拉戈维申斯克,两岸都筑起了水泥的堤坝、码头、轮船进入水中。一群群乌鸦黄昏时分从黑河飞过江面,归巢布拉戈维申斯克。它们早晨飞过来,在黑河觅食,晚上再飞回去。乌鸦让画地为牢的人类艳羡不已。我从黑河乘船,在江中观看城市的灯火,一边是黑河的五彩霓虹,一边是布拉戈维申斯克橘黄的路灯,灯光照亮夜晚的江面。晚风和着水汽扑来,冷得人身子忍不住微微发抖。

黑龙江是一条荒野中的河流,它原始、寂静,亿万年前就这样在大地上自由流淌着,伴着黑暗里的星月,像一条绸带一样在山谷间缓缓抽动。除了偶尔出现的城市,它流经之地人烟稀疏。两岸的萋萋芳草、葱茏树木,在水流带动的江风里摇晃、颤动。如此自然的远离尘嚣的大江大河已经罕见!

夜晚枕着水声入眠,万里的山河都在流水声中一路涌来、逝去。一夜又一夜,我似乎与它愈来愈熟悉,大黑河岛上再次捧起水来,它的气息浮出了漠河那个夏天。两个夏季,我看到上游的那个夏季,它恍若仍停留于江边。今夏之水虽非前水,却无从辨识,它们都是同一江水。一如时间流逝,身体里的物质早已代谢,我与我,新旧无以区分。

在设立黑龙江将军衙门之前,黑河归宁古塔管辖。那时,从宁安来这里,仿佛去另一个星球。这样遥远的旅程无法想象,何况一路人迹罕有。不见人烟的环境,人与人应是亲近的。达斡尔、鄂伦春、鄂温克人的身影在林间闪现,他们熟悉小兴安岭的山地,是这里的主人,称为索伦。食肉衣皮、逐水草而居的游猎生活,人们眼里看得到万物之灵,他们崇信萨满。一群自由民,以天地为家,鄂伦春人以树干和桦树皮在荒野搭出了圆锥形的撮罗子。他们对桦树皮特别钟爱,大小家什都喜欢用它制作。

地僻人稀,觊觎者起了贪念,沙俄侵略这片土地如入无人之境,黑龙江北岸的达斡尔人或被杀,或被赶,遥远的宁古塔鞭长莫及。于是,黑龙江将军衙门从宁古塔分出,黑龙江两岸修起了瑷珲城。

康熙五十八年(1719年)发生了一件奇异的事情,黑河土地上突然冒出火来了,浓烟翻滚,火光冲天,龙吟虎啸。由于旷野无人,目睹者少之又少。据《黑龙江外记》记载:"墨尔根东南,一日地中忽出火,石块飞腾,声震四野,越数日火熄,其地遂成池沼……"这是平原上爆发的火山,喷发时间远不止数日。满文档案记载的是黑龙山火山喷发了一年零两个月。

惊天动地的事情远离了人类也只能是一则传言。地方官遥遥地得了消息,前来察看,一封呈康熙皇帝的奏折写道:"十二月五日讷漠尔河北三十里乌云和尔冬吉山地方,地下飞出石块、火,声鸣如雷,察得飞腾之石大若牛只,亦有碎石块落至原地,亦落四周,坠落石块,视之若火,熄则呈黑。"黑河即便天崩地裂了,到了朝廷也只是微波余澜。

黑河的五大连池就是火山爆发形成的,它是大荒之野的一处绝景,一个地质奇观。我在突兀崛起的山前仰望,已是一片绿色葱茏的山坡,微风一吹,我想到了鄂伦春人的撮罗子。而脚下的火山熔岩就如爆发当初一样,波浪起伏,岩石绞扭、层叠、呼啸,在河流面前戛然而止,那喷气锥、喷气碟空气冲成的洞穴,仿佛是上一刻刚刚停止。一片石海难见一星绿色,壮观浩大,令人生畏。这完全是个陌生的世界,它曾深藏于地底,某一刻突然掀开泥土,一股灼热的岩浆潮水一样奔涌向森林、草地和河流,地上生物瞬间灰飞烟灭,化为一缕缕青烟。它放肆地涌动、冲刷,不知道这景象是不是比地狱更可怕。

然而,裸露的神秘世界最终化为世间寻常之石。树木花草在岩石周围生长,河流被拦截,变成浩荡的堰塞湖,飞禽走兽像从前那样栖息,青青芦苇在风中摇曳。但灾难的现场却并没有收拾,光临者恍若回到当年的那个时刻,只是一切喑哑了,铁水一样的温度消失了。但裸露的力量以抛掷以扭转以摧毁的岩石造型凝固了,结壳熔岩、翻花熔岩、绳状熔岩、旋涡状熔岩、火山弹,不再行动的石头发布了令人恐怖的信息,让人心有余悸。这是大地上的艺术品,只向天地与无尽的岁月展示……

清廷对关外实行的封禁政策,因为沙俄入侵而改弦易辙,开始放荒招垦。闯关东的关内人纷纷越过长城,向着东北一路迁徙而来。黑河出现了说山东话的人,小兴安岭的林中汉人的身影闪现。荒凉又辽阔的黑土地被一双双黑眼睛打量、眺望,这么肥沃的土地,只要撒上种子,地力就能扶着它往上飞,催它在空中开花、结果。

垦殖的历史拉开了序幕，东北大地与庄稼与农耕文明结缘，中原的庄稼地复现，五大连池平坦的土地上到处是青青的庄稼。

离开黑河，离开东北，就像从前一样，我一路南飞，一直飞到南海之滨。这是一个没有冬季花果四季飘香的地方。重陷忙碌，每一分都如此重要又如此空洞。生活的节奏如霓虹闪烁不容喘息。偶尔回想东北大地，想到南朱雀，北玄武，一主火，一主水，黑龙江的水汽就会在鼻尖出现。癸巳年夏季，南方炎炎烈日如火，北方洪水泛滥。黑龙江、嫩江两大流经黑河的河流水漫成灾。想起在黑河的日子，又是多么虚幻的事情。时光中存在的事物即便最坚硬也有着虚幻的本质。而这一刻，黑河暴风雪肆虐的消息传来，正值初冬，举目一望，岭南枝繁叶茂，满街还是穿夏装的人。我不禁莞尔。

国色天青

一

紫色的泡桐花下,春天并不鹅黄嫩绿,节令正当谷雨,中原大地上的绿早已铺陈开来。回想那年看到杨树嫩绿的新叶,列队路旁,像孩童稚嫩的小手在风中拍响,那应是惊蛰或春分时节吧,春天的印象与眼前大不相同,那是大地从枯槁中苏醒,北方的春天万物都在萌动、新生。季节制造着大地的梦幻之境。那年我到了开封,早已不记得年号了,今年为丙申,要去的地方是汝州。

都是熟悉又陌生的地方,它们在汉语中就像春天的绿色穿过一茬茬岁月,浸染着历史。不论你在大地的哪个方向,只要是在汉语的覆盖下,你就能在方块字中与它们相遇。从开封到汝州,在黄河两岸,这片土地上的历史太过丰厚,读懂了她就几乎读懂了中国的历史。

汝州与另一个词语"汝瓷"几乎成了同义语。在去往汝州的路上,两边一树树的泡桐花盛开着,脑海里就不断地跳闪着"汝瓷、汝瓷"。

瓷与青铜、铁器、陶器一样,成为文明的重要表征,几乎所有的博物馆都离不了瓷器陈列。来自于泥土的神奇之物,是泥与火的创造,通过火的仪式,泥在火里蜕变、升华,火在泥中深入、转化,一个文明的精灵进入了人类的生活。它又以自己的不朽——一种来自泥土的永恒品质,承载了人类历史的记忆,进入未来的岁月。

我想起一艘打捞出海的船,呈现了南宋初年惊人的一幕,它证明中国与瓷的关系之深。船来自福建泉州,沉没在广东阳江东平港以南二十海里,船上汇集了德化窑、磁灶窑、景德镇、龙泉窑等宋代著名窑口的陶瓷精品,品种超过三十种,数量六至八万件。还有许多"洋味"瓷器,从棱角分明的酒壶到喇叭口的大瓷碗,颇有阿拉伯之风,也许是接受海外订货"来样加工"的产品。显然船是在往海外运送瓷器时失事的。

在考古现场,我看到了龙泉窑系的青釉菊瓣纹碟、德化窑系白釉印花卉纹四系罐、景德镇窑系青白釉印花花卉纹葵口碟、芒口碗和刻画婴戏纹碗,它们在海底穿过八百年的岁月,仍然散发出一种令人炫目的美,让人屏息静气。这是活的陶瓷史。而那个时期,东南亚人盛放食物使用的还是树叶。

宋代是中国瓷器第一个鼎盛时代。赵汝适《诸蕃志》记载,当时瓷器运往了五十多个国家,荷兰、葡萄牙商人将瓷器贩运到欧洲时,瓷的卖价几乎与黄金等同,使不使用瓷器成了身份和阶级的象征。汝瓷就在这个时期出现,定、钧、官、哥、汝五大窑成为名窑。

在陶瓷史上,汝瓷出现得不早不晚,正好位于中间。在青瓷中,在越窑、龙泉窑与耀州窑之后,汝窑才出现,但它却创造了青瓷的高峰。瓷前置一个汝字,足见"汝瓷"的不同寻常。

默念着"汝瓷",我对汝州的土地充满好奇,汝州的泥是不是有些特别?

窗外,一望无垠的麦浪,从郑州往西,翻滚的深绿中浮着一层玉白色的穗。麦子已经抽穗、扬花。这些养命的粮食,数千年里,与人类从不爽约,它们盛入瓷器,成为美食。一茬茬的庄稼正如一茬茬的人,小麦年年生年年割。来到崆峒山轩辕黄帝向广成子问道的地方,我看到围绕它的麦浪,昏昏默默,就像一片时间的海洋。土地永不衰竭的生殖力让人心疼,多少代人活过去了,我们用不着担心哪一年土地不再生长黍禾。这是土地的奇迹,正如瓷器是土地的奇迹。泥土的庸凡朴实中有着最深刻、丰富的内涵。它生育万物,世间万千变化与创造都来自于它。

车一进入汝州地界,我的眼睛就没有离开过地面。

二

汝河出现了,它依然清澈、宽广,正如唐代汝州人刘希夷写的"年年岁岁花相似,岁岁年年人不同",汝河也是一样,长河奔流不变,河水却早已不是那个河水了。《诗经》里站在汝河岸上吟出《汝坟》的人,《汝坟》里那位在汝河岸边打柴的妇女,她思念远征未归的丈夫,"不我遐弃"。他们又都去了哪里?一代代诵读《诗经》的人去了哪里?如烟的岁月流走了汝河,流走了汝河两岸的人和事。汝河便流成了一条历史之河。

当地传说汝河与女娲有关,"汝"通假"女","女氏,天皇封弟娲于汝水之阳"。在汝州大峪乡小红寨山有一个女娲泉、一座女娲庙,传说泉水是女娲补天炼石用宝剑刺山石而流出的,山寨逢年过节要给女娲上香。女娲是古代神话人物,不可当真,但神话往往也有现实的影子。至少汝河进入了古代神话。如果神话传说不可信,裴李岗文化却是有实物佐证的文明,汝州发现的裴李岗文化遗址有中山寨、槐树伊、神德宫三处,距今八千年,出土了陶器、鹤骨定音笛。

从裴李岗文化开始,到仰韶文化,再到龙山文化、二里头文化,汝州这片土地不同时期文化遗址之多,勾勒出了中华文明的历程。最原始的瓷器在仰韶文化遗址中出现了。文化的厚土也是繁衍生息的沃土。沃野千里的土地成了华夏文明的中心地带。

我对汝州的向往便怀抱着一种期待。有文字可考的信史时代,汝州就是周朝的王畿之地,五服它当在甸服之内,属文明的中心。国都由长安到洛阳、开封,汝州都是京畿之地。唐代在此建立行宫并辟作狩猎场所,宋代设为辅州。汝州得此地利之便,皇帝、文人来来去去,文化便由此繁衍。

来汝州写汝州的文人之多便是情理中事。宋之问最早游历汝州写下了《温泉庄卧病寄杨七炯》《游陆浑南山自歇马岭到枫香林以诗代书答李舍人适》。随后,王昌龄过汝州写下了《次汝中寄河南陈赞府》,孟浩然从洛阳返归襄阳故里,过汝州时写下《行至汝坟寄卢征君》,王维过汝州写了《过香积寺》《郝王墓》,李白两过汝州,写下《夏日诸从弟登汝州龙兴阁序》,杜甫写有《送贾阁老出汝州》。此外,晏殊、欧阳修、刘禹锡、苏辙、苏东坡、黄庭坚、元好问、孟郊、李益等都为汝州留下诗篇。苏东坡五次到汝州,死后也葬在汝州郏县小峨眉山南麓,与弟弟苏辙葬在一起。

皇帝来汝州,一是冲着襄洛古道上的温泉而来,二是游猎。

汝州曾是水草丛生树木繁茂之地,东汉时期就被设为三大游猎地之一。隋时设立温泉顿。最早来温泉沐浴的是西汉文帝的母亲薄太后,她迷恋这里的山水与温泉,命人建起了行宫,在此定居下来。先后来温泉沐浴观光的帝王共有十人二十一人次,后妃三人。前来游猎的皇帝,汉代就有明帝、安帝、桓帝、灵帝。

文人与帝王,既彼此对立又相互影响。宫廷趣味影响文人的,可举例宫廷器物汝瓷,它是宋徽宗赵佶指定汝州窑定制的皇家青窑器,其天青、天蓝、豆绿、月白色调,朴实大方,素雅高洁,犹如"雨过天青云破处"。汝瓷平滑细腻,通体温润碧透,凝脂聚玉,其声若磬,器表呈蝉翼纹般细小开片,晶莹闪烁若星光远照,体现了宋徽宗崇奉道家又谨守儒家的思想,也是他擅长笔墨书画的才情表现,受到历代文人的追捧。文人影响宫廷的,可以举例武则天的流杯亭,她模仿王羲之兰亭雅集的"曲水流觞",故宫和承德避暑山庄的豪濮间想亭也是宫廷对庄子的仿效。

公元700年2月2日,武则天与她的大批随从渡洛河、跨龙门,来到温泉镇的行宫。她效法兰亭雅集,命人在高处掘出一个大池,温泉从池中心向四面流去,群臣围池而坐,酒杯由池中央流向大臣,杯流到谁的跟前谁就得一饮而尽,还要作诗一首,以庆升平。于是,这一场雅集得诗一册,取名《流杯亭侍宴诗》。武则天命凤阁舍人李峤作序,命书法家殷仲容书丹,立碑刻珉以作永久纪念。她走后又命人在流杯池上盖亭,供人观瞻。这桩风流事又传到文人中来,北宋的欧阳修为《流杯亭侍宴诗》作了跋。

毕竟不是文人,风雅事不是靠权力和马屁精做得来的,《流杯亭侍宴诗》中的诗歌既无才情也无格调。兰亭雅集千古流芳,远传至东瀛,文化的魅力远远胜过朝廷的能量。

两件事都发生在汝州,汝州足可凭此骄傲。

三

但是,汝瓷把青瓷之美推向极致之后,便窑空烟冷,仅烧制了短短四十年,就废于战乱的尘烟里,可谓昙花一现。

公元1127年4月,北宋灭亡,汝窑工匠逃亡江南,汝瓷自此辉煌不再。由于它专供皇室,流传于世的极少,南宋时就有"近尤难得"之叹,后人视之如拱璧,堪与商彝周鼎相比。据说现今存世的仅有六十五件,台湾"故宫博物院"二十三件,北京故宫博物院十七件,上海博物馆八件,英国伦敦达维德基金会七件,日本、美国或博物馆或私人藏有者均有记载,只有三件流失,两件在日本,一件下落不明。

汝州人并不甘心汝瓷就这样烟消云散,他们想重现当年的辉煌。20世纪50年代,周恩来指示要恢复汝瓷生产。1956年汝州人在古窑址严和店建窑试制,经过数千次的失败,五年后,夺得千峰翠色的豆绿釉色率先烧制成功。二十二年后,天蓝釉又试烧成功。再过五年,天青釉、月白釉也烧制成功了。天青釉的重现天日轰动了国内外陶瓷界。

汝州的泥土颜色深暗,特别是山中出产玛瑙,瓷器美不美关键在釉,汝瓷以玛瑙入釉,这便是汝瓷的一个秘密。

这天下午,两过汝河,看了工业园区的几家工厂,便迫不及待去看汝瓷窑。在廷怀窑、玉松汝瓷、新嘉诚汝瓷开发有限公司参观,炉窑都设在室内,燃料用的是液化气,不再是那种烟雾腾腾的景象了。汝州人烧窑的方式已经从马蹄窑、直烟窑、倒烟窑、隧道窑、推板窑发展到了液化气窑。泥已经远离了土地,玛瑙也离开了山山岭岭,在一个个车间历经捡料、球磨、除铁、晒泥、雕塑、铸模、注浆、拉坯、修坯、素烧、窑烧等工序,泥土就如浴火的凤凰,获得了新生。

进入廷怀窑烧制车间,正逢瓷器出炉,炉门刚一打开,工人把瓷器慢慢拖出炉子,只听得一片叮叮当当的金玉之声,像一曲弹奏乐,悦耳动听有如天籁。这是泥与火的交响,是大自然最神秘的声音——瓦落冰雹,琴弦轻拨,嘈嘈切切。琳琅满目的各类瓷器遇冷后纷纷开片,先裂长纹,再裂短纹,这种如同花开似的裂变会一直持续下去。这是液化气炉不同于传统窑炉的地方,它升温快,冷却速度也快,温度可以严格控制。烧一窑瓷器所费时间短多了,开出的冰裂纹却美得令人心醉。

见证了泥土的脱胎换骨,它如此纯净,水一般的清澈,苍穹似的高远,出尘的意境,这一刻,我看到了一种美,一种时光深处的绵延与深厚,目光渐渐游离。